길목의 무늬

길목의 무늬 김성훈 소설집

초판1쇄 찍은 날 | 2024년 11월 19일
초판1쇄 펴낸 날 | 2024년 11월 26일

지은이 | 김성훈
펴낸이 | 송광룡
펴낸곳 | 문학들
등록 | 2005년 8월 24일 제 2005 1-2호
주소 | 61489 광주광역시 동구 천변우로 487(학동) 2층
전화 | 062-651-6968
팩스 | 062-651-9690
전자우편 | munhakdle@daum.net
블로그 | blog.naver.com/munhakdlesimmian
값 16,000원

ISBN 979-11-989410-7-7   03810

· 잘못된 책은 바꿔드립니다.
· 이 책 내용의 전부 또는 일부를 재사용하려면
  반드시 저작권자와 문학들의 동의를 받아야 합니다.
· 이 책은 전라남도 JeollaNamdo, 전라 남도 문화재단의 후원을 받아 발간되었습니다.

길목의 무늬

김성훈 소설집

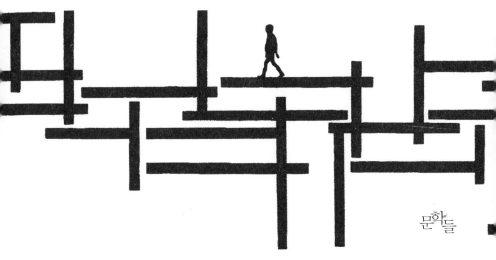

문학들

| 차례 |

소설을 쓰기 시작한 사람

책을 통해 울어 본 사람은 책을 쓰게 되어 있다. 소설의 첫 문장을 서울에서 나주로 가는 KTX 열차에서 다시 읽었다. 출간된 지 일년이 지난 책이었다. 출판사에 입사하자마자 나는 『아버지의 말씀으로 지은 낙원』이라는 단편소설집의 교정 교열을 맡았다. 독일에서 문학박사를 취득한 편집장의 두 번째 작품이었고, 5년 전 크리스천 신춘문예에 등단한 작가의 첫 단편소설 묶음집이었다. 따지고 보면, 책이 예스24, 인터파크, 알라딘 등의 인터넷 서점에 판매되기까지, 책 출판 전문가라고 불릴 만한 사람은 없었다. 그런데 평단에서는 소설가 김종수에 대해 안테나를 세웠다.

대한민국에서 내로라하는 우수 문학잡지에서 그를 인터뷰하고자 우리 출판사에 문의했지만, 그는 좀처럼 그들에게 기회를 주지 않았다. 솔직히 나는 무엇 때문에 그가 비말 감염병이 범유행하는 이 시기에 평단의 이목을 끄는지 이유를 찾을 수 없었다. 사장의 조카이기도 한 편집장은 그는 대한민국의 프란츠 카프카 같은 작가가 될 운명이라고 말했다.

사람의 운명은 정해진 것일까. 나는 문예창작학과를 졸업하고, 소설 쓰는 일을 업으로 삼고자 했다.

"주화 씨! 김 작가가 대학 2년 선배라고 하지 않았나? 오랜만에 선배 한번 만나 보고 오는 게 어때?"

출판사 탕비실에서 커피 머신기를 잘못 작동하여 새로 산 흰 블라우스에 진한 커피가 튀어 마뜩잖을 때, 편집장이 내 등 뒤에 서서 말을 붙였다. 나는 화들짝 놀라 어깨를 움츠렸고, 편집장은 Es tut mir Leid(에스 투 미 라이트)라고 말하며 뒤로 한 발짝 물러섰다. 늘씬한 키를 자랑하는 편집장의 펀치 립스틱 색깔이 도드라져 보였다. 나는 그가 미안하다고 말하면서도 전혀 미안한 기색이 없는 것 같아 불쾌했다. 하지만 그것에 대해 골몰히 생각할 겨를도 없이 편집장의 입에서 출장 인터뷰라는 말이 나왔다. 곱창처럼 입술을 오므리며 뱉는 말, 먼지 하나 없이 말끔한 탕비실의 공간에 바퀴벌레의 더듬이를 보는 것처럼 역겨웠다. 출장이라는 말보다, 이 시기에 나는 마스크를 썼는데 왜 그는 그것을 쓰지 않았는지가 궁금했다.

편집장은 지금 같은 시기에 마스크를 쓰는 것이 사회적 도리이지만, 그러다 보니 커뮤니케이션이 제대로 되지 않는다고 했다. 네 살 난 아들을 키우는데 아직 말이 트이지 않는다며 그는 차라리 비말 감염병이 자신의 폐를 찌른다고 해도 마스크를 사용하지 않을 것이라고 했다. 자기 집에서는 마스크를 벗든 쓰든 그것은 재량이겠지만 굳이 회사까지 그 신념을 지켜야 할 까닭이 있을까. 내가 그의 네 살 난 아들도 아니잖는가. 그는 발음을 꽤 신경 쓰고 음절 마디마다 끊어가며 출장을 말했다. 지시와 복종의 관계가 딱 그와 나의 신분상의 위치였다. 다달이 들어오는 월급 때문이라도 나는 그를 불편해할 수만은 없는 노릇이었다.

김종수라는 사람과 박주화라는 사람은 대학이라는 한 울타리 안에서 공부했지만, 사회에 나와서 박주화라는 사람은 씨라는 통상적인 호칭으로, 김종수라는 사람은 작가라는 전문가적인 호칭으로 편집장은 명칭 했다. 딱 그만큼의 삶의 좌표에 나는 서 있었다. 편집장에게 느꼈던 위화감 때문인지, 아니면 작가라는 것을 꿈으로만 가지고 사는 삶에서 오는 우울함 때문인지 정확히 진단할 수는 없지만, 나는 한시바삐 과제를 해결하고 싶었다. 김 작가가 귀향한 해남군으로 가기 위해, 출장비 명목으로 나온 버스표 비용보다 더 웃돈을 주고 스마트폰으로 나주시로 가는 KTX를 선택한 것은, 그만큼 시간을 절약하고 싶었기 때문이었다. 물론 나주시에서 해남군까지는 택시로 한 시간 가량 더 들어가야 하지만 개의치 않았다.

하늘에서 눈이 떨어졌다. 차창에 물기를 남기고 지워졌다. 사라졌다고 믿었던 것들에 대해 다시 불을 지펴야 할 때라는 것이 있을까. 사실 사라진 것은 사라지지 않은 것이다. 사라졌다고 세뇌한 나의 믿음 때문이었다. 김종수 작가라는 호칭 때문에 나는 그동안 나의 종교가 허상이었음을, 나는 결코 구원받지 못했음을 나 자신에게 고백해야만 했다.

인터뷰이 파일철 오른쪽 상단에 노란색 붙임쪽지가 있었다. 그것을 떼었다. 편집장이 김종수 작가 휴대폰 번호라고 붙임쪽지에 휘갈겨 쓴 다음 내게 건네준 것이었다. 나는 내 휴대폰에 번호를 입력하고 이름에는 김종수 선배님이라고 썼다. 학년으로는 2년 차가 나지만 그와 나 사이에 접점을 찾을 만한 기억이 많지 않았다. 매 학기 장학금을 받고, 우수한 성적 덕분에 조기 졸업한 그였다. 반면에 학기마다 등록금 충당과 생활비 걱정을 하며 편의점, DVD방, 웨딩홀 아르바이트를 전전하며 겨우 졸업한 나였다. 그가 나를 기억한다는 것이 되레 이상하지 않을까.

마른 나뭇잎처럼 바스락거리는 그의 문장이 내 입을 달싹이게 했다. 단편소설의 스토리보다 그의 첫 문장을 양파 껍질을 벗기듯 몇 번이고 읊조리고 있다는 사실에 놀랐다. 나는 책을 통해 울어본 적이 있었던가. 어쩌면 내가 글을 쓰지 못하는 이유, 갖가지 살아가야 할 핑계를 만들면서, 하루에 단 30분도, 한 단어, 한 문장을 만들지 못했다는 자책감이 밀려왔다. 어느 소설가가 소설 작법집에서 했던 말이 생각났다. 소설가가 소설을 쓰는 것이 아니고, 소설을 쓰는 사람이 소설가다는 말이었다. 그는 소설을 썼고, 나는 소설을 쓰지 않았다는 분명한 차이가 있었다. 도서관에 앉아 있을 때, 그의 책상에는 귄터 그라스나, 앙드레 지드의 소설에서부터 융, 아들러 등의 심리서, 발터 벤야민, 한나 아렌트, 미셸 푸코 같은 철학책 등이 있었다. 그와 다르게 내 책상에는 토익책, 보카 단어집, 『공부 이렇게 하면 자격증 취득 한다』 등과 같은 책들이 요일만 다르게 하여 펼쳐졌다. 그가 한 권의 책을 다 읽는 동안, 내 토익책은 명사 대명사 동사 분야만 왔다 갔다 할 뿐이었다.

나는 그의 등단 소식을 보일러가 고장 난 고시원에서 신문으로 접했다. 서울에 머문 나와 고향으로 돌아간 그였다. 지리적으로 약 334km의 거리였다. 한때 우리가 잠시나마 학내에서 식당 밥을 먹고, 소설 개론 수업이나, 희곡의 이해 같은 수업을 듣기 위해 시간에 맞춰 학교 계단을 오르내렸다는 점이 춘몽처럼 느껴졌다. 경기 의정부시에서 유년을 보낸 나와 전남 해남군에서 작가를 희망한 그가 대학교라는 소속감 속에서 같은 시간을 보냈다. 그것이 그의 삶에는 어떤 의미가 있었을까. 나의 삶에 어떤 위로를 주었을까. 어떤 좌절을 주었을까. 그는 어떤 책을 통해 울어 봤던 것일까. 혹시 지금도 울고 있을까. 우는 것과 책을 쓰는 것에는 어떤 개연성이 존재할까. 어쩌면 이런 질문은 편집장이 알고 싶은 것이 아닐 수 있었다.

대중적인 질문이라면, 왜 작가가 되셨나요? 어떤 책을 주로 읽으시나요? 어떤 작가가 롤모델이신가요? 차기작으로 구상한 작품이 있으신가요? 아이디어는 주로 어디에서 많이 찾으시나요? 평균 작업시간은 어떻게 되시나요? 등과 같은 질문이지 않을까. 차창 밖으로 흘러가는 겨울의 논과 밭은 그대로 황무지인데, 봄이 되면 이들은 그 작물의 생김새대로 색깔을 빚을 것이다. 뻔하다고 느껴지는 질문 사이에서도 벼, 배추, 마늘, 고추, 오이, 수박 등의 논밭 색이 다르듯, 작가는 우문현답을 만들어낼 것이다. 그 지루한 답들 사이에서 나는 내 삶을 경영할 다른 무언가를 찾을 수 있을까. 아니면 내가 작가라도 되는 듯, 그의 말을 다 이해한다는 듯 새초롬한 얼굴을 한 교만을 껴안아야 할까.

나주시로 도착하기까지 두 시간이 남았고, 나는 다시 서울로 돌아가고 싶은 생각이 간절히 들었다. 올라가서 사직서를 내고 이참에 본격적으로 소설을 써 볼까 하는 달콤한 유혹에 빠졌다. 그러자 늘 그렇듯 학자금 대출, 월세, 휴대폰 및 인터넷 비, 가스비 등이 계산됐다. 모든 것을 제쳐두고 꿈을 꾸는 것이 행복이 아니라 저주에 가깝다는 어느 철학자의 유튜브 강연이 머리를 어지럽게 했다. 나는 저주받은 것일까.

울음은 책의 장르를 선택하는 결이며, 회개의 통로이자 자기 구원의 태도였다는 소설의 문장이 '저주'라는 단어의 뜻풀이 같았다. 웃음이라는 가면 속에 울음을 증폭시켰던 내가 저주했던 옛 생활이 그려지는 듯했다.

전날, 편집장은 내게 갑과 을의 차이에 관해 물었다. 기획 회의 시간이었고, 탁상 위에 '문학, 불평등 서사적 효능감과 서로 돌봄 민주주의'라는 주제가 놓여 있었다.

"주화 씨가 생각하는 불평등이란 뭐예요?"

편집장은 내 말을 기어이 듣겠다는 칼날 같은 눈빛을 보내지 않았다. 대개 편집장이 의문형으로 말을 시작한다는 것은, 본인의 말을 찾기 위해, 직원들 앞에서 자신의 문학적 철학론을 펼치기 위한 화법 중 하나였다.

"죽음마저 공평하지 않다고 이스라엘 역사학자 유발 하라리가 호모데우스에서 말했잖아요."

눈칫밥 먹은 다이어리에 유발 하라리, 호모데우스라는 단어를 끼적였다. 이어, 부의 척도, 시간을 통제하는 사람 따위를 적었다. 세 시간이 넘는 회의 시간 동안, 고작 내가 뱉은 말은 네, 네, 정도였다. 침을 튀기며, 물을 마시며, 볼펜을 까닥이며, 언성을 높이다 낮추는 행위의 주인공은 편집장이었다. 고개를 푹 숙이고, 수험생처럼 그의 단어를 채운 다이어리의 공간이 밤하늘의 별 같았다. 기역의 자리에, 미처 기역이 미치지 못한 자리에 삶의 괴리감이 꾸덕꾸덕 가슴을 짓눌렀다. 미음의 자리에, 텅 빈 미음의 내부에서 요의가 느껴졌다. 부풀어 오르는 방광을 짓누를수록 편집장의 말의 나열이 압정을 박아놓은 길을 걷는 것처럼 발바닥을 찔러댔다. 그때 선배의 단편소설집 서문에 있는, **말은 징그럽게 못생긴 얼굴을 하고 나를 찾아왔다**는 문장이 내 뺨을 할퀴었다.

"출장 제가 갈게요."

나는 이미 내 선택이나 결정을 요구하는 상황이 아닌 것에 관하여, 선전 포고하듯 그것을 말하면서, 회의 의자에서 일어났다. 편집장의 말의 분량이 몇 페이지를 더 채울지는 알 수 없었다. 나는 잠깐의 어수선함을 틈타 회의실 문을 박차고 나갔다. 너무 씩씩하게 걷는 게 티가 날 정도로 화장실을 향해 돌진하려고 했다. 하지만 그런 마음과 다르게 내가 걷는 자세는 엉성할 수밖에 없었다. 고작 요의 때문에 나는 출장을 가기 위한 명분을 찾았다. 덕분에 화장실을 자유롭게 갈 수 없게 잡아 놓은 시간 때문에 '불평등'이라는 단어의 색깔을 이해할 수 있었다. 그것은 짙은 노란색이었다.

순종해야 하는 계급에 있는 사람에게 자기 효능감을 충족시키기 위해 필요한 것은 명분이었다. 어떻게든 상사와 대면하며 받아야 하는 지시를 회피할 수 있는 시간과 공간을 버는 것이 필요했다.

"버스를 타고 작가가 사는 곳으로 내려가라는 것의 의미는, 주화

씨가 소설의 주인공이 택한 운송 수단 및 여로를 흠뻑 느끼길 원해서였어요. 말은 항상 의도가 있어요. 그것을 자기 마음대로 선택하고, 아 뭐였더라, 아전인수, 그래요. 아전인수식으로 해석하는 것은 곤란한 일이지 않을까요? 정말 keine Kultur(카이너 컬투어)예요."

열차를 타자마자, 나는 백팩을 벗어 가슴에 안고 편집장에게 전화했다. 출장 다녀올게요, 라고 내게서 발화한 말이 무례하고 교양 없다는 말로 응답했다. 룰렛 판을 돌려 맞히는 다트처럼 내가 선택했다고 믿는 것조차, 애당초 사지 선다형의 선택지는 없었다는 진실을 새삼 깨달을 뿐이었다. 다트의 바늘이 너무 날카로워 목젖이 움푹 팬 것 같아 나는 침을 여러 번 삼켰다. 버스를 타지 않는 행위로 말미암아, 직업인의 성실성이 결여되었으며, 직장 상사의 말에 불복종하는 태도를 보인 것이었다. 또한 회사에서 지급하는 버스비에서 내 개인 돈을 얹어 마련한 열차표 값은 애초에 내가 버스를 타지 않았으므로 없음이 되었고, 완전한 사비로 나는 출장을 가야만 할 처지가 되었다. 편집장이 전화를 끊은 지 오 분도 지나지 않아 경리계 직원이 내게 영수증 처리가 곤란할 것 같다고 문자메시지를 보냈다.

소설의 제목이기도 한 단편소설의 세 번째와 네 번째 문장을 읽었다.

여름 날벌레가 날아드는 가로등 불빛 아래로 술에 취한 드센 남자들의 고성방가가 오고 가며 차이는 바구니 속에서 배냇저고리에 감싸인 아기의 울음은 터졌다. 가정교회 목사 사모님이 수상한 소리에 놀라, 2층 단독주택 창문을 열었다.

편집장이 삶의 비극이자 생의 아픔이라고 칭송한 문장이었다. 아이 갖는 것은 물론 결혼도 하지 않으려는 젊은 사람은 결코 이해할 수 없는 문장이라며, 맥락에도 맞지 않게, 짱돌 던질 줄 모르는 20대를 비난하다가, 프랑스의 68혁명을 이야기하다가, 자기 선배들에게 들은 베를린 장벽이 붕괴하던 시절의 이야기, 그리고 자신의 가난했던 독일 유학 생활 등의 후일담을 이어갈 때, 나는 그가 우리와 같은 30대가 맞느냐고 의심했다. 내가 30대 초반이고 그가 후반이고, 선배가 딱 그 중간이었다.

선배는 자전소설을 통해 자신의 태어남을 말했을 뿐인데, 결혼하지 않고, 아이 갖지 않으려는 20대가, 삶의 비극을 모르고 생의 아픔을 느끼지 못한다고 단정하는 것일까. 정죄하는 자의 눈빛은 단호했다. 승리 외의 것을 허용하지 않겠다는 결투사의 결의에 찬 표정을 편집장의 얼굴에서 봤다. '공포'라는 단어의 눈 코 입을 확인했다.

극한의 공포는 사람을 얼어붙게 한다. 소리 지를 수 없는 괴로움, 입술이 바싹바싹 말라가며 닭살이 돋고, 등에서 한기가 느껴졌다. 태어남을 쓴 문장이 공포로 읽는 것도 오독일까. 작가의 의도대로 읽어야 한다는 편집장의 말에 반기라도 들 듯 나는 책을 덮었다.

열차를 둘러보니, 대학 시절 습작으로 썼던 내 소설의 단락이 얼마나 허무맹랑했는지 깨달았다.

버스를 타는 사람이나 지하철을 타는 사람의 표정은 똑같았다. 무료함의 장기 대결이라도 벌이려는 듯, 그들의 눈은 동태 눈깔처럼 초점이 없었다. 모두가 회색빛에 감싸인 괴물의 입에서 토해졌다가 해가 저물 무렵이면 다시 그 입으로 꾸역꾸역 들어갔다. 피로를 싼 짐을 메고 사람들은 역사 속으로 먹혀들어 갔다.

소설의 실제 시간이었고, 나는 이 소설로 합평회를 했다. 중간고사 직후였고, 봄 점퍼 대신에 반소매 티를 입는 학생들이 점차 늘어나는 때였다. 그때 선배는 교단에서 가장 먼 창가 쪽에 앉아 있었고, 나는 교수가 말하면 금방이라도 침 세례를 받을 수 있을 정도로 가까운 거리에 있었다. 학기 초 교수는 자신과 지근 거리에 있는 학생들이 성실하다고 판단해서 높은 학점을 줄 것이라고 호언장담했다. 나는 그 말을 곧이 믿었지만 끝날 때 내 학점은 C였다. 출석도 꼬박하고, 합평 작품도 냈지만, 그것이 성적을 올릴 근거는 되지 못했다. 되레 두 번 정도 결석하고 한 번 지각한 선배는 A 플러스 학점을 받았다고 동기들에게 전해 들었다.

동기들이 교수에게 성적 이의를 제기한다고 해서 곁다리로 따라갔지만 교수는 상대 평가라 어쩔 수 없다는 말만 다시 했다. 교수는 성적 이의제기를 한 우리를 둘러봤다. 동기들 따라 괜한 짓을 한 것 아닌가 하는 후회감이 몰려왔다.

내가 C를 받은 이유에 대해 곱씹다가, 소설 실제 수업 시간 선배가 내게 했던 평이 떠올랐다. 지하철과 버스를 타 봤냐는 말이었다. 나는 으레 학교와 아르바이트를 하기 위해 타는 것이 지하철이고 버스였다며 응수하고 싶었다. 그것을 타지 않은 사람이 있겠냐고 대꾸하려고 했다. 하지만 강의실에 마흔 명 가까이 되는 사람이 나를 쳐다보고 있었고, 나는 그들의 눈동자에 질식하여 입술만 잘근잘근 씹었다.

56석 열차 칸에 앉은 사람 중 같은 표정은 단 한 명도 없었다. 무료라는 단어는 내 머리가 지은 허구의 표정이었다. 사람들의 여행 목적이 무엇인지 알 수 없었지만, 그들은 다 자신만의 옷을 입고 움직이고 있었다. 내릴 역을 확인하기 위해 몇 번이고 스마트폰 열차표로 행선지를 확인하는 사람에서부터, 태블릿PC로 프레젠테이션 작업을 하는 사람, 스마트폰 게임을 하는 사람, 창밖의 풍경을 보는 사람, 안전 벨트를 묶고 좌석을 뒤로 젖히려다가 뒷사람 눈치를 살피는 사람, 조금 전 화장실에 다녀온 것 같은데 다시 아랫배를 살살 만지며 자리에서 일어나는 사람, 싸구려 향수 냄새를 풍겨 내 머리를 아프게 하는 사람, 옆 사람이 턱에 걸친 마스크를 쓴다고 나무라는 사람이 보였다. 이제 막 초등학교에 들어갔음 직한 사내아이부터 여든은 넘어 보이는 할머니까지 성별도, 연령도 각양각색이었다. 그들의 내부에 들어가면, 더 많은 이야기가 열차 한 칸을 채울 것 같았다.

선배는 알고 있었을까, 선배는 데뷔 전부터 소설가의 삶을 살았고, 소설가의 눈으로 세계를 만들어가고 있었지만, 나는 지금까지 일상인의 삶을 살았고, 단 한 번도 소설가의 눈으로 생의 연민이랄지 아픔이랄지 공감하려 하지 않았다는 것을 말이다. 그래서 선배는 내게 버스나 기차를 타봤냐고 일언 직언했던 것일까.

생의 시작을 가정교회 골목에서 시작한 선배의 인생이 솔직히 나는 궁금하지 않았다. 하지만 선배는 당선 소감에서, 소설을 쓰는 것은 허구의 인물에 자신의 이야기를 입히는 작업이자 끊임없이 작가 자신을 분쇄하여 고운 가루로 만들어 어느 세계에서나 용해될 수 있는 삶의 지층을 쌓는 것이라 여깁니다, 고 말했다.

선배를 양육한 교회는 장로들이 터를 잡고 벽돌을 쌓아 이제는 중형 교회가 됐다. 교회 출입문 앞에서 활짝 웃으며 찍은 사진에서

야 나는 선배의 오뚝한 코와 서글서글한 눈매를 볼 수 있었다. 어떤 삶을 견뎌야만 저런 눈매를 가질 수 있을까.

고등학교 2학년 겨울방학, 유산된 아기를 제거하는 소파 수술을 했다. 의붓아버지의 씨앗이었으며, 나는 내 새끼이자, 내 동생이 된 그 아이를 내 몸속에서 빼낸 후, 도망치듯 집을 빠져나왔다.

첫 생리가 터지기 시작한 초등학교 5학년 때부터 고2까지 무려 7년의 세월에서 빠져나오는 길이었고, 엄마는 내게 아버지를 제발 경찰에 고발하지 말라고 애원했다. 엄마는 네 아버지 없으면 못 산다면서 울먹였다.

내 몸에서 자란 생명은 더 살아가지 못했다. 나는 세상에 태어나지 못한 존재에 어떤 연민 의식이란 것이 없다. 오히려 그것이 내 몸속에 기생충처럼 박혀 있었다는 사실, 그것을 수술해 꺼냈다는 안도감이 내 몸을 감싸고 있었다. 감히 대적하지 못했던 그 인간을 날마다 죽이지 못해 몸을 들썩이며 악몽을 꿨던 지난날의 내 삶에 증오심을 키웠다. 그 인간은 늘 내 등 쪽으로 소리 없이 다가왔다. 그는 공사장 막일에 익숙해진 거친 손을 내 어깨에서 빗장뼈를 넘어오며 가슴을 주물럭거렸다. 내 몸은 거친 손의 질감을 기억했다.

그는 내 머리를 잡고 고개를 뒤로 젖혔다. 그의 입에서 풍기는 술냄새가 내 입술에 닿았다. 그 인간 혀의 질겅임과 질척거림에 나는 정신이 아득했다.

나를 분쇄하기 위해, 나를 허구의 인물에 투영하기 전에, 밑 작업으로 해야 할 악몽의 분해 작업, 내 것이지만 내 것이라 믿을 수 없는 그 시절의 고통, 해방을 바라지만 기어코 감금하고 구속되어 있는 내 본질, 세상이 고통을 덜어준답시고 상담사가 상투어로 사용하는 네 잘못이 아니라고 서술하는 문장 속에서 나는 한 번도 내 과거와 화해한 적이 없었다. 생명의 분탕질이 내 몸에서 이뤄졌으며 내 몸에서 소멸했다는 끔찍한 사실을 확인하는 것이 소설 쓰기라면 나는 절대로 소설가가 될 수 없었다.

소설집의 서사는 버려진 아기에서 시작됐지만, 내 서사는 광증에 악을 지르며 만들어진 내 몸의 혐오에서 시작됐다.

간혹 연락하던 엄마 목소리 너머로 나를 찾겠다고 악을 쓰는 술 취한 그 인간의 목소리 때문에 나는 그다음 날 살던 고시원을 나와 학교보다 파출소에 더 가까운 여성 고시텔로 이사했다.

늦은 밤의 골목길에서 배를 깔고 앉아 있던 길고양이가, 캐리어 바퀴 구르는 소리에 놀라 달아났다. 고양이는 달아나면서도 자꾸 뒤로 고개를 돌려 소리의 근원지를 찾았다. 얼마만큼 달아났는지를 확인하려는 듯 돌아보는 고양이의 눈빛에서 피로감이 느껴졌다. 이사할 고시원에 다다랐을 때, 캐리어의 바퀴가 빠졌다.

언제까지 이렇게 살고 싶지 않았다. 그 인간의 굴레에서 벗어나고 싶었다. 그 인간은 내가 엄마와의 연락도 끊었으므로 내가 사는 고시원에 찾아올 수 없었다. 그런데도 나는 그가 내 방문을 조용히 열고, 내 등에 서 있는 것 같은 망상에 줄곧 빠졌다.

나는 방음 되지 않는 고시원에 연습장을 펼치고 씨줄과 날줄로 된 분노 일기를 적었다. 그것이 길게 써지면 소설이 됐다. 딱 하나의 주제가 없다 보니 서사의 흐름에 일관성이 없었다. 화자의 톤이 일

정치 않았다. 어린아이였다가 어느새 소설의 결말 부에 가면 작가인 내 목소리가 혼탁되어 쏟아졌다. 소설을 쓰면서 내 마음대로 상황을 설정하고, 인물이 대화하게 하는 것에 나는 신적 능력을 부여받은 것 같았다. 마음의 평온함이 찾아왔다. 내 뜻대로 할 수 있는 유일한 작업인 셈이었다.

아르바이트를 병행하며, 대학 수업을 들으러 다닐 때는 내 삶을 살아가고 있다고 착각에 빠졌다. 꿈을 위해, 나는 오늘도 동분서주한다는 자긍심마저 있었다. 이 고난 뒤에는 내 몫의 역할이 있을 것이라는 믿음이 내 안에서 싹텄다. 그러다 막상 대학 졸업을 하고 나서, 나는 몸이며 마음의 모든 에너지가 소진되었음을 깨달았다. 어깨는 늘 굳어 있었고, 편두통에 시달렸다.

소설 쓰는 법이 있다고 말하는 사람과 그렇지 않다고 말하는 사람 사이에서 소설 쓰기를 고민했다. 완결된 습작품이 나올 리가 없었다. 다달이 지불해야 하는 고시원비가 필요했다. 생활비를 마련하기 위해 편의점 야간 아르바이트를 다시 시작했다.

여자가 야간에 일하는 것이 힘들 수도 있을 텐데, 괜찮겠느냐고 묻던 점주의 의구심 어린 눈빛에, 조금 움츠러든 것을 빼고 나면, 나는 편의점 아르바이트에 잘 적응했다. 입시학원과 유흥가 사이에 편의점이 있었다. 저녁 무렵과 학원이 끝나는 10시 무렵에 아직 교복을 벗지 못한 아이들이 내가 맞이한 손님이었다. 손님들 때문에 편의점은 북새통을 이뤘다. 스트레스 때문에 물건을 훔치거나 부수는 아이들이 간혹 있다는 점주의 말을 들은 탓에, 아이들이 오는 시간이면 나는 늘 긴장했다.

잠깐 숨을 돌리려고 하면, 술에 취한 무례한 손님이 희롱 섞인 농담을 건네며, 담배나 술을 사 갔다. 새벽이면 숙취 음료를 찾는 손님이 많았고, 첫 버스가 오기 전까지 편의점 밖으로 나가지 않고 시시껄렁한 농담을 던지는 손님도 있었다. 나는 누구인지 모르는 그들 다수가 남긴 흔적들을 열심히 치웠다. 테이블에 흘린 라면 국물과 말라 비틀어진 사리를 행주로 닦았다. 냉장고에 음료를 채워 넣었다.

아르바이트하고 나서 처음 한두 주는 상품의 위치와 담배 이름 외우는 것이 어려웠다. 하지만 계산기 포스 사용을 익히고, 제휴 할인 및 포인트 적립 방법 등을 익히고 나자, 편의점에서 사는 세계도 썩 나쁘지 않다고 판단했다. 오히려 편의점이야말로 내 적성과 재능을 사용할 유일한 공간이지 않을까 생각하며 실없이 웃었다.

소설을 쓰지 않는 나날이 이어졌다. 이렇게 살아도 되겠느냐고, 아침에 빛 한줄기 들지 않는 고시원 침대에 누우면서 걱정은 했지만, 내 몸은 저녁이 되면 다시 편의점으로 향했다.

동어 반복 같은 일상이었지만, 지루한 느낌은 없었다. 하지만 나와 관계 맺는 것들이 불고기덮밥이거나 즉석 튀김 닭다리거나, 콘돔이 된다는 사실은 인정하기 싫었다. 수많은 사람이 들락거리는 편의점이었다. 포장지를 뜯을 수 없는 사람들과의 만남이 이어질수록, 나 역시 편의점에 진열된 물건이 아니겠느냐고 여겨졌다. 유통 기한이 지나면 포스로 찍을 수도 없고, 폐기되어야 하는 존재, 딱 그 정도의 위치에서 부패되다가 사라질 존재, 그것이 나이지 않을까 하는 두려움이 점차 커져 갔다.

새벽 기도회를 마치고 편의점에 신문과 샌드위치를 사러 들어온 중년 부부도 내 손님이었다. 그들의 격의 없는 웃음을 이해할 수 없었다. 그들의 특징을 언젠가 다이어리에 메모했다.

샬롬이라고 인사할 줄 아는 사람, 사내아이 둘이 검도로 맞 대결 하는 사진을 지갑에 넣고 다니는 사람, 오랜 기간 손이 탔음 직한 성경책을 들고 다니는 사람, 매대에 조용히 이제 막 진열된 햄버거를 올려 주고 간 사람, 때론 그것이 따뜻한 커피이기도 했고, 도시락이기도 했다. 그들의 선의가 따뜻했다.

받아 본 적 없는 뜻을 포용하기에는 내 마음 그릇이 너무 작았을까. 나는 그 부부의 선의를 정중히 거절해 보기도 하고, 전 거지가 아니라며 계산하지 않고 매몰차게 다시 진열대에 놓기도 했다. 그들의 낮은 탄식을 듣기도 했지만, 다음 날 새벽이면 그들은 언제 그랬냐는 듯, 샬롬, 기도할게요, 라고 말하며 다시 먹을 것을 계산대에 올려놓고 갔다. 배에서 꼬르륵 소리가 들렸다.

한번은 편의점 점주가 포장도 안 뜯긴 채 쓰레기 봉투에 담긴 삼각김밥을 보고 내게 이유를 물었다. 나는 편의점 점주에게 새벽에 오는 부부에 대해 말했다.

"아, 그분들, 여기서 조금만 올라가면 검도 학원이 있는데, 아저씨가 많이 아프셨나 봐. 병원에 가도 아무런 처방도 받지 못했고, 그래서 교회에 매달렸나 봐. 지금은 교회의 안수집사라나?

참 요즘 같은 21세기에, 그게 말이나 돼. 나보고도 하나님 믿으라고 몇 번 찾아왔는데, 에구 말을 말아야지, 아마도 전도하려고 하는 것 같은데, 다음부터는 적당히 이용해. 왜 썸이라고 하잖아. 적당히 밀고, 당기고. 교회에 갈 듯 가지 않을 듯. 주화 씨도 좋잖아. 그렇게 아침 해결하면, 먹는 거 함부로 버리면 지옥 간다!"

점주는 싱겁다는 듯 웃으며 말했지만, 나는 그의 단어 선택이 내내 마음에 걸렸다. 썸이라는 말, 이용이라는 말에서 내 좌표를 읽었다. 달리 말하면, 점주의 삶의 방식이 보이는 문장이었다. 어쩌면 이 편의점을 다녀간 사람들이 내게 보이는 태도이기도 했다. 적당히 이용하고, 적당히 버리고, 아무렇지 않게 살아가고. 내 위치, 내 거리, 내가 속한 세계의 질서였다.

의붓아버지가 내게 벌인 만행의 씨앗도 여기에 양분이 있었을까. 입에서 쓴 물이 올라오는 듯했다. 간밤에 새해를 알리는 타종 소리가 내 머리를 어지럽게 했다. 이따 봐요라는 점주의 인사말 대신, 나는 가판대에 꽂힌 1일 자 신문을 어색하게 웃으며 계산대에 놓았다. 중년 부부가 늘 사던 신문을 나는 왜 편의점 생활 6개월 만에 샀을까. 무엇을 해야 할지 모를 때, 충동적으로 나는 편의점에서 익힌 습관대로, 다만 손님과 종업원의 입장을 바꿔서 역할을 수행했을 뿐이었다.

나는 이날 저녁 편의점에 나가지 않았다. 점주에게 전화가 왔지만, 처음에는 무음으로 그다음에는 아예 전원 버튼을 껐다. 다시 켠 핸드폰에 문자메시지가 도착했다는 알림창이 떴다.

"야, 한 달 치 월급은 사전 연락 없이 네가 일을 그만둔 것이니까 나는 못 줘."

'야'라고 호칭 될 수 있는 관계의 전복을 읽는 사이, 나는 그간 점주에게 익힌 썸이라는 단어의 맨얼굴을 봤다. 언제든 컴퓨터 메모리처럼 리셋 시킬 수 있는 관계, 서로 간에 상관함과 상관받지 않음의 자유가 있는 편의의 관계에 나는 있었다.

그에게 월급을 달라고도 하지 않았다. 왜냐하면 나는 그날 가져온 신문에서 선배의 등단 소식과 그의 소설을 읽었기 때문이었다. 내가 일상에 안주하는 동안에 선배는 꿈을 이뤘다. 신문에 실린 선배가 웃고 있는 사진을 봤다. 그 아래로 '본지 신춘문예 등단 작가 김종수'라는 고딕체의 문자를 읽었다. 사진 속 그의 웃음이 넌 네 삶에서 졌어라고 내게 말을 붙이는 것 같았다.

소설집의 마지막 단락을 읽는 사이 다음 행선지가 나주역이라는 방송 멘트가 들렸다.

자궁 안에 암을 제거하고. 이제 마취에서 깨어난 탕아의 양어머니이자. 교회 목사 사모님은 힘겹게 가물거리는 눈을 뜨고 미소 지었다. 울음이 통과되고 남은 길의 흔적은 웃음이 메꾸었다. 노을 지는 땅끝마을로 돌아온 탕아를 맞이한 어머니의 눈빛. 비록 그가 생모는 아니어도 괜찮았다. 그 웃음으로. 나를 흙으로 빚고 숨결을 불어넣어준 나의 창조주였다고 탕아는 생각했다. 탕아는 자신이 아직 가나안의 땅에 들어가지 못한 예배자라 여겼다. 여전히 광야에 흔들리며 사는 갈대였으며. 방주를 만들어야 하는 일꾼이기도 했다. 그의 망치질 소리에 반응하는 한 영혼의 울림이 세상에 공명하기를 바란다는 것의 의미를 두고. 탕아는 창조주가 부여한 자신의 소망이라 믿기 시작했다. 창조주의 기쁨을 위해 소망을 두고 행하게 하신다는 성경 말씀을 되새기며. 탕아는 어머니를 바라봤다. 오랫동안 가슴에 맺혀 흐르지 않은 눈물이 마침내 굵고 단단하게 여물어 툭툭 떨어졌다. 심장이 떨려 오듯 저릿해졌고, 정신이 한결 맑아졌다. 어머니는 탕아가 귓등으로 흘려 넘기기를 수없이 한 그 말을 한 번 더 꺼냈다.

"너는 우리 대신 맞는 화살받이라. 너를 통해 우리는 삶을 배운단다. 화살받이 당사자가 원망하는 마음이 들지 않도록, 너를 보호하는 것, 그것이 내 사역의 완성일 거야. 미워하지 마라, 용서해라."

미움과 용서에는 주어가 없었다. 사실 없는 것이 아니라 너무 많아 셀 수 없는 관념이었다. 그것은 자신을 쪼개어 만들어지기도 하고, 탕아 스스로 불러오기도 했던 것들이었다. 그 낱말의 나열 속에, 탕아는 왼 손목에 난 면도칼 흔적을 감추기 위해 왼쪽 소매를 오른 손으로 더 끄집어 내렸다. 핏빛으로 붉게 오른 상처의 진물 사이로 생긴 딱지가 가려졌다.

소설 속 탕아가 선배의 전부를 일컫는 것인지, 일부를 투영한 것인지, 아니면 제삼자가 모델이었는지, 알 수 없었다. 문장의 방점이 된 울음, 그 울음을 기어이 토해내고 마는 자, 그를 화살받이라 지칭하는 어머니의 시선에 코끝이 매캐해졌다.

열차가 감속했다. 나주시에서 내릴 승객들의 부스럭거리는 소리가 들렸다. 내릴 곳을 향해 일어서는 사람들의 분주함이 영화의 느린 장면처럼 느껴졌다.

백팩에 단편소설집을 넣고, 왼쪽 어깨에 백팩을 걸쳤다. 처음 앉았던 그대로, 나는 자리에서 일어섰다. 열차에서 내리면 나조차도 내가 이 자리에 앉아 있었다는 사실을 잊어버릴 것이었다. 이 자리에 앉은 누구도 곧 잊어버릴 것을 깔고 앉겠구나 싶어, 나는 한 번 더 내가 앉았던 자리를 쳐다봤다.

나라는 사람의 체온 속에 갇혀 있던 잊힌 것들이 제 자리로 돌아온 것 같았다. 잊힌 것들에 대해 묵상을 하자고 마음먹으며 출입구 앞에 섰다. 열차 문이 열렸다. 열차에서 내리고, 나는 열차에 올라타는 사람 중에 내 자리에 앉는 사람이 있는지 보기 위해 조금 더 기다렸다. 확인할 수 없었다. 열차는 다시 빠른 속도를 내며 내 시야에서 튕겨 나갔다.

스마트 폰을 꺼내, 열차를 탔던 시간, 좌석 번호, 풍경 등을 메모했다. 그리고 선배에게, 나주에 도착했고 곧 출발할 것이라고 연락했을 때, 진눈깨비가 날렸다.

길목의 무늬

소금 맛이 나는 계단을 올랐다. 파닥거리는 날갯소리가 귓전에 닿았다. 나는 천천히 고개를 들어 소리의 진원지를 찾았다. 오래된 시멘트 바닥을 뚫고 나온 풀이 듬성듬성 눈에 보였다. 풍우에 벗겨진 땅의 속살을 타고 줄기 뻗은 풀의 생명이 경이로웠다. 그 사이로, 떠난 이를 기억할 까닭 없는 멧비둘기 한 마리가 있었다. 내 걸음보다 네댓 걸음 앞서 먹잇감인 씨앗을 찾느라 요리조리 총총거리며 돌아다녔다. 먹이를 찾는 몰입감이 놀라웠다. 사람의 인기척을 신경 쓰지 않는 멧비둘기의 태도가 도도해 보였다.

멧비둘기는 새끼가 있을까. 먹이를 생으로 새끼에게 물어다주지 않는 멧비둘기의 습성이 떠올랐다. 어미가 먹이를 먼저 먹는다. 위 속에서 소화된 그것을 게워내어 새끼를 살찌운다. 멧비둘기의 습성은 바다에서 소화된 그물을 다시 잇는 다순구미의 아주머니들을 닮았다. 초등학교를 파하고 집으로 돌아올 때쯤, 난 그 아주머니들을 봤다. 바다에서 탄 까만 얼굴보다 구부정한 등을 먼저 봤다.

땅거미가 조선내화의 노후 담벼락에 기대어 있고, 어깨를 굽은 아주머니들은 그물을 수선하는 데 집중했다. 재빠른 손놀림으로 엉키거나 찢긴 그물을 잡고 자르고, 그것을 이어 붙이기를 반복했다. 무한 집단 노동의 시간이었다. 아주머니들은 듬성듬성 풀처럼 앉아 있었다. 멧비둘기의 분홍빛이 감도는 진한 회색빛의 깃털은 해풍이 절인 시멘트 계단 색과 비슷했다. 더 이상 그물코가 보이지 않는 밤에 아주머니들은 귀가했다. 그때 그들의 걸음에서 떨어진 색이었다.

유달산 자락에서 불어오는 미풍에는 마른 장작을 태우는 듯한 매캐한 냄새가 진득하게 달라붙어 있었다. 어느 집에서 밥하는 냄새일까. 물이 귀해 샘을 파준 사람의 공덕비를 주민들이 세워준 동네였다.

이곳에서 짓는 밥 냄새는 타 지역에서 느껴 보지 못한 애틋함이 있었다. 공동 식수대에서 기른 물로 밥을 하고 빨래하고, 아이를 키웠던 아주머니들이었다. 쌀 씻을 물을 구하는 것은 흘러간 시절의 이야기만이 아니었다. 세월이 바꾼 것은 물 긷는 양동이 대신에 정수기 물통이 집마다 놓여 있다는 것뿐이었다. 물통을 들고 계단을 오르내리는 노인들의 모습이 흔히 보였고, 그들의 시큰한 무릎은 그간의 삶을 대변했다.

대규모 공사를 하지 않는 한 도시가스 관을 매장하기 어려운 동네였다. 가가호호 LPG 가스통을 사용했다. 기름보일러를 쓰는 집들이 대다수인 동네였다. 덕분에 손으로 셀 수 있을 만큼 몇 개 되지도 않는 동네 가로등에는 △△석유, □□석유, ○○석유 스티커가 붙어 있었다. 덕지덕지 붙어 있는 스티커 아래로 '주택 매매' 홍보지도 있었다.

주택 매매

다순구미 길 ○○ 즉시 입주 가능

큰방 2. 주방, 창고방, 화장실(넓음), 작은 마당(수도 설치), 바깥 창고 있음. 올 수리됨(단열, 샤시 포함) 기름보일러, 에어컨 2, CC카메라 3대, 붙박이장 있슴.

유달산 운동하기 좋음

010-****-****

복사 용지 한 장을 상에 두고, 사인펜 뚜껑을 열고 정갈하게 글씨를 썼을 노인의 손을 상상했다. 살림살이가 좋아져 이사하는 노인들은 드물었다. 대개 노인들은 요양원으로 가면서 집을 매물로 내놓는 경우가 허다했다.

평생을 분신처럼 보살핀 집을 내놓으며 쓴 매매라는 글자였다. '있슴'에서 '있음'으로 변한 시간을 읽었다. '있슴'에 멈춰진 맥락의 시간이 슬프게 다가왔다. 주택 매매 홍보는 사실, 노인의 자기소개서와 다름없었다. 얼기설기 만든 판잣집에 큰방을 내고 창고 방을 내고, 화장실을 넓혔던 노인의 수고가 집의 내력이자 노인의 프로필이었다. 나는 주택 매매 홍보지를 통해 얼굴도 모르는 노인의 세월을 읽었다. 홍보지는 비에 젖고, 해를 쬐면서 살이 뒤틀렸다. 곳곳에 물이 흐른 길에는 글자가 꽃처럼 번져 있었다. 오랜 기간 입고 벗다 보니 닳았을 다순구미 엄마들의 왜 바지처럼 정겨우면서도 안쓰러운 마음이 들었다. 전봇대에 주택 매매 홍보지를 손으로 꾹꾹 누르며 붙이고, 한참 동안 그것을 바라봤을 노인의 형상이 떠올랐다. 내

아버지의 모습과 겹쳤다.

　구정 무렵 아버지의 장례를 치렀으니, 근 한 달여 만에 찾았다. 계단 곳곳은 녹이 슬어버린 아버지의 심장처럼 갈색의 곰팡이 포자가 올라와 있었다. 동네 어른들의 고무신을 신었던 내 유년의 기억에, 언제나 고무신은 그 계단에서 벗겨졌다. 나는 줄곧 넘어져 무릎에 생채기를 냈다. 예닐곱 살 때, 딱지는 쉽게 생겼다. 쉰을 바라보는 지금, 도처에 위험한 시멘트 바닥이 있었다. 그것들은 더 많은 상처를 내게 주었다. 딱지는 생기지 않았다. 상처가 아물어 흉터라도 눈에 보이면, 그것을 가리켜 상처가 있던 자리라 말했을 것이었다. 도무지 그런 기회가 내게는 오지 않았다.

　담벼락에서 벗겨진 하늘색 시멘트 껍질은 계단에 박제된 유물처럼 전시돼 있었다. 누덕누덕 메워진 시간의 층위에 구둣발보다, 이마에 송골송골 맺힌 땀이 먼저 으깨진 시멘트 껍질에 떨어졌다. 패잔병이 돌아갈 길이 있던가. 나는 새우처럼 등을 굽히고 계단을 오르고, 나를 활대 삼은 햇빛은 화살촉을 온 동네에 쏘았다. 볕이 잘 들고 따뜻하다고 해서 다순구미라 불린 동네답다. 그러나 이름과 다르게 슬픔과 기쁨을 반반 섞어, 가난을 머리에 이고 지고 사는 동네였다.

　목포에 시가지가 조성되기 전, 목포 앞바다에서 고기를 잡던 사람들이 전라도 말로 '그작저작' 살던 동네였다. '그작저작' 아주머니들은 생선 운반과 그물 수선을 업으로 삼았다. 한때 째보 선창이 있던 바다를 메우고 마을과 마을을 잇대어 지은 달동네는 목포의 시작이었지만, 푸른 페인트가 벽을 칠해놓은 온금동 골목은 가파른 계단처럼 위태로운 사람들이 근근한 목숨을 유지하는 전쟁터이기도 했다.

'고향'이라는 두 음절의 발음이 어색했다. 마을에 사람들이 바글바글하던 시대도 있었다. 밤에 가로등을 켜지 않아도 사람의 말소리가 빛이 되었던 시대였다. 작은 방은 셋방을 놓고, 한 집에 서너 가구는 족히 살았던 고향 땅이었다. 방을 가르고, 마루를 내는 면적마저 줄여 창고 방을 냈던 시절이 있었다. 눈으로 보았고, 귀로 사람들의 웅성거림을 들었던 시절이 거짓말 같았다. 멧비둘기가 구구 우는 소리조차 어느 예배당에서 간혹 들리는 종소리처럼 아득했다.

한 발과 다른 한 발이 교차되며 닿는 계단이었다. 안전의 용도보다는 지지대 역할을 하는 철제 난간이 있었다. 손으로 난간을 짚고 게처럼 옆으로 계단을 오르내리던 팔십 대 노인의 형상이 떠올랐다.

'노닐다'는 음성이 순간 들렸다. 그 옛날 모세의 제단 위에 올려진 흠 없는 숫양의 울음 같았다. 음성의 발원은 어디였을까. 내가 내뱉지 않은 음성의 결에, 다순구미 사람들, 더 좁혀 아버지 이현덕 씨의 절뚝거리는 보행이 왜 떠올랐을까. 뇌졸중은 난간에서 시작됐다. 아버지는 계단을 내려오는 길이었다. 탄력 잃은 고무줄이 끊기듯, 아버지의 뇌는 스위치를 껐다. 뒤로 넘어지며 계단 턱에 뒤통수를 찧었다. 미처 난간을 잡을 겨를도 없었다.

아버지는 현덕이라는 이름보다, 동네에서 조금 새끼로 통용되는 군집이었다. 바닷물이 들어오는 사리 때 먼 바다로 나간 선원들이 조금물 때면 항구로 돌아왔다. 모처럼 돌아온 선원들은 그때 아이를 가졌다. 생일이 엇비슷한 아버지의 친구들을 삼촌이라 부르며 산 세월도 있었다. 조금 새끼 대부분은 결혼하고, 아이를 갖는, 지극히 당연한 생의 수순을 밟았다. 하지만 나는 결혼하지 않은 조금 새끼의 아들이었다. 그래서 조금 새끼 아들이라는 별칭은 모든 조금 새끼의 자녀들이 갖는 보편적인 것이 아니었다. 이 동네에서 나만 가질 수 있는 기표였다. 왜냐하면 조금 새끼가 낳은 자녀들도 물때에 맞춰 태어났기 때문이었다. 그들에게 아들과 딸의 명칭이 따로 더해질 이유 따윈 없었다. 그들은 그대로 조금 새끼가 됐다. 조금 새끼가 조금 새끼를 낳았고, 그 조금 새끼는 또 조금 새끼를 낳았다는 식이었다.

조금 새끼 아들이라고 동네 사람들이 불렀지만, 실상 나는 그의 피를 잇는 새끼가 아니었다. 모두가 새끼라고 하니까 새끼였지만, 나는 그의 온전한 새끼일 수 없는 엉성한 위치에서, 뼈가 자라고 겨드랑이와 사타구니에 털이 났다. 선대의 조금 새끼들을 따라 후대의 조금 새끼들은 결혼하고 아이를 낳았지만, 나는 축이 어긋난 좌표에서 살았던 까닭에, 지금껏 결혼을 유예했다. 내 본질은 무엇일까. 이 정표는 보이지 않았다.

해상 케이블이 갈라놓은 다순구미의 하늘에서 한 주먹씩 양복 바짓단을 타고 외로움이 눈가까지 올랐다. 바다에서 서는 장을 파시라고 한다. 나는 파시에서 태어났다. 그리고 서산동 유곽에서 버림받았다. 나를 낳은 어머니를 일컬어 누구는 임자도 여자라고 했고, 또 누구는 흑산도 각시라 했고, 더러는 산다이 색시라고도 했다. 동네 사람들의 절구질하는 입방아가 싫었다. 아버지가 없는 밤은 우레 치는 태풍이 오는 날처럼 무서웠다. 불 꺼진 방, 사람의 체온이 느껴지지 않는 찬 이불이 싫었다.

"니 얼굴 내 얼굴 깍얼굴이라도, 니 마음 내 마음 한마음 아니냐?"

탁주를 마셔 벌게진 얼굴을 하고 아버지는 새벽녘에 들어와 민요를 불렀다. 동네 아이들과 개판이 되게 싸우고 온 날에도 아버지는 민요를 불렀다. 아버지는 멍든 내 얼굴을 쳐다보지 않았다. 산다이 색시들에게나 부르는 술판 노래를 내게는 부르지 말라고 해도 소용없었다. 아버지는 파시에서 배운 노래라고 했다. 아버지를 보지 않기 위해 이불을 힘껏 끌어 올렸다. 서운했지만, 아버지의 노랫소리에 나는 스르르 잠에 빠졌다.

가족이 뭘까, 사랑이 뭘까를 묻는 동안 나는 아주 오랫동안 어두운 길을 헤맸다. 가로등 불빛도 없는 길을 걸었다. 달순 엄마는 어머니가 사도신경을 줄곧 외웠다고 말해줬다. 나는 어머니가 없는 빈자리에서 사도신경을 입으로 읊고 손으로 만지며 자랐다.

'그는 성령으로 잉태되어 동정녀 마리아에게서 나시고, 본디오 빌라도에게 고난을 받아 십자가에 못 박혀 죽으시고…'

사도신경의 대목을 통해 나는 위로 받았다. 태생의 천박함에 응시한 타인들의 시선이 버거웠다.

"하나님 전 이 광야에서 무엇을 배워야 합니까?"

매일 기도를 했다.

이제는 오고 갈이 드문 황토색 나무 대문을 열었다. 행정구역상 다순구미로 일번지에서 쭉 걸어 '온금슈퍼' 간판에서 '금'과 '퍼'만 남은 글자를 확인하고 계단을 오르면 볼 수 있는 집이었다. 아버지와 내가 달순 엄마에게 세를 얻고 살았던 집이기도 했다.

"아이고 우리 전도사 선생 오셨고만!"

날이 새도록 그물을 수선하다 보니 허리만 굽은 것이 아니었다. 손가락이 휘고, 지문도 닳았다. 세월이 굽혀버린 신장을 땅에 딛는 여인이 햇살보다 더 밝게 웃었다. 사족보행을 느리게 하는 달순 엄마였다. 요양병원에 입원 중이었던 아버지의 죽음을 내게 알려준 분이자, 한때는 내 어머니의 친한 친구이기도 한 분이었다.

"야아, 시상 무상타만은, 네 대그빡에도 서리가 도둑질혔다. 시상 요지경 혀도 세월은 먼저 지름길로 오제."

달순 엄마는 놓친 사위를 대하듯, 아니면 달순이보다 다섯 살 위인 죽은 아들을 대하듯, 나를 반가워했다. 입가가 올라가며 미소 짓는 달순 엄마를 보자 마음이 알싸해졌다.

"직행버스 못 타고 정류장마다 서는 완행버스 탔응께요. 그간 별일 없으셨죠?"

일제 강점기 유곽촌이 있던 동네, 서산동, 그곳에서 산다이 색시들의 밥을 만들고, 빨래하며 품삯을 벌었던 달순 엄마였다. 얼굴에 툭툭 새겨진 주름이 아슬아슬하다. 영산강이 바다로 빠지고, 바닷물이 영산강이 되는 그 길목이 목포다. 주름은 어머니, 아버지 그리고 나를 걸치는 길목이었다. 이 어느 곳에서 나는 담수가 되었고, 바닷물이 되었던가. 푸른색으로 칠해진 슬레이트 지붕이 달순 엄마를 가렸다. 그의 그림자는 내 구둣발 앞에 포개졌다.

바다에서 올라온 노을이 조선내화의 굴뚝을 휘감았다. 나는 달순 엄마가 누워 있던 큰방으로 들어갔다. 안테나 수신을 받아야 하는 구형 텔레비전이 한쪽 방에 그대로 놓여 있었다. 나는 엉거주춤, 그 텔레비전 옆으로 자리를 잡았다. 노인의 체취가 엉겨 붙은 노릿한 냄새가 방금까지 달순 엄마가 누워 있던 이불에서 났다. 불 꺼진 적막함이 달순 엄마의 처지를 대변하는 듯했다. 그러나 그보다 더 숙성된 내 외로움은 빛이 필요했다. 형광등 불빛을 빌리기로 했다.

휴학, 복학, 취업, 명예퇴직, 재입학 등의 단어가 빚어낸 내 세월을 흉금 없이 달순 엄마에게 털어놓고 싶었다. 적어도 달순 엄마에게만큼은 나 힘들었어요, 외로웠어요, 라고 말해도 괜찮지 않을까. 형광등이 길을 터준 방에 누렇게 변색된 벽지가 눈에 들어왔다. 때론 낡은 것이 이렇게 편할 수 있구나 싶었다. 형광등에 비친 달순 엄마의 방에서 졸음이 몰려오는 듯했다. 운동회고 소풍이면 내 도시락까지 싸줬던 달순 엄마였다. 그 품에 엄마의 젖 냄새가 나는 것 같았다. 나는 이따금 아버지가 먼바다로 나가 돌아오지 않는 밤이면 달순네 집에 들어가 그 좁은 방에 꾸역꾸역 발을 들이밀고, 유달산 자락에서 얻어온 도깨비바늘을 그 집 이불에 달라붙게 했다.

달순 엄마와 내 어머니가 찍힌 한 장의 사진을 나는 양복 안쪽 주머니에서 꺼냈다. 달순 엄마가 지난해 집 살림을 정리한다며 내게 준 사진을 다시 본 주인에게 꺼낸 데에는 나름의 각오도 있었다. 아프리카 케냐로 견습 선교사가 되어 떠나기 전, 나는 내 본질을 찾고 싶었다. 뿌리 없는 열매가 되고 싶지 않았다. 아버지에게도 물었던 질문, 달순 엄마에게도 던졌던 물음의 연쇄 고리를 이제는 마침표를 찍고 싶었다. 그리고 두 번 다시 나는 다순구미에 돌아오지 않을 작정이었다.

캄바어로 타조의 산(KINYAA)이라는 어원을 가진 아프리카 대륙의 케냐로 출국 결정이 쉽지는 않았다. '싶다'라는 말로 찾은 선교의 길이었다. 견습 선교라, 원하지 않으면 선교회에 정한 일정만 마치고 귀국하면 그만이었다. 누가 강요한 것도 아니었는데, '보고 싶다'는 하나의 문장이 내 삶을 자꾸만 엉뚱한 방향으로 몰고 갔다.

'대부분의 아이가 손에 뭘 들고 있는지 아세요? 노란 액체가 들어 있는 플라스틱 통이에요. 그게 뭐냐고요? 바로 본드예요. 이 아이들이 구걸한 돈으로 하는 짓이 본드나 환각제 사는 것이라고요. 저는 케냐에 처음 왔을 때 수도인 나이로비에서 구걸하는 아이들에게 목걸이와 지갑을 탈탈 털어버린 여자였습니다. 이후에 깨달았죠. 하나님의 계획 말이에요.

저는 판잣집을 수리하고, 네 명의 미혼모들 대상으로 선교사역을 시작했어요. 그러다 보니 지금은 70여 명의 유치원생과 150여 명의 청소년에게 성경을 가르치는 성경학교를 운영하며 걸인들에게 무료 급식까지 하고 있어요. 이 모든 것의 시작은 지금 당장이었습니다. 지금 당장 이곳으로 오세요. 여러분이 느끼지 못한 사랑을 배울 수 있을 것입니다. 하나님의 크신 사랑 말이에요.'

견습 선교사를 모집하는 공고문이었다. 나는 대학원 인터넷 게시판에서 이 공고문을 봤다. 이런 문장을 쓸 수 있는 사람은 어떤 사람일까. 이 사람이라면 사랑을 알까. 사랑도 어려운데 하나님은 무엇이고, 그 크신 사랑이란 뭘까. 나는 '지금 당장'이라는 말에 방점을 찍었다. 눈으로 확인하고 귀로 듣고 싶은 말이 바로 사랑이었기 때문이다.

사진을 꺼내 보이자 달순 엄마는 마치 사진을 처음 보는 것처럼 웃으며, 손때가 탄 사진을 자기 손으로 문질렀다. 사진 속 달순 엄마와 어머니는 아직 어머니가 되지 않은 소녀였을 때였다. 날씨 좋은 날 째보 선창가에서 어색하게 미소 지으며 소녀들은 정면으로 시선을 응시하고 있었다. 분을 예쁘게 바른 어머니와 세수도 한 것 같지 않은 달순 엄마의 얼굴이 달라 보이지 않았다. 식모 일을 하면서 만난 동갑내기 친구였다고 달순 엄마는 어머니를 회상했다.

훗날 신문에 '후조(候鳥)'라고 기사를 쓴 기자가 찍어준 사진이었다. 남자 정 따라 떠도는 인간 갈매기 떼, 정조 관념에 어긋난 아름다운 꽃을 일컫는 요화(妖花), 산다이 색시, 파시의 여자라 표현한 기사를 인터넷에서 찾아 얼마 전에 읽었다. 밥상을 물릴 때쯤, 달순 엄마를 통해 사진에 대한 이야기를 들었다. 사진은 어머니가 받은 화대였다는 것을 말이다.

"딸 낳으면 갤치지도 않고, 어짜든지 줄줄이 낳은 새끼들 틈바구에서 입 줄일라고 안 했드라고. 네 엄마나 나나 많이 아니드라고. 배 타고 나가 소식 없는 애비 대신해 세발낙지 펜 와리바시 같이 동생들 있었잖어. 고등교육은 못 시캐주더라도 소학교는 나와야 안 쓰것어. 나는 글도 모르고 배움도 없지만, 동생들 무식은 면해야 않것어. 그래야 커서 밥 빌어먹고 살거 아니것어. 너는 그란디, 뭣담시 또 쓰잘데그 없는 말을 묻냐."

어린 시절 바다 굿을 하던 무당의 사설처럼 신파조가 느껴졌다.

익숙한 이 말을 곧이곧대로 다시 듣고 싶지는 않았다. 한 번도 변하지 않은 말들 사이에서, 달순 엄마는 미묘한 낌새를 눈치를 챈 것일까.

"내 정신 좀 봐라, 밥은 무엇냐. 그라믄 네가 단디 마음 먹고, 애비도 가불고 나도 갈 날 이제 얼마 없응께, 밥 묵고 너사 내 말 듣고, 도야지를 잡든, 그 불알로 축구를 하든 맘대로 혀라. 맴속에 한을 달고 살면 고것이 너를 잡을것잉께. 너도, 나나 네 애미맨큼이나 그작저작 살 팔자는 아닌갑다."

달순 엄마가 밥을 차리기 위해, 방 하나를 건너간 사이였다. 나는 아버지와 어머니의 관계, 아버지는 왜 업둥이인 나를 키웠는지, 어머니는 왜 한 번도 나를 보러 오지 않았는지에 관한 질문에 대한 답을 마침내 들을 수 있을 것 같았다. 묘한 기대감에 휩싸였다.

달순 엄마를 기다리는 동안 벽에 붙은 액자를 쳐다봤다. 흑백 사진이었다. 머리를 곧게 빗은 달순이의 중학교 졸업 사진이었다.

까무잡잡한 피부, 날렵한 턱선, 커다란 눈을 가진 체구가 작은 아이가 바로 달순이었다. 일본풍 세일러복을 입은 중학생 달순이가 내 방문을 열었을 때가 떠올랐다. 전교에서 1등을 놓치지 않았던 수재의 방문이 썩 달가운 사건은 아니었다.

위도에 조기 파시가 섰다는 것은 동네 어른들을 통해 익히 알고 있었다. 달순이네 외삼촌은 임자도 타리 파시 때 목돈을 꽤 벌었다. 외삼촌은 누나 덕분에 내가 잘됐다며 이제 부모 대신에 누나한테 효도하겠다, 공부 잘하는 달순이의 고등학교는 서울로 유학 보내겠다고 호언장담했다. 그 외삼촌이 잠깐 달순 엄마와 달순이를 보러 온다는 것이었다. 달순 엄마는 자기 동생을 마중하기 위해 선착장으로 나갔다. 집에는 달순이와 나만 있었다.

아버지 몰래 다니기 시작한 교회였다. 나는 교회 청소년부 밴드 동아리 활동을 했다. 사실 찬양 사역을 한다기보다, 통기타를 치면 여자아이들에게 인기가 있지 않을까 하는 허세 때문에 시작한 일이었다. 용돈을 모으고, 더러는 친구들에게 빌려서 통기타 하나를 장만했다. 집으로 가져온 통기타를 보고, 아버지가 뭐냐고 물었다. 하지만 아버지는 내 답에 귀 기울이지 않았다. 내가 교회에 나가는 것 또한 크게 개의치 않았다. 사실 내게 별 관심이 없다고 해야 옳을 것이다.

'외롭게 사는 이 그 누군가 맘 아파 헤매는 그대로 다'의 가사가 있는 291장 찬송가는 E플랫과 B플랫의 코드를 잡을 줄 알아야 했다. 처음에는 기타 치는 게 재미있었는데, 두어 달 기본 코드를 외우고, 손톱 끝에 물집이 잡히자, 기타 치는 것이 슬슬 물리고 귀찮아지기 시작했다. 그날도 여느 날처럼 코드를 몇 번 잡다가, 교회 친구들끼리 몰래 돌려 보던 플레이보이 잡지를 집에서 혼자 보고 있었다. 방문을 걸어 잠갔어야 했는데, 깜박 잊어버렸다. 금발과 파란 눈의 서양 여자의 풍만한 가슴골을 보며, 나는 야릇한 감정에 쌓였다. 바지를 내리고 방바닥에 누웠다. 선뜩한 기운이 돌았지만 금방 괜찮아졌다. 곰팡내 나는 벽을 마주 보고 수음할 때였다. 방문이 덜컥 열렸다.

"너 시방 뭐하는 짓이여?"

단단하게 부풀어 올랐던 내 양물은 순식간에 쪼그라들었고, 귀두 끝에는 물방울이 맺혔다. 몽정하고 난 아침처럼 찝찝함이 몰려왔다. 낯부끄러웠지만, 팬티를 계속 내리고 있을 수는 없었다.

"야 인기척이라도 좀 해."

"조그만 것이 컸다고 그 짓이냐? 허벌나게 징그라야! 떠날 이유 추가!"

목소리가 한껏 들뜬 것으로 보아, 아마도 입이 간지러워 내 방을 찾아온 듯했다. 떠날 이유가 없는 사람은 머무른다. 머무를 이유가 없는 사람은 떠난다. 떠날 이유도 머무를 이유도 찾지 못한 사람은 그냥 일상을 산다. 나는 살았고, 달순이는 늘 지긋한 촌 동네를 떠나야겠다며 이유를 만들어서 찾는 듯했다.

한번은 달순이에게 왜 다순구미를 떠나고 싶은지 물었다.

"넌, 좋냐? 난 커리어 우먼이 될 거야"

벽을 사이에 두고 우리는 말을 주고받았다. 깊은 속내는 알 수 없었지만, 좋냐는 한마디의 말이 내 정곡을 쿡 찔렀다. 벗어나야만 하는 가난, 바다 것의 비린내, 더 넓은 세계에 대한 동경, 커리어 우먼이 될 것이라는 달순의 답에는 나와 비슷한 외로움이 있었다. 나는 어머니를 느낄 수 있는 이 동네에서 외로움을 키운 것이라면, 달순이는 이곳을 벗어나야만 사라질 수 있는 외로움이었다.

옆방에서 무엇을 하는지, 대문 밖에 누가 오고 가는지, 심지어 내 방에서조차 내 공간을 침해받으며 사는 삶에 대해, 나는 어렸지만 고민했다. 교회 일을 하다 보면 가끔 집사나 권사님들께서 두레나 향악의 옛 전통의 멋스러움, 공동체의 참다운 가치에 대해 내게 말을 건네는 경우가 있었다. 서로 돕는 풍속에 대해 나는 그리 너그럽게 생각하지 않는다. 내가 살면서 느낀 것 하나가 있다. 제약 회사에서 임원 승진에서 탈락하고 회사는 억지로 사표를 내게 쓰게 했다. 자기 것을 지킬 자가 있는 자들은 그들끼리, 없는 사람들은 살기 위해 본능적으로 편을 갈라 의지한다. 두레나 향약도 사실은 공동체의 멋이다기보다는 오히려 생존하기 위한 처절한 몸부림은 아니었을까.

파시가 서는 날 외삼촌은, 유곽에서 포주와 색시의 장난으로 가진 돈을 몽땅 잃어버렸다고 달순 엄마에게 말했다. 그들 패거리에게 호되게 맞았다는 말에는 분한 울음이 섞여 있었다. 벽을 통해 감정이 내게 전달됐다.

"이 씨발 것들, 요런 호로 잡녀러 것들!"

달순 엄마는 방바닥을 치며 욕을 했다. 달순이가 방을 뛰쳐나가면서 절로 닫힌 문소리가 내 심장을 내려앉게 했다. 뭔가 사달이 날 것 같아 불안했다. 나는 달순을 쫓아 밤의 계단을 밟았다. 계단의 끝이자 마을의 시작점에 달순이가 쪼그려 앉았다. 교복 치마가 맨바닥에 쓸리며 구겨졌다. 희망이라는 단어가 망가질 때의 모습을 나는 목격했다. 별도 뜨지 않는 칠흑이 달순이 등 뒤에 서 있던 나와 달순이 사이의 공간을 칠했다. 다순구미에는 머물 이유가 없어도, 머물러야 했던 달순이가 있었다.

세를 준다고 하지만, 달순이네 살림 사정이 좋지는 못했다. 딸 하나 있는 것 고등학교 교육도 못 해줬다고 달순 엄마는 내게 여러 번 한탄했다. 공부는 달순이가 더 잘 했는데, 라며 말꼬리를 흐리기도 했다. 달순이를 그리워하는 달순 엄마를 보며, 내 엄마는 왜 나를 그리워하지 않았는지, 의구심을 쌓으며 회사에 첫 출근을 했다.

물 긷는 마을 꼴 보기 싫다며 달순이는 집을 나갔다. 고작 가출하여 간 곳이 목포 여객터미널 부근이었다. 사실 가출이라기보다는 터미널 근처의 직업소개서 사무직원으로 채용됐다. 나는 그 소식을 신학교 입학하고 한 계절이 지나서야 들었다. 아버지가 말해줬는지, 달순 엄마가 직접 말해줬는지, 기억이 명확하지 않다. 말이 사무직원이지, 선원으로 나가는 사람들의 잔심부름을 하거나, 커피를 따라주는 일이 달순이 맡은 역할이었다.

달순이는 내 핑계 삼아, 내가 다니던 광주에 있던 대학교에 찾아왔다. 한참 동안 달순은 내게 직장에 관해 이야기를 해 주었다. 달순이는 사무실에서 커피를 내오는데 자기 엉덩이를 만지는 사람, 성적 농담을 스스럼없이 던지는 아저씨, 그들의 웃음소리, 동물원의 원숭이가 된 것 같다고 내게 말했다. 누군가 바늘을 가져와 툭 찌르면 금방이라도 울음을 쏟아낼 것 같았다.

들개가 컹컹 짖는 야심한 밤, 나는 달순의 터진 입술에 내 입을 포개었다. 아랫도리는 금방 뭉쳐 올라왔고, 나는 좀 더 억세게 달순을 안았다. 달순은 나를 힘껏 밀치고 내 뺨을 때렸다.

"뭐? 목사가 돼야? 너도 똑같아, 자지 달릴 놈들은 다 똑같아. 너도 내가 만만하냐 이 씨발놈아!"

기숙사 불빛이 하나둘 켜지는 것에도 아랑곳없이 달순은 주저앉아 엉엉 울었다. 사람들의 맥락 없는 소리가 아우성쳤고, 나는 낮부끄러워 그 자리를 피했다. 울음이 나를 쫓았다. 나는 그 울음을 덮기 위해 필사적으로 성경에 매달렸다. 누가 옆에서 무슨 일인지 묻는 것에, 일절 답하지 않았다.

내가 처녀를 겁탈했다는 흉흉한 소문이 학교에 퍼졌다. 그 소문이 사실이 아니므로 나는 굳이 해명할 필요를 느끼지 못했다. 해명할 까닭이 없는 사람에게 하지 않은 사실을 하지 않았다고 말하라는 것은 정말 말이 되지 않았다. 하지만 기숙사 사감을 비롯한 동기생들은 내 입을 쳐다봤다. 말을 해도 소문은 생명을 가져 부풀려질 것이고, 말을 하지 않으면 상상하여 거짓이 꼬리를 물을 것이었다. 애매모호한 내 자세를 나무라던 동기들이 입을 다물었다. 교내 식당에서 함께 밥을 먹었던 동기들이 하나둘, 곁을 내주지 않았다.

간장과 고춧가루로 짭조름하게 맛을 낸 꽃게 무침이 밥상에 올려 있었다. 게 몸통 살을 엄지와 검지로 쭉 빼 모락모락 김이 오르는 하얀 밥에 게살을 올려놓는 달순 엄마의 손이 정겨웠다. 나는 미취학 시절 방이 좁아 달순네 방턱에 걸터앉았다. 밥 냄새가 나면 달순 엄마나 달순이가 내 방문을 두드리며 나를 불렀다. 혼자 있는 것을 알기에 나를 챙겨준 것이다. 하지만 나는 머뭇거리며 밥상에 둥그렇게 둘러앉은 그들 가족 틈으로 끼어 앉을 용기가 나지 않았다. 그래서 나는 엉거주춤한 자세로 방턱을 내 자리로 잡았다. 더 보채면 내가 안 먹겠다고 말하며 그 자리를 뜰 것이라고 달순 엄마는 생각했는지도 몰랐다. 객식구인 내게 고등어 흰 살, 고사리무침 등을 고봉밥이 담긴 그릇에 올려주며 어서 밥 한술 더 뜨라고 권한 손이었다. 해풍과 세월이 말린 달순 엄마의 손을 물끄러미 바라봤다. 검버섯이 피어오른 손 등에서, 10대 후반 내 어머니와 교제했던 소녀의 여리고 고왔던 시절이 읽혔다.

"너, 삼학도 야그 아냐?"

탁주 몇 잔이 돌고, 뜬금없이 달순 엄마가 걸걸한 목소리로 내게 물었다.

유달산에서 수련 중인 한 청년을 사랑한 세 처녀, 청년은 수련에 방해가 될까 두려워 그 세 처녀를 달래 떠나보냈지만, 후에 그들을 사랑한 것을 알고, 처녀들 보고 떠나지 말라고 활을 쏘았는데, 그만 그것이 세 처녀가 탄 배에 꽂혔다. 배는 서서히 침몰했다. 이윽고 세 처녀는 학으로 변해 지금의 삼학도 자리에 세 섬으로 떨어졌다는 전설이었다. 목포 태생이라면 다들 아는 전설이었다. 하지만 구술로 전해 내려오는 옛이야기가 그렇듯 허술한 지점이 있었다. 청년은 무엇을 수련한 것일까. 그 후 청년은 어떤 삶을 살았을까.

사랑을 묻기 위해 아주 먼 길을 돌아 선택한 그리스도인의 길이었다. 헤매고 기어코 걸어가야만 하는 가나안 광야 순례길이었다. 한 청년을 사랑한 세 처녀, 세 처녀와 한 청년의 시소 추는 평평할까. 그것은 성적인 에로티시즘을 수반한 사랑만을 의미하는 것이 아니었다. 기원이 되는 내 사랑을 알기 위해, 나는 수백 번 아리랑 고개를 넘나들며 서산동과 온금동을 바라봤고, 목포 앞바다에서 소리치며 울었다. 뱃길을 아는 아버지였지만, 아버지를 유해를 뿌린 목포의 바다는 다순구미의 좁은 계단 폭처럼 옹졸해 보였다. 바다는 어머니와 아버지를 포용해주지 않았다.

달순 엄마는 한참 동안 내 가족사에 대해 말했다. 목이 탔는지 연거푸 탁주를 마셨다. 이제 됐냐는 듯이 꼭 트림을 하고 입을 손등으로 훔쳤다. 마을 잔치 때 〈목포의 눈물〉을 부르기 전처럼 목을 길게 뺐다. 동네 사람들이 그 노랫소리에 맞춰 술상에 젓가락 장단을 두들겼던 마을 산다이가 다시 시작되는 것 같았다. 춤을 추고 노래 부르기를 좋아했던 아버지가 한 발을 올리고 어깨를 둥실둥실 흔드는 모습이 눈에 선하였다. 아이를 낳고 급격히 쇠약해지는 어머니의 기침 소리가 들렸다. 어머니의 급여가 깎이지 않기 위해, 아버지는 기를 쓰고 어머니의 매상을 올려주려고 했다. 매상을 많이 올리면 오산다이, 그렇지 못하면 산다이. 어머니는 어선이 입항하는 날, 나를 낳고, 기침하고, 다시 유곽으로 돌아오지 않았다.

"잘 살아야 해. 우짜든지 너랑 나는 잘 살아야 해."

호기롭게 말하며, 다 큰 아들에게 입술을 쭉 내밀며 뽀뽀하려고 했다. 나는 싫다고 발버둥을 치며 아버지를 밀쳐냈다. 내가 어떻게 키운 새낀데 뽀뽀 한번 해주지 않냐며 아버지는 핀잔을 주었지만, 우리 부자는 그리 가까운 사이는 아니었다. 아버지는 머리 검은 짐승 거둬 키워도 잘만 산다는 것을 동네 사람들에게 알리고 싶어 했다. 그것이 어머니와 약속이라고 말했다. 다시 어머니를 만날 수 있을 것이라는 기대 속에 아버지는 조기잡이와 세월을 맞바꿨다.

"아따 맞어, 너 기타 칠 줄 알지? 달순이 방에 기타 있을 것인데, 좀 갖고 와서 한번 쳐 봐라."

달순 엄마는 눈을 반쯤 감고, 젓가락을 쥔 채 그대로 벽에 기대며 말했다. 다음 노래는 내 차례라는 듯 말이다. 달순 엄마의 새근덕거리는 숨소리가 조용해졌다. 나는 상을 살짝 물리고, 바닥의 이불을 끌어 달순 엄마를 덮어 주었다.

나와 아버지가 살던 곳이 달순의 방이 됐다. 고등학교를 입학할 때쯤 아버지는 조기 낚싯배를 탔다. 부자가 살 집을 마련할 수 있을 정도로 돈을 모았다. 그래 봤자 달순네 집과는 가까운 거리였지만 우리 집이 생긴다는 사실 하나만으로도 기뻤다.

달순 엄마의 코골이 소리가 들렸다. 푸념 어린 노랫소리가 그 옛날처럼 벽을 타고 흘러나오는 듯했다. 주인 잃은 통기타 하나가 벽에 기대어 있었다. 이사를 하며 내가 달순에게 선물로 준 기타였다. 달순이는 공부만 잘하는 것이 아니었다. 음악적 감각도 좋았다. 내게 배운 운지법을 곧잘 익히더니, 어느새 기타를 치며 노래도 불렀다. 그 음색이 노래에 따라 별빛같이 잔잔해졌다가 폭풍우처럼 거세지기도 했다. 삼학도의 파도를 닮았다.

말년 휴가를 나왔을 때였다. 목포 터미널 부근에서 나는 오래 서성였다. 집으로 곧장 가고 싶지 않았다. 불 꺼진 집이 싫었다. 다순구미의 적막함이 싫었다. 그러다 막상 집으로 들어가면 나는 그 어둠에 익숙해졌다. 상병 이 호봉 사격 우수로 포상 휴가를 받았다. 그때도 나는 그 어둠 속에서 뒹굴며 시간을 축냈다. 외로움에 익숙한 사람은 외로움이 싫으면서도 그 외로움을 쫓는다. 구타와 욕설이 오가는 내무반보다는 외로움이 있는 집이 나았다. 그러나 그것은 상대적이었다. 제대 후 어떻게 살 것인가의 고민이 있었다. 앞으로 먹고 살 것을 찾으라는 아버지의 질책 너머로, 해갈되지 않은 갈증이 내 몸 곳곳에 곰팡이 꽃을 피웠다. 시나브로 내 몸이 어둑어둑 사위어 가다 고사되고 싶었다.

들꽃처럼 핀 네온사인이 내 권태로움과 엉켰다. 라이브 카페였다. 하얀색 면티에 청바지를 입은 여자 가수가 노래를 부르고 있었다. 회색 벙거지를 썼지만, 나는 단숨에 그녀가 달순이라는 것을 알았다.

"광막한 광야에 달리는 인생아, 너의 가는 곳 그 어데이냐… 삶에 열중한 가련한 인생아 너는 칼 위에 춤추는 자도다."

현해탄에서 극작가 김우진과 함께 목숨을 내던진 성악가 윤심덕이 부른 〈사의 찬미〉 가사였다. 달순이의 눈은 관객에게 있지 않았다. 초점을 잃은 듯한 눈동자는 심하게 떨리고 있었다. 그러나 그 노래만은 단조로웠고, 나직하여 하마터면 그가 노래를 부르고 있다는 사실마저 잊을 뻔했다. 달순이에게 나는 무엇이었을까. 나와 달순이는 어떤 관계였을까.

제 방에서 목매고 스스로 삶을 거둔 가련한 목숨이었다. 내가 머물던 방과 달순이가 머물던 방에는 사람의 말로 찾을 수 없는 단어가 있었다. 줄이 튕겨 나간 기타 안쪽에 휘갈겨 쓴 '좋냐'가 보였다. 플레이보이 모델을 가위로 오려 붙여 놓고 쓴 '좋냐'는 글씨, 그것은 내게 묻는 말 같았다. 사는 게 좋냐는 말 같았다.

'노닐다'는 음성이 내게 다시 찾아와 방에 잠시 머물렀다. 나는 달순 엄마에게 간다는 말도 없이 기타를 들고나왔다. 더 들을 말도, 따져 물을 질문도 이제는 사라졌다. 산다이는 파시만의 것은 아니었다. 더욱이 달순 엄마를 비롯한 윗대 어른들만의 것도 아니었다. 나와 달순이는 각자의 방법으로 산다이를 즐겼다. 다만 달순이는 그 놀이를 중도에 스스로 끝낸 것이고, 나는 좀 더 그것을 해 보기로 결정한 점이 다를 뿐이었다.

견습 선교사 돼야겠다고 마음먹으면서, 내가 할 수 있는 역할이 뭔지를 고민했다. 출국하기 전에 기타 줄을 고쳐야겠다고 마음먹었다. 공고문을 쓴 선교사가 노래를 잘하는지는 모르겠다. 그래도 떠나고 싶어 했던 달순이를 업고 가는 것 아니겠는가. 노래는 달순이가 하면 된다. 이것은 C, 저것은 F코드야라고 했던 그때처럼 말이다. 그것부터 시작하면 되지 않겠는가.

그 옛날 파시 산다이 판이 벌어졌던 심야의 시간은 떠나기 좋은 날이다. 비행기 창문 너머로 밤바다가 보였다. 며칠 전, 뉴스에서 서산−온금동 재개발이 시작됐다는 보도를 접했다. 뉴스 화면 속 현수막 하나가 내 머리에 갇혔다. 나는 바다를 보며 '세입자 임대아파트 및 주거 이전비 신청 및 접수'라는 문구를 돌을 새김했다. 파시 불빛이 한 번 켜졌다 사라졌다. 창밖으로 향하던 시선을 비행기 내부로 향했다.

내가 살아온 세월이었고, 달순 엄마가 길을 냈던 낱말이었다. '파시'라는 단어조차 생소할 젊은 남녀 커플 한 쌍이, 케냐 여행에 들떠, 하쿠나 마타타를 서로 속삭였다. 낯선 곳으로의 삶은 달순이 꿈꿨던 것이었다. 승무원이 식사 수레를 끌고 통로 쪽으로 걸어왔다. 나와 비슷한 연배의 승무원에게서 익숙한 향기가 났다. 바다, 파시, 산다이 그리고 장단 있는 노랫말을 품은 향기였다. 내 마음은 벌써 젓가락을 술상에 두들기며 〈멋진 인생〉 한 곡을 뽑고 있었다.

　"아리아리아리동동 스리스리스리동동, 아름다운 이 세상에 한 번 왔다 가는 인생, 멋지게 살아 보세."

정오의 끝자리, 빛

나는 여수엑스포역에 도착했다. 오늘의 목표는 사기를 치는 것이었다. 누구에게? 그것은 알려줄 수 없다. 역에 발을 딛는 순간 카페에서 풍겨오는 빵 냄새가 내 콧속을 후볐다. 사기 치기에 더없이 좋은 신호였다. 고소하고 달콤할 것 같은 맛을 상상하는 순간 가슴이 두근거렸다. 페티큐어를 방금 받은 듯한 하얀발처럼 역사 내 대리석 바닥이 반짝반짝 빛났다.

흙 묻은 운동화는 어울리지 않지만 개의치 않았다. 운동화 끈이 풀려 있었다. 나는 다시 한번 호흡을 가다듬고, 풀린 끈을 묶기 위해 몸을 숙였다. 정신을 가다듬어야 한다를 반복하면서.

어깨에 멘 노트북 가방은 땅의 끌림에 순종하듯 하강하고 묵직한 무게를 내게 전달했다. 내 평생을 감쌌지만 미처 잡지 못한 이야기의 무게 같았다. 이야기를 써야만 했다. 그전에 물어야 했다. 내 사기의 완성은 그 이야기의 완결에 있었다.

불면증과 정면 승부를 벌여야 한다. 엄마와의 관계를 회복해야 한다. 이야기의 중요 플롯이었다. 여수엑스포역은 바다의 잔 내음과 오가는 기차의 철컹거리는 소리로 가득했으나 소리를 묘사할 수는 없었다. 내 깜냥이 못 미치는 까닭에 나는 그 소리를 기억하기로 했다. 기억하는 방편으로 삼은 것이 기록이었다. 기록을 통해 나는 나와의 화해를 하고 싶었다. 내 과거, 내 과거 이전의 과거, 결국 땅이 저지른 짓에 대한 책임을 묻는 일이었다.

여수, 여수! '기망'이라는 단어를 생각해냈다. 여수는 기망 되어 있었다. 낭만 관광 여수라는 슬로건이 그러했고, 깔끔하게 정돈된 여수엑스포역이 모두를 속이고 있었다. 그 모두라는 것은 대체 누구일까. 그래 나는 그 '누구'에 대한 고민을 해야만 했다. 그 '누구'가 살다간 여수란 땅은 대체 뭐란 말인가!

소백산맥의 끝자락이 태평양을 향해 돌출한 여수반도의 리아스식 해안을 따라 손을 뻗어, 온화하고 맑은 바닷바람이 소금기와 함께 코끝을 간질이며 피부에 부드럽게 스쳤다. 바람 속에 섞인 짭짤한 냄새는 마치 바다의 속삭임처럼 들렸다. 풍수가들은 여수반도를 봉황이 날개를 펼친 형상으로 보았다. 용의 기운을 품은 장군도라는 여의주를 차지하기 위해 돌산도 용, 구봉산 용, 그리고 경도 용이 서로 얽히며 다투는 교룡쟁주의 형세를 갖추고 있다고 했다.

그러나 나를 감싸는 여수는 늘 향냄새에 납작하게 달라 붙어 있었다. 그것은 아주 오래전에 꿨던 꿈에서부터 비롯되었다. 강진향, 정향, 소합향, 육계향, 안식향, 백교향 등 그 수도 많고, 한방 약재로 사용하는 식물에서부터 동물까지 제법 여러 향이 있지만, 잠의 신 히프노스를 깨우는 향은 늘 절에서 피우는 선향이었다. 선향이

타들어가는 냄새는 마치 시간의 흐름을 멈추게 하는 듯했다. 마치 무거운 공기가 내 폐 속 깊숙이 가라앉는 느낌이 들었다. 향이 뿜어내는 연기가 내 눈앞에서 느릿느릿 춤을 추며 사라져가는 모습을 바라보고 있으면, 시간도 함께 녹아내리는 것 같았다.

꿈속에서는 거대한 향나무가 늘 나를 기다리고 있었다. 20미터까지 자라는 것으로 알려진 그 향나무 주변에는 늘 늪이 있었다. 늪에서 느껴지는 축축한 기운이 온몸을 감싸며, 발걸음을 옮길 때마다 질척거리는 소리가 귀에 울렸다. 새싹에 달린 날카로운 침이 있는 어린 향나무 잎사귀가 숲을 이루고 있는 늪지대가 꿈에 종종 나타났다. 그 초록빛 잎사귀는 밤하늘의 별처럼 반짝였고, 그 빛은 어둠 속에서 더욱 도드라졌다. 나는 그 반짝임을 따라 숲속 깊이 걸어 들어갔다. 발밑의 늪은 점점 나를 잡아당기는 듯했지만, 나는 멈추지 않았다.

한번은 산학 협동 과정에 있던 정원학 박사에게 늪지대에서도 향나무가 자랄 수 있냐고 물었다가 빈축을 산 적이 있었다. 그럴 가능성은 거의 제로에 가깝다는 것이었다. 어째서 그런지를 묻지 못했다. 분명 내 꿈에는 늪이 있었고, 그 주변에 향나무가 많았다고 말하고 싶었다. 다른 나무로 착각한 것 아니냐고 박사는 내게 물었지만, 나는 틀림없이 향나무라고 했다. 여수 백도에 많이 있다는 눈향나무와는 달랐다. 높은 산이나 바위틈에서 자라는 눈향나무처럼 가지가 꾸불꾸불하지 않았다. 오히려 울릉도 도동항 암벽에 올곧게 서 있는 향나무에 가까웠다.

해안 절벽에 주로 서식하는 향나무가 왜 하필 꿈에서는 뿌리 뻗기도 힘든 늪지대에서 서식하는가. 발을 뗄수록 땅의 진원지까지 끌어당기는 늪의 수렁에 나는 왜 빠져 허우적거리고 있던가. 이 꿈을 꾸고 나면 나는 왜 몇 날 며칠 잠을 이루지 못하는 것일까. 꿈에서 깨어난 후에도 가슴이 옥죄며 오금을 못 펴는 느낌은 무엇 때문인가. 숨이 가빠지는 이유는 무엇인가. 내가 모르는 무의식 어딘가에 날 끌어당기는 늪과 향나무의 상관성이라는 것이 있을까.

어느 날 밤, 다시 그 꿈을 꾸었다. 늪의 냄새는 더욱 짙었고, 향나무의 향은 더욱 강렬했다. 나는 그 늪지대를 헤쳐나가며 향나무에 다가갔다. 그때 느껴지는 것은 단순한 두려움이 아니었다. 그것은 어딘가 익숙한, 하지만 잊고 싶었던 기억의 파편들이었다. 늪 속에서 들려오는 희미한 목소리, 나를 부르는 듯한 그 소리에 나는 다시 한번 발걸음을 멈췄다. 그 순간, 내 눈앞에 서 있던 향나무가 천천히 움직이며, 나를 향해 손을 내밀었다. 그 손을 잡는 순간, 나는 깊은 잠에서 깨어났다. 그리고 그 순간, 모든 것이 명확해졌다. 그 늪과 향나무는 내 무의식 깊은 곳에서 나를 끌어당기고 있었던, 잊고 싶었던 과거의 흔적이라는 사실 말이다. 그 흔적에 명명된 '엄마'라는 두 음절이 내 혀끝을 아리게 했다.

모난 돌 되지 말라는 뜻에서 엄마는 내 이름을 덕수라 지었다. 한덕수(韓德壽). 땅 이름 덕과 목숨 수를 썼다. 국음의 덕은 더기, 고원의 평평한 땅을 일컫는다. 평평한 땅에서 명대로 사라는 당부가 있는 말이다. 하지만 나는 이름이 싫었다. 유년 시절, 오늘도 떡을 치고 왔냐고 친구들이 비아냥거리며 놀렸다. 떡수라고. 체구가 왜소하고 마른 나를 그들은 쉽게 대했다.

어디에서 시작된 말인지 모르겠다. 학부모들의 모임 중에 나온 말인지, 선생님들의 농담 속에서 나온 말인지 모르겠다. 나보고 빨갱이 자식이라고 했다. 나는 그것이 무슨 말인지 몰랐다. 초등학교 1학년 봄 소풍을 앞두고 운동장 철봉 아래에서 놀고 있었다. 맨손으로 철봉을 잡으려고 뛰기도 하고, 쭈그려 앉아 바닥에 그림도 그리고 있었다. 그러던 중 나는 돌멩이 하나를 머리에 맞았다. 처음에는 그것이 돌멩이인 줄도 몰랐다. 내 주먹만 한 돌멩이였다. 돌멩이는 머리에 '퍽'하고 부딪혔다. 이후, 돌멩이는 내 발아래로 피가 약간 묻은 채로 낙하했다. 나는 뼈가 파이는 것 같은 고통을 느꼈다. '어어, 으윽'하는 신음 내는 것도 어려웠다. 숨이 멈추는 것 같았다.

"울 엄마가 그랬시야, 차라리 고아랑 놀아라, 빨갱이 자석하고 말 섞었다간 네 신세 조져분다고잉."

학교에서 처음으로 친구라고 부르던 아이의 입에서 나온 말이었다. 그 아이를 기다리며 놀고 있었는데, 기다리던 아이의 입에서 '빨갱이'라는 말을 처음 들었다.

'빨갱이'라는 단어의 생김새를 알았다. 피 묻은 돌멩이라는 것을 말이다. 번갯불이 내 몸을 지지는 듯했다. 나는 엄마에게 그 사건을 말하지 못했다. 말하면 안 될 것 같았다. '빨갱이'라는 뜻은 몰라도 그 단어는 무서웠다. '빨갱이'는 이후의 내 삶을 내 의지랑 상관없이 끌고 갔다. 땅의 중력처럼, 파도의 출렁거림처럼. 살아 있는 동안 내게 떠나지 않은 그림자처럼 나는 '빨갱이'랑 살았다.

삼십 대 초입에 결혼을 하려고 생각한 사람이 있었다.

"자네, 외할아버지가 나쁜 짓을 했다며? 내 딸은 곧 죽어도 자네

한테 시집 못 보내것네."

결혼할 여자의 집의 거실에서 나는 무릎을 꿇고, 말을 하는 여자의 아버지는 돌돌 만 신문지로 바닥을 두드리며 호통을 쳤다. 여자의 집 거실에 있던 수납장에는 트로피와 무궁 훈장이 있었다. 여자의 아버지 것이겠거니 짐작만 했을 뿐, 더 이상 그 여자와의 교제가 없던 탓에 그 나머지 내력은 모르겠다. 세상에 겉으로는 사라진 '연좌제'라는 단어를 폐부 속까지 새긴 날이었다. 거실에 놓인 텔레비전 위로 목상 십자가가 반들반들 형광등 불빛에 어룽거렸다.

한번은 외할아버지에 대해 알아봐야겠다고 마음 먹은 적도 있었다. 그러나 엄마는 끝내 말해주지 않았다. 본래 세월보다 더 늙어버린 엄마의 앙금이라는 것을 나는 알 턱이 없었다. 되레 나는 '과거 진실 화해의 정리' 국가사업에 참여하기 위해 서울을 종종 방문하던 장주은 목사를 통해 어렴풋이 엄마를 알게 됐다. 엄마는 내게 말하지 못했던 자신의 과거를 장주은 목사에게는 더듬더듬 말을 했던 모양이다.

나는 장주은 목사를 만나기로 했다. 그는 교회 사업으로 운영하는 요양원을 십 년째 책임지고 있었다. 목사 퇴임을 앞두고, 엄마에 대해 긴히 할 말이 있다고 나를 불렀다. 이 전화 한 통이 내가 여수 행을 결심하는 데 결정적인 역할을 했다. 전화상으로는 엄마의 상태를 정확히 알 수 없었다. 장주은 목사의 목소리는 침울했고, 꽤 심각한 일이 벌어질 모양이라고 짐작했다.

돌산 갓 홍보스티커가 붙은 택시에 내 몸을 실었다. 퇴직한 교장 선생님 같은 점잖은 어르신이 선글라스를 쓰고 운전대를 잡고 있었다. 그의 운전석에서는 겨울 동백꽃의 은은한 향이 풍겼다. 그 시리고 아련한 냄새를 따라, 택시는 부드럽게 한려동을 지나쳤다. 창밖으로 보이는 여수의 시가지는 마치 시간을 거슬러 올라간 듯한 풍경을 자아냈다. 낡은 건물들 사이로 현대적인 카페와 상점들이 어우러져 있었다.

지금은 중앙초등학교로 이름을 바꾼 종산국민학교가 있는 근처, 종화동 하멜로 길에 택시는 천천히 멈춰 섰다. 학교에서 들려오는 아이들의 웃음소리와 함께, 종소리가 멀리서 들려왔다. 중앙초등학교의 운동장은 아직 아이들이 교실에 있는지 고요했다. 몇몇 아이들이 공을 주고받으며 놀고 있었고, 중간 놀이 시간이 끝나는 것을 알리는 예비 종이 울리자, 아이들은 각자의 교실로 후다닥 뛰어 들어갔다.

택시에서 내려, 나는 교회 앞에 섰다. 교회 건물은 오래된 벽돌로 지어져 있었고, 그 위로 담쟁이덩굴이 아름답게 타고 올라가 있었다. 문을 열고 들어가자, 차가운 바닥과 따뜻한 공기가 교차하며 나를 감싸 안았다.

여신도들이 깨끗이 청소한 교회 바닥은 먼지 한 톨 없이 반짝였다. 신발장에 이미 꽤 많은 신발들이 가지런히 놓여 있어, 예배실 안에 들어간 성도들의 수를 짐작할 수 있었다. 예배실 문을 열기 전 잠시 멈춰 설 수 있는 게시판이 있었고, 그곳에는 찬란하게 꾸며진 성경 문구들이 나의 시선을 사로잡았다.

'영원의 정상까지 동반할 최고의 셰르파, 주 예수를 믿으십시오. 성령님과 동행하십시오.'

'하나님의 성령을 근심하게 하지 말라. 그 안에서 너희가 구원의 날까지 인치심을 받았느니라 엡 4:30'

'만일 우리가 성령으로 살면 또한 성령으로 행할지니 갈 5:25'

화려한 게시판이 붙어 있는 교회 벽면은 순백의 페인트로 덮여 있었다. 흰 페인트는 원래의 돌 입자였던 올록볼록한 흙의 표면을 가리고 있었다. 벽을 따라 한 마리의 파리가 길을 헤매고 있었다. 파리는 저것은 암벽이고, 저것은 계곡이라고 말하는 듯했다. 파리는 벽을 따라 날기도 하고, 뛰기도 하며, 잠시 멈춰 쉬기도 했다. 나는 그 파리를 보며 문득 생각했다. 지금 나는 나는 것일까, 뛰는 것일까. 아니면 잠시 쉬어야 하는 것일까.

이 모든 감각이 내 몸을 감쌌다. 신발장에서 나는 가죽 냄새와 벽의 페인트 냄새가 섞여 공기를 채우고, 청소된 바닥의 매끄러운 감촉이 발바닥을 간지럽혔다. 찬송가 소리가 멀리서 들려오고, 파리의 작은 날갯짓 소리마저도 내 귀에 선명하게 들려왔다. 공감각적으로 모든 것이 하나로 어우러져, 나는 이 순간 교회와 하나가 된 듯한 기분에 사로잡혔다. 사무실로 향했다. 장주은 목사는 그곳에서 나를 기다리고 있었다. 그는 나를 보자마자 조용히 미소 지었다. "오셨군요." 그는 말했다. 그의 목소리는 여전히 깊고 차분했지만, 눈빛에는 무거운 말의 첫마디를 찾는 듯했다.

"네, 목사님. 엄마에 대해서 할 말씀이 있다고 하셔서…" 나는 떨리는 목소리로 대답했다.

장주은 목사는 고개를 끄덕이며 자리에서 일어섰다.

"먼저, 엄마의 상태에 대해 말씀드려야겠네요. 많이 힘드실 겁니다. 하지만, 그전에…" 그는 잠시 말을 멈추고 창밖을 바라보았다.

"엄마가 남기신 이야기와 기억들, 그것에 대해 이야기하고 싶습니다."

나는 그의 말을 듣고, 앞으로 펼쳐질 이야기와 여정에 대한 불안과 기대를 동시에 느꼈다. 창밖으로 보이는 여수의 시가지는 점점 더 붉게 물들어가고 있었다. 이 도시와 나, 그리고 엄마의 이야기가 이제 막 시작되려 하고 있었다.

엄마의 이름은 양순임이다. 외할아버지는 외할머니의 배 속에 있는 엄마를 두고 양처럼 순하게 살라는 뜻으로 순임이라고 이름 지었다. 외할아버지는 엄마가 아들인지 딸인지도 모르셨다. 그래서 외할아버지는 외할머니에게 딸일 경우, 순임이라 이름 짓고, 아들일 경우 순한이라 지으라 말했다. 순한 역시 한평생 순하게 살아가라는 뜻이다. 어떤 경우든지, 순하게, 순리대로 한 인생 살아가길 바라는 외할아버지의 바람이 깃든 작명이었다.

외할아버지의 바람은 엄마가 태어나는 그 순간부터 어긋났다. 엄마는 1948년 10월 27일, 여수읍에 있는 종산국민학교의 1학년 1반 교실에서 태어났다. 종산국민학교 운동장에는 500여 명의 장정이 팬티만 입은 몸으로 맨땅에 앉아 있었다. 그 500여 명의 대열 속에 외할아버지가 있었다.

외할아버지는 국권 피탈이 되던 해 낙포마을에서 태어났다. 호랑산자락에서 시작된 물길은 낙포마을을 안았다. 조선 초 고려에 대해 충의를 지킨 공은이라는 인물이 있었는데, 그의 죽음을 슬퍼한 기러

기가 3일 동안 울다가 떨어져 죽었다는 데서 유래한 이름이 바로 낙
포이다.

외할아버지는 음악 교사였다. 오동도에 동백이 피는 3월 초만 하
더라도 외할아버지는 이날이 올 것이라고는 꿈에도 상상하지 못했
을 것이다. 이런 상황은 아닐지라도 뭔가 일어날 변고는 짐작했을지
도 모를 일이었다. 신탁과 반탁 사이에서, 남한만의 단독 총선거가
준비되고 있던 시기였기 때문이었다. 외할아버지는 마라톤을 좋아
했고, 시와 노래를 좋아했고, 몽양 여운형 선생을 존경했다. 그러나
외할아버지는 민족의 선구자라 부르는 우남 이승만, 백범 김구, 몽
양 여운형 선생이 배재학당에 머무르면서 그리스도의 옷을 입은 것
처럼 개화하지 못했다. 부처님을 따르는 집안이자, 외할아버지의 의
식 속에는 유교적 상명복종이 여느 여수의 사람들처럼 남아 있었다.

철모에 흰 띠를 두른 군인들은 외할아버지를 부역자로 분류했다.
교회에 다니냐는 질문에 그렇지 않다는 대답도 부역자로 분류하는
데 한몫을 거들었다. 외할아버지는 홀로 취조실로 들어갔다. 그날 이
전에는 교사 휴게실로 쓰이던 장소였다. 외할아버지가 동료 교사들
과 휴게실에서 담배를 피우며 시시껄렁한 농담을 주고받았던 장소였
다. 농담처럼 장작개비를 든 손은 할아버지의 몸의 넓은 곳, 좁은 곳
할 것 없이 후려쳤다. 휘둘러 패는 모진 매타작을 견디지 못한 외할
아버지는 사람의 울음이 아닌 돼지의 울부짖음 같은 처절한 비명을
질렀다. 매를 든 손은 양동이로 물을 퍼 날랐고, 외할아버지의 핏빛
베인 맨살에 그 물을 부었다. 매를 든 손은 '자백'이라는 말을 뱉었
고, 그 취조실 옆에 있던 1학년 1반 교실에서는 이제 막 태어난 엄마

가 응애하고 생애 첫울음을 울었다. 외증조할머니의 손에 엄마는 안 겼다.

엄마가 세상에 처음 빛을 본 순간, 엄마는 주위 사람들로부터 환영받지 못하는 존재였다. 남존여비라는 그 시대의 고정적인 관념이 그날 모인 사람들의 머릿속에 있어서가 아니었다. 그날 태어난 사람이었기 때문에 엄마는 환영받지 못했다. 엄마를 잉태한 외할머니조차 기력이 쇠해 엄마를 안을 수 없었다. 외할머니는 입을 앙다물고 있었다. 입술에서 피가 새어 나왔다. 외할머니의 어금니는 엄마를 낳는 도중에 부러졌다.

엄마가 외할머니의 빈 젖가슴을 빨던 때, 외할아버지는 운동장에서 늑장 갈비뼈 부근, 복부, 그리고 왼쪽 가슴에 총탄을 맞고 돌아가셨다. 장주은 목사의 설명에 따르면 외할아버지는 당시에 사살되기 전에, 총 든 손을 보고 말을 붙였다.

"나는 노래하는 사람이오. 죽는 데 한은 없게 해주시오. 마지막 소원으로 노래 한가락만 부르고 죽게 해주시오."

외할아버지는 땅 밑바닥에 붙은 목소리를 끌어올려 '울 밑에 선 봉선화'를 불렀다. 방아쇠에 걸려 있던 총을 든 손이 잠시 멈칫했다. 살얼음이 낀 총구에서 불꽃이 피어올랐다. 공기를 가르고, 귀를 찢는 총탄의 소리가 교실까지 들렸다. 양파 섞은 것 같은 매캐한 화약 냄새가 외할머니의 오금에서부터 올라왔다. 외증조할머니는 외할아버지의 죽음을 두고, 엄마에게 탓을 돌렸다.

외증조할머니의 원망은 그날 1학년 1반 교실에 모인 마흔 명 가까운 사람들이 들었다. 하지만 마흔 명의 사람 중에 엄마를 제외하고, 외할머니의 넋두리를 제대로 들은 사람은 없었다. 생살여탈권을 보장받지 못한 사람들이었다. 외할머니가 갓 태어난 엄마에게 모진 년, 제 아비를 잡아먹고 태어난 년이라는 소리는 엄마가 세상에 태어나 처음 듣는 말이었다. 그것이 무슨 뜻인지 엄마는 알지 못했다. 다만 엄마는 감각적으로 교실의 냉랭한 기운을 느꼈고, 당시의 운동장 흙처럼 울퉁불퉁하게 생긴 모진 말의 생김새를 봤다.

사람들의 축축하고 습한 입김이 엄마가 처음 느낀 세계였다. 제각각의 사람들은 외증조할머니와 비슷하게 지난날을 원망했다. 내가 왜 반란군에게 밥을 퍼주었을까. 왜 이불을 내주었을까. 그 말의 방향은 청자가 따로 있지는 않았다. 굳이 청자를 꼽아야 한다면, 말하는 자의 젊은 영가였다.

엄마가 처음 느낀 감각은 고립이었다. 엄마는 많은 사람이 있는 곳에서 분명 태어났지만, 아무도 엄마에게 생의 감각을 일깨워준 사람은 없었다. 엄마는 도리어 짙은 죽음의 냄새를 맡았다. 비단 엄마만 그 냄새를 흡입하지는 않았다. 엄마가 태어난 1학년 1반 교실 외에도 그날 종산국민학교에서는 두 명의 아이가 더 태어났다.

'기망'이라는 단어는 우울하면서도 자상하게 생긴 것 같다. 내가 모르던 엄마라는 이야기가 들렸기 때문이다. 엄마는 내 '기망' 속에서 다시 태어났다. 나와 살 부대끼며 한겨울 정오에 밥을 짓던 엄마와 다른 사람이 내 눈앞에 서 있었다. '기망'이라는 단어의 출발은 촘촘히 짜여 여기에 있었다.

여수의 비릿한 바람이 피부를 스칠 때마다 엄마의 목소리가 귓가에 울렸다. "덕수야, 네 외할아버지는 노래를 잘 불렀대." 그 중저음의 목소리가 머릿속에서 다시금 선명하게 살아나는 듯했다. 비록 엄마의 말은 종종 내게 직접 닿지 않았지만, 그날 밤의 기억은 여전히 생생했다. 텔레비전에서 흘러나오는 노래와 대화하던 엄마의 모습, 피로에 찌든 눈을 간신히 들어 올리던 그 얼굴이.

고등학교를 졸업한 뒤 서울로 올라와 나는 엄마와 멀어졌다. 그 냉랭한 방, 얇은 가림막 너머의 엄마의 발화는 이제 더 이상 내 현실이 아니었다. 그러나 그 공기는 여전히 나를 감싸고 있었다. 엄마의 고통과 짐, 그 모든 무게를 짊어진 채 살아온 그녀의 세월이 나에게도 배어들어 있었다. 엄마의 생일은 이제 나에게도 금기어가 되었다. 그러나 나는 그 금기를 통해 엄마의 삶을, 그녀의 고통을 이해하게 되었다. 엄마의 짐을 나도 함께 짊어진 채, 엄마가 살아온 오늘을, 그리고 나의 오늘을 어떻게 읽어야 할까. 장주은 목사의 기도 소리가 점차 커졌다.

나는 예배실 뒤편의 갈색 나무 의자에 앉았다. 내가 예배실에 들어온 사실을 눈치챈 사람은 없었다. 성도들은 예배실에서 피아노 반주에 맞춰 〈마음속에 근심 있는 사람〉을 부르고 있었다. '마음속에 근심 있는 사람 주 예수 앞에 다 아뢰어라, 슬픈 마음 있을 때에라도 주 예수께 다 아뢰어라.'는 가사가 있는 노래였다.

노래가 끝나고 장주은 목사가 예배당 강단에 섰다.

"하나님 아버지, 오늘도 생명의 말씀 가운데, 주님께서 머무신 지성소의 문을 저희가 두드리게 하소서. 아버지 아빠 하나님하고, 어린아이처럼 달려 그 문을 두드려, 진정한 임마누엘의 영광을 누리게 하소서. 죄악은 마치 벽에 퍼진 한센병 색 점처럼 죄인이 된 우리에게 달라붙어 있습니다. 예수께서 골고다 언덕을 십자가를 지고 오르시며 하신 말씀을 기억합니다. 예루살렘의 딸들아 나를 위하여 울지 말고 너희와 너희 자녀를 위하여 울라. 그리고 예수께서는 십자가에 못을 박히는 아픔 중에도 말씀하셨습니다. 아버지 저들을 사하여 주옵소서 자기들이 하는 것을 알지 못함이나이다. 율법의 멍에를 벗기 위해 자신을 대속하신 주 예수 그리스도! 그분의 중보의 사역에서 제단에 피를 뿌리시고, 약속된 성령의 감화와 역사를 통해 몸 되는 교회에 지금도 피를 뿌리고 있습니다.

　성도 가운데 귀한 자매가 어제 오후 세 시! 소천하셨습니다. 저는 성도, 집사 형제들과 성만찬을 준비하던 중, 이 소식을 접하고, 하염없이 눈물을 흘렸습니다. 지난주 양순임 권사님의 유일한 혈육이었던 한덕수 성도에게, 어머니가 위급하다고 연락을 드렸습니다. 그는 내려올 수 없는 상태가 됐습니다. 지난주에 서울에서 여수로 급히 내려오려던 중, 서울역 부근에서 지나가던 택배 트럭과 부딪혀 크게 다쳤기 때문입니다. 사고 즉시 구급차를 타고 근처 병원으로 이송됐지만, 지금도 중환자실에서 깨어나지 못하고 있습니다.

　꿈에서도 덕수가 보인다며 덕수야 덕수야, 미안하다 했던 양순임 자매의 육성을 저는 잊을 수 없습니다. 임종을 지키지 못하고, 장사까지 함께하지 못한 한덕수 성도를 위해 우리 형제들은 힘을 모아 기도해주십시오. 그리고 그가 깨어나면 어머니는 우리가 주님 곁으로 잘 보내 드렸다고 말씀드릴 수 있도록, 주님의 영광과 축복 속에 오늘의 장례 예배에 형제들은 마음을 더하여 주십시오."

장주은 목사는 입으로 뱉는 문장의 어미마다 힘을 주었다. 말꼬리를 흐리지 않는 버릇은 예나 지금이나 변화가 없었다.

슬픔을 빗댄 축복의 자리에 나는 왜 온 것일까. 기쁨과 슬픔이 반반 섞인 축제의 자리였다. 삶도 반쪽이었는데, 나는 죽은 혼도 아니고 그렇다고 살아 있는 육체도 아니었다. 기망이었다. 어정쩡한 지위를 지니고 나는 교회로 왔다. 기망이었다. 최대한 살아생전 익힌 중력을 의식하면서 말이다.

나는 병원 중환자실에서 나를 내려다보았다. 육신의 나가 생긴 것을 보고, 외할아버지의 모습과 어머니의 버캐 낀 입술을 상상했다. 어느 작가는 그것을 '춘신(春信)'이라 표현하기도 했다. 기쁜 봄소식에 부모를 여읜 부고가 연달아 날아왔기 때문이다. 부고와 춘신을 구별할 수 없을 때 차라리 긍정의 말을 빌리는 작가의 선택을 염두에 두고 나는 눈 감은 나를 일시 정지된 화면처럼 바라봤다.

나는 왜 코마 상태에서 이곳으로 왔을까. 알퐁스 도데 소설 「아를라탕의 보물」의 한 문장이 떠올랐다. 바다는 멀리 있지만 바람은 그 소리를 부풀려서 가까이 데려왔다는 문장이었다. 나는 그 문장을 모방해 내 이야기의 마지막 단락을 끝마쳤다. 이제 이야기는 완성될 것이다.

여수는 멀리 있지만 해풍은 그 소리를 부풀려 가장 가까운 어머니 곁으로 나를 데려왔다.

"나는 반평생 반쪽으로 살았으라, 반쪽이 인생 맹큼으로 서러운 것도 없는디, 고것이 내 자슥에게 넘길까 봐 두려운 것온 고것 하나밖에 읎어요."

어머니의 생전 어조 그대로 채록된 낱말의 더미들을 장주은 목사의 기도에서 들을 때 나는 다시 꿈으로, 향나무의 냄새로 전진했다. 천천히 상상했다. 침묵의 시간, 묵념의 다른말이었다.

나는 앉아 있던 갈색 의자에서 일어나 어머니에게로 갔다. 최대한 중력을 거스르지 않으며, 걸었던 걸음의 끝이었다. 교회에서 성금으로 마련한 값싼 향나무 관 앞에 나는 섰다. 부디 어머니가 평온히 눈 감길 바랐다.

반쪽 인생 어머니와 반쪽 유령인 내가 곧 만날 것이다. 호흡이 가빠오고, 삶의 연명이 끝나기 전, 어머니의 의식은 섬망 상태에 있을 때 어디에 계셨을까. 한줄기 빛이 쏟아지며, 영혼은 그 빛을 따라 간다고 하던데, 정오를 알리는 교회의 전자시계에 빛은 아직 도착하지 않았다. 내 숨도 시계 속 붉은 빛깔의 숫자 어딘가에 걸려 있는 듯하다. 사전연명의료 의향서를 등록해 두지 못한 것이 두고두고 후회했다. 내 삶을 질질 끌고 갈 수명 연장 장치들이 거추장스럽다. 그러나 삶을 한탄만 하고 싶지 않았다. 내 젊음은 그래도 여수의 바다를 상상했기 때문이다. 나는 사전에 작성된 장기 이식을 할 때까지, 좀 더 장주은 목사의 설교를 들으며 어머니를 배웅하기로 했다.

장기의 적출이 완료되는 동안 나는 서서히 죽어갈 것이다. 내가 죽는다는 것은 사기다. 나는 완벽한 사기를 내게 치는 것이다. 그것은 성공이다. 내 몸에서 떼어낸 눈과 심장 그리고 신장은 다른 이의 몸속 사유 속에 꿈틀거릴 것이다. 그것은 내 몸의 해방이다. 결코 공산주의거나 자본주의는 아니다. '빨갱이 자석'도 아니다. 어머니의 품속에서 떨어져 나온 생의 두 번째 '울음'이 될 것이다.

어머니의 관 앞에 섰을 때, 나는 잠시 눈을 감았다. 아침부터 코끝에 맴돌던 향나무의 은은한 향이 더욱 진하게 다가왔다. 눈을 감자 오히려 더 선명하게 들리는 성도들의 기도 소리가 머릿속을 가득 채웠다. 마치 물방울이 떨어지는 소리처럼, 규칙적이면서도 울림이 있는 소리였다. 그 소리들 사이로 어머니의 목소리가 들려오는 것만 같았다.

"덕수야, 미안하다." 어머니의 목소리는 내 기억 속에서 여전히 따뜻했다. 나는 살짝 미소를 지었다. 어머니의 말투는 언제나 부드러웠고, 그 부드러움이 나를 안심시켜 주었다.

나는 깊게 숨을 들이마셨다. 가슴속으로 들어오는 공기가 무겁게 느껴졌지만, 그 속에서 바다 내음이 섞여 있는 것을 느꼈다. 여수의 바다, 바람에 실려온 소금기 어린 바다 내음은 여전히 내게 살아 있는 듯한 감각을 선사했다. 그 감각은 나를 어린 시절로 데려갔다. 여수의 바닷가에서 어머니와 함께 걸었던 시간들, 그때의 따스한 햇살과 부드러운 모래의 촉감이 지금도 손끝에 남아 있는 것 같았다.

"아버지 저들을 사하여 주옵소서."

장주은 목사의 목소리가 다시 귀에 들려왔다. 그의 말은 내 마음속에 깊은 울림을 주었다. 나는 그 울림을 따라 어머니의 관 앞으로 다가갔다. 관 위에 손을 올리자, 차가운 나무의 촉감이 느껴졌다.

하지만 그 차가움 있기에 어머니의 온기가 더 도드라지게 느낄 수 있었다. 어머니의 사랑과 희생, 그리고 그 모든 것이 지금 이 순간 내 안에서 살아 숨 쉬고 있었다.

나는 어머니의 관 앞에서 마지막으로 고개를 숙였다.

"어머니, 이제는 편히 쉬세요."

내 목소리는 떨렸지만, 마음속에서는 오히려 평온함이 밀려왔다. 삶과 죽음의 경계에서 나는 어머니와 함께 이 순간을 나누고 있었다.

내가 살아온 삶의 일부가 다른 이의 삶 속에서 다시 꿈틀거리길 바랐다. 그것은 내 몸의 해방이자, 어머니의 사랑이 또 다른 형태로 계속 이어지는 것일 테다. 나는 그 생각에 잠시 눈을 감았다. 그리고 다시 눈을 떴을 때, 여전히 교회 안에는 평화로운 찬송가 소리가 가득했다.

삶의 끝자락에서, 어머니와 나의 인연은 새로운 시작을 맞이하고 있었다. 어머니의 품에서 떨어져 나온 생의 두 번째 울음이, 새로운 생명의 시작을 알리는 소리가 될 것이다.

나는 천천히 교회를 나섰다. 바람이 불어오며, 여수의 바다 내음을 내게 안겨주었다. 그 바람 속에서 어머니의 목소리가 다시 들려오는 것 같았다.

"덕수야, 미안하다."

나는 미소 지으며 하늘을 바라보았다. 이제는 어머니에게 미안해할 일이 없다고, 나는 마음속으로 속삭였다. 우리의 인연은 끝이 아니라 새로운 시작이었다.

홍콩빠 이모

통통배 엔진음은 별의 그물코에 주둥이만 내밀고 파닥파닥 몸부림쳤다. 마산 선착장에 쳐대는 파도의 포말이 시월의 바람에 날아와 김명자의 뺨을 차갑게 때렸다. 비린 것을 품고 사는 김명자는 도회지 사람이 주택가 골목의 고랑에 흐르는 시금털털한 시궁창 냄새를 곁들여 사는 것처럼 몸에 스민 향취로 여겼다. 김명자의 입은 무사안일(無事安逸)에서 안일(安逸)을 지운 무사(無事)만 기도문처럼 외웠다. 김명자에게는 원인이 큰 탈이 없는 것이었고, 결과가 편안하고 한가로움의 상태를 유지하는 것이었다. 큰 탈이라는 것의 기준은 먹고사는 일에 지장을 초래하는 일을 가리켰다.

　무사 중에 가장 큰 비중을 차지하는 것이 거제에서 잡아 올린 도다리와 아나고가 작은 대야에 삼천 원과 오천 원씩 각각 통통배에서 판매하는 일상을 마주하는 것이었다. 무사가 뒤틀린 심사를 부리지 않은 날이 더 있기를 바랐다. 김명자는 현재에 무사하면서도 무사를 희망했다. 김명자는 무사를 현재이면서 동시에 미래라고 생각했다.

김명자는 까닭 모를 불안이 느껴지면 더욱 무사를 암송했다.

　무사 안전이라는 말이 마산 시내 곳곳에 목격된 것은 개통 공기를 일 년 앞당겨 준공한 고속도로가 우리 기술, 가장 싼 값, 가장 빠른 완공이라고 선전하는 라디오 방송이 흘러나오는 무렵부터였다. 그해 앞서 선착장 인근의 갯벌을 매립한 터에 마산자유무역지역이 개청됐다. 영산강과 낙동강 유역에서 일가친척을 둔 영민한 십 대 아이들은 가족 간의 둘러앉은 두레 밥상에 제 수저 올리기를 멈추고, 부모의 부엌살림에 제힘을 보태거나 줄줄이 잇는 동생들의 학자금 마련을 목적으로 갯벌의 피부가 벗겨져 진물이 베어 콜라 빛을 띠는 마산 바다 부근으로 살 자리를 옮겼다. 김명자의 외동아들보다 어리거나 딱 그만한 나이인 이들이 김명자를 호명할 때 쓰는 애칭이 이모였다.

　김명자에게 이모라 호칭하는 개별의 이름은 진희, 구영, 순이, 성미…였다. 이들을 이루는 큰 이름을 사람들은 공순이라 칭했다. 개별의 이름보다 '산업의 역군'으로 칭송되는 그들이었다. 김명자는 결코 그들이 싸움터에서 단련된 병사라고 여기지 않았다. 젓가락으로 집어 올린 아나고 한 점에 붉은 초장을 묻히고 '이모'라 발음하는 그들의 개별적인 음색에서 김명자는 '일천구백팔십년대 천 달러 소득과 백 달러 수출'이라는 대통령의 단호하고 확신에 찬 목소리에서 발화하는 청사진을 느낄 수 없었다.

　김명자는 배냇저고리 입은 아이를 남의 집 논둑에 엄마가 눕혀놓고 온종일 허리 펼 새 없이 일하는 모습을 상상했다. 아이가 울다가

자지러질 때쯤 마른 젖을 먹이자 풍기는 엄마의 땀 냄새 같은 체취가 '이모'라는 발음에서 느껴졌다. 아기는 꿀떡꿀떡 목넘길 것을 찾지만, 지친 엄마 품에서 아기에게 줄 수 있는 것은 더운 공기뿐이었다. 아기는 그 공기에 제 얼굴을 비비며 자궁 밖 세상은 본래 그런 것이라 믿고 뼈가 굵어지는 동안 가난과 설움이라는 단어를 조합하는 법을 배울 것이었다. 김명자의 유년이 그러했기 때문이다.

김명자의 부모는 밀양 촌에서 농사를 지었다. 소작으로 부치는 땅에서 건져 올릴 것은 돼지죽으로도 쓰지 못할 싹이 돋아난 감자 몇 알뿐이었다. 아버지는 벽돌공장에 일을 나가 허리를 못 쓰게 되었다. 등창이 나고 살이 곪기 시작했다. 아버지의 기침 소리가 볏짚단을 말아 올려 만든 방풍을 흔들더니, 이내 아버지는 목구멍을 닫고 차가워졌다. 어머니와 김명자 그리고 어린 동생은 더 이상 밀양에서 살지 못하고, 창원으로 갔다. 옹기그릇을 팔며 생계를 꾸렸다. 어머니는 수완이 좋아 온 가족 따뜻하게 둘러앉을 방 한 칸을 마련했지만 집주인의 눈치를 안 볼 수 없었다. 북서부 주거 지역으로 흐르는 창원천과 남동부 공단 지대를 둘러 흐르는 남천의 물줄기가 합류하여 마산만으로 나가는 길목이 김명자의 어머니가 마련한 삶터였다. 김명자의 어머니는 막내아들의 재가 나무뿌리에 엉기기도 전에 그 충격으로 그 집에서 수저를 놓았다. 김명자가 홍콩빠에 자리를 잡아갈 무렵, 어머니가 살았던 그 큰 동네는 창원국가산단 내 신성델타테크와 같은 이국적 이름의 공장에 이름을 내주었다. 들판 곳곳에 짚으로 덮어 놓은 분뇨 냄새가 그해 벼농사의 거름이 됐던 흔적은, 이름을 공장에 빌려준 마을처럼 사라졌다. 동생과 어머니를 둘러싼 그 집도 마을 내 방앗간, 이발소, 과수원처럼 지금은 없는 것이 됐다.

　김명자는 궁금했다. 공순이는 산업의 역군일까, 울다 자지러진 아이일까, 마른 젖을 먹이는 엄마일까. 그들이 호칭하는 이모는 김명자 한 사람을 부르는가 동시에 김명자의 점포에 이웃하는 횟집 점주를 포괄하여 통하는 이름이라는 것을 느꼈다. 이 집, 저 집에서 그들이 오가며 이모, 하는 소리가 봄날 병아리 합창하듯 김명자의 귀에 들렸기 때문이다.

　여드름 티를 막 벗어난 이들이 작업반장 눈치 안 보고 마음껏 웃으며 떠들 수 있는 곳이 홍콩빠였다. 탁자 세 개면 꽉 차는 점포 입구가 북적였다. 그런데도 그 홍콩빠는 탁자 놓는 곳 외에 바다로 창을 내 서너 명 더 앉을 수 있는 다락방을 만들었다. 그들의 억눌린 웃음을 꼭꼭 숨겨주기 위해서였다. 김명자는 그것을 바다만 들을 수 있는 웃음이라 생각했다. 김명자는 소원했다. 그들이 땅에서 넘어진 무릎의 상처를 바닷물이 말갛게 씻겨 내주기를 말이다.

　예순네 개 점포로 줄지어 선 홍콩빠였지만, 각각의 홍콩빠에는 그 점포에 부여된 번호뿐만 아니라 점포 이모들의 출신지나 자녀 이름으로 지은 상호도 있었다. 일례로 목포 횟집, 부산 횟집, 흥남 부두 횟집, 설희네 월남 횟집 등이 그러했다. 그렇지만 삼십팔 번 번호가 부여된 김명자의 점포 이름은 성신 횟집이었다.

　성신 횟집 이모 대신에 홍콩빠 삼십팔 번 이모라 손님들에게 불리는 김명자였다. 누가 처음 홍콩빠라고 이름 붙였는지 김명자는 알지 못했다. 마산 시장이 어시장에 직원들을 거느리고 시찰하다가 홍콩에 가면 이런 곳이 있는데 마산에도 있다며 홍콩빠로 이름 지어놓으면 참 좋겠다고 말했다는 축이 있었다. 또 다른 축도 있었다. 이시기 '홍콩 간다'는 유행하는 말이 있었다. 기분이 좋을 때 사용하는 대중적 표현이었다. 대학생들도 시시덕거리며 이런 유행어 사용을 즐겼다. 학생들은 토요일 아니면 일요일에 회 먹으러 횟집에 찾았다. 수상가옥 형태인 횟집에서 값싸게 아나고 같은 안주에 소주 한잔하며 연애담, 시국 비판 등을 하며 동료들끼리 말 섞기를 했다. 때론 횟집을 비켜 바다로 내려가는 계단에 서서, 파도가 치면 시린 바닷바람을 맞으며, 술 취하면 바다를 향해 오줌을 누기도 하면서 홍콩빠라고 이름 붙였다는 것이었다. 직업, 진로, 연애 등 청춘이 다분히 겪을 불안을 화려한 도시로 추상된 홍콩이라는 도시에 투영하여, 제 절망의 속살을 감추며 울부짖은 곳이 이곳 홍콩빠였다. 김명자의 삶처럼 갯가의 시린 바람을 맞으며 지켜낸 이름이기도 했다. 누가 그 시초 이건, 김명자는 홍콩빠 삼십팔 번 이모가 됐다.

꼬시락을 파는 배에서도, 아나고나 숭어를 파는 배에서도 김명자의 마음은 편하지 않은 까닭에 더욱 무사를 중얼거렸다. 한여름의 사건이 가을까지 입을 다물 줄 몰랐다. 전남 광산군에서 태어나 서울에서 일하던 여자아이 하나가 그 공장 직원들과 함께 신민당사에서 정부와 공장주를 상대로 시위하다가 당사에서 떨어져 죽었다. 마산의 아들이라 부르는 총재가 그들을 보호하다가 국회의원직에서 제명당한 것은 통통배를 기다리는 사람들의 입에서도, 거제에서 배를 몰고 온 선주의 입에서도 잘 갈린 회칼처럼 날이 갈수록 더욱더

번들거렸다. 총재는 미국의 언론과 인터뷰를 했는데, 그 기사가 세상에 나왔을 때, 그들 스스로 가슴에 칼날로 생채기를 냈다. 곪은 고름이 쭉 하고 빠져나왔고, 사람들은 서로의 고름 흉터를 보며 혀를 끌끌 찼다. 내 삶만이 피투성이는 아니었다는 자각이 김명자의 귀에도 어렴풋하게 연안에 드나드는 뱃고동 소리처럼 들렸다. 그보다 더 빨리 자각의 옷을 적신 것은 그의 대학생 아들이었다.

부산에서도 뭔 일이 나긴 난 모양인데, 이놈의 신문이고 방송이고 아무 말도 하지 않는다고 말한 아들의 주둥아리에 재갈을 물린 것은 다름 아닌 김명자였다. 대학 공부만 잘하고 졸업해라, 앞길이 구만리 같은 놈이 괜히 데모하다가 집안 꼴 거덜 내지 말고, 네 데모하면 내 모가지 아나고 썰 듯 확 그어버릴 테니까 단단히 알아들으라고 쏘아붙인 것이다. 대학의 경제학과에 재학 중인 아들이 말한 사회 불평등에 관해서 김명자는 알고 싶지 않았다. 단지 데모하다 차라리 죽어버린 놈들보다 더 못한 것이 산 송장을 끼고 살아야 하는 가족이었다. 거기에 빨갱이 짓 한다고 동네에 소문이라도 퍼지면 제 식구들뿐만 아니라 사돈의 팔촌까지 연좌제에 걸려 세상이 먹방이 되는 것은 한순간이었다. 김명자는 그런 일이 벌어지면 세상 어느 엄마고 간에 하늘로 고개 쳐올리고 살 수 없다고 여겼다. 김명자가 눈으로 보고 귀로 들으며 체득한 국가에 대한 개념이기도 했다.

김명자는 부우웅거리고 사라지는 통통배를 바다 너머로 바라봤다. 좀 전에 횟감을 사기 위해 선판에 몰리다가 바다에 빠진 사람 중

더러는 구수한 욕지거를 바다의 단전에서부터 올라오는 소리를 휴지통 삼아 뱉었다. 바다에 점처럼 둥둥 떠 있던 여러 대의 통통배가 제 살을 바다에 그으며 지평선 너머로 사라졌다. 바다 물결은 시나브로 잠잠해졌다.

김명자는 횟감을 담은 다라이를 들고 별이 퇴장한 하늘을 올려봤다. 김명자는 궁금했다. 별은 어느 길로 걸어 나오며, 어느 길을 나침반 삼아 귀가하는지 말이다. 새 헌법이 바뀌기 전까지만 해도 해마다 음력으로 삼월이면 별의 길에 선착장 주민들은 무사한 일상을 빌며 공동 제사를 지냈다.

김명자는 별이 가는 길은 알지 못해도, 별빛을 동무 삼아 마을로 돌아온 그 옛날 뱃사람의 기원은 알았다. 그것은 김명자의 엄마를 통해 알게 된 것인데, 김명자의 엄마는 또 그의 시어머니를 통해 듣게 된 이야기였다. 따라서 김명자가 아는 별의 기원은 그의 할머니를 거쳐 구전된 것이었다. 세대를 거듭하여 내려온 구전에 사실 여부를 따지는 것은 마뜩잖았다. 다만 일본 헌병대 순사가 칼을 차고 집안의 솥뚜껑까지 걷어가는 그 시기에 김명자는 구전을 따라 별을 쳐다보는 취미가 생겼다. 무사를 외고 있는 지금 별빛은 날로 새로워 보였다.

일제가 대한제국의 외교권을 박탈하던 그해 겨울이 있던 전년에 대 폭풍은 합포부락을 휘저었다. 부락 사람들은 성신님이 대로하여 발작했다고 믿었다. 그동안 드리지 못한 제를 복원해야 한다는 목소리가 컸다. 바다 사람은 그해 음력으로 삼월, 선착장 부근의 어시장에 신위를 모시는 제단을 마련했다. 별이 흐리면 바다 사람은 항해가 어려웠다. 별이 흐리다는 것은 언제든 작은 배 정도는 바다가 집어삼킬 수 있는 폭풍우가 몰아친다는 것을 의미했다. 바다 사람은 판단의 기준을 별에 두었다. 날씨가 좋고, 나쁜 것을 별이 부르는 신력으로 본 것이다. 바다 사람은 별을 높여 성신(星神)이라 불렀다. 바다 사람은 고기잡이의 풍어와 안택, 고기 장사가 잘되기를 성신께 빌었다.

일제로부터 해방이 되던 해, 김명자는 등에 막냇동생을 포대기로 감싸고 있었다. 막냇동생이 등에 낸 오줌길 덕분에 엉덩이 윗부분까지 축축했지만, 김명자의 눈은 목신에게 두손을 모아 기도하는 엄마를 좇고 있었다. 사람들의 왁자지껄한 소음이 걷히고, 곧 제사가 끝나기만을 초조하게 기다렸다. 제사가 끝나면 상에 진설한 떡을 먹을 기회가 왔기 때문이다. 김명자는 돌이켜 생각했다. 그때 제사에서 너무 신명을 냈던 것은 아닌가. 신이 자신의 무사를 시험한 것아닌가.

김명자의 가족은 여전히 비 새는 남의 집 방을 빌려 사는 형편이었다. 막냇동생은 직업소년학교를 다니며 안내양 있는 버스에서 껌팔이하거나 널빤지로 조악하게 조립한 구두함을 들고 구두닦이를 했다.

"울려고 내가 왔던가, 웃으려고 왔던가 비린내 나는 부둣가에……"

고운봉의 〈선창〉이 마산 연안으로 들어오는 여객선에서 흘러나왔다. 배가 일으키는 물살에 몸을 맡기고 헤엄치는 소년의 등이 구릿빛을 띠었다. 동생은 헤엄친 뒤, 아, 시원하다고 말하며 뭍에 있는 김명자에게 다가왔다.

누나가 나 업어 키웠으니까, 이제는 내가 누나 업어줄 수 있을 만큼 돈 많이 벌 거야 했던 동생이었다. 그의 죽음을 알게 되었을 때는 시어머니가 새벽녘 도매상 중개인에게 떼온 민어 어상자의 여남은 분을 손님에게 팔 때였다. 저물녘 무렵 그림자가 길어지고 고단한 하품이 몰려올 때이기도 했다.

어상자에는 그날 몸뚱이를 비빈 생선의 자잘한 비늘과 얼음이 소금과 함께 뭉개져 있었다. 생선의 죽음이 아닌 사람의 죽음을 옆구리에 끼고 사는 삶에 대해 김명자는 아들에게도 이야기를 들려주지 못했다. 삼일오 의거탑을 오르는 길에 보이는 국민학교 벽면에 박힌 총탄의 흔적이 있다. 그곳은 경찰서 관할 아래 있어 관제 데모를 일삼아야 했던 직업소년 학교와는 다른, 동생의 말대로라면 썩 괜찮은 학교의 벽이었다.

한번은 괜찮은 학교를 멀거니 바라본 동생이 국민학생으로 북적북적한 운동장 장면을 노트에 그려와 김명자에게 보여 준 적이 있었다. 직업소년학교를 다니기 전, 잠깐 동생이 몸담았던 학교였다. 동생의 표현대로라면, 마음에서도 별이 흐려지는 날이 있는 것이었다.

"누나야, 내 마음도 그래. 그러면 괜찮은 학교 구경하고 오면 또 괜찮아져."

동생은 오토카니 그 괜찮은 학교에서 괜찮은 마음을 다잡고 김명자에게 왔다.

동생이 죽은 이후, 김명자는 괜찮은 학교의 벽면을 제대로 바라보지 못했다. 막냇동생의 터진 살점을 만지는 것 같아 일부러 고개를 돌렸다. 선창가에서 구두닦이를 하던 동생의 동료들이 시위 대열 앞에서 총에 맞아 죽은 그의 시체를 멨다. 시내를 한 바퀴 행진했다. 동생의 살을 그을린 그 총탄의 흔적이 왜 하필이면 그 국민학교 벽면에 남아야만 했을까. 죽은 동생은 있는데, 총을 쏜 사람은 누군지 알 수 없었다.

김명자의 기억은 가물거렸지만, 어느 해, 김명자가 눈으로 똑똑히 본 총알 자체를 의심하는 사람들도 있었다. 김명자의 횟집에 여느 날처럼 술안주 삼아 찾아온 손님이 있었다. 그들은 그날을 떠올리고 있었고 김명자는 손님에게 총알이 있었다고 말했다. 손님 중 깡마르고 날카로운 눈매를 가진 사람이 김명자의 머리채를 잡았다. 그는 김명자를 길바닥에 패대기쳤다.

"네깟 년이 자꾸 그딴 소리 들먹이면 국위 선양에 빛을 발하는 짓거리를 하는 거야."

손님은 침을 캭 뱉으며 말했다. 김명자의 눈은 그 손님이 입은 빛바랜 미국 군복과 마모가 심하게 일어난 워커에 멈춰 있었다. 과거에 보았던 것이 현재에는 없는 것이 됐다. 그들은 김명자를 허언하는 사람으로 취급했다. 국위 선양에 걸림돌이 되는 존재로 김명자를 전락시킨 이들은 한동안 보이지 않았다. 농촌, 도시, 공장 새마을 운동이라는 정책이 전국에 바람을 타고 일어날 무렵, 말쑥하게 신사복을 입은 그들은 밤늦은 시간 김명자의 홍콩빠 주위로 정화위원이라는 완장을 차고 국위 선양에 불온한 자들을 색출하러 다녔다.

아들이 괜찮은 학교에 다닐 때 단체 관람으로 봤다는 영화 한 편은 다시금 동생을 떠올리게 했다. 김천만 씨가 연기한 윤복의 모습이 바로 동생이었기 때문이었다. 저 하늘에도 슬픔이 있을까요, 라고 묻는 윤복의 대사를 엄마에게 말해준 아들의 음성에서 동생이 '누나'라고 부르며 달려올 것 같았다. 짓눌린 울음을 꾹꾹 삼키며 약간은 흥분하여 상기되어 있지만 떨리는 소리가 동생의 목소리였다. 동생이 보고 싶어, 아들이 본 영화의 원작이 된 이윤복의 일기『저 하늘에도 슬픔이』를 한 글자씩 손으로 짚으며 읽었다.

'그 큰아이는 내 구두통을 가지고 도망쳐 버렸습니다. 나는 따라가다 그만 놓치고 울면서 집으로 돌아왔습니다.'

천막 쳐진 운동장에서 야간반이 오기 전, 콧물이 진득하게 달라붙다 못해 마르기를 반복하는 동안, 동생은 책보를 둘러멘 채 학교에 오가는 아이들을 쳐다봤을 것이다. 구두약이 여기저기 묻고 엉덩이가 해진 바지를 입고서 말이다. 바지 무릎을 몇 번이고 바늘과 실로 기운 것을 입어도 싫은 내색 한번 없던 동생이었다. 동생의 주검을 목도하는 날, 눈매가 선하고 체격이 단단했던 동생의 모습은 어디에도 없었다. 못 먹고 자라 짤막한 키에 깡마른 소년이 눈을 감고 있었다. 누나라고 밝게 부르는 음성은 더 이상 공기 중에 떠 있을 수 없었다. 하얀 속살만 남기고 반으로 갈라야 하는 호래기 손질같이 너무도 빠르게 김명자의 눈에서 사라진 동생의 주검이었다.

마산 앞 바다에 떠오른 김주열 군의 시신이 도립병원으로 옮겨졌을 때 동생은 시위대를 이끌다 산화했다. 김명자는 동생의 마산 직업학교 명찰을 지금도 간직하고 있다. 명찰에서 피 꽃이 피었다. 누렇게 말라가던 동생의 이름이 흐르는 시간을 멈추고 한두 방울의 피를 머금은 채 박제되었다. 피 옷을 입은 이름이 얼룩덜룩해졌지만, 김명자는 이따금 손님 뜸한 낮이면 동생을 보기 위해 이름표를 두 손에 꽉 쥐었다. 이제는 이 세계에 없는 동생을 김명자만이라도 꼭 기억해주겠다는 의지였다.

교복 입은 동생 또래의 아이들이 횟집 포차 너머에 보였다. 섬으로 들어가기 위해 배를 기다리는 교복 입은 아이들, 그 아이들 틈에 구두닦이 소년들이 뒤섞여 있었다. 양복 입은 신사를 찾기 위해, 휴가차 나온 군인들을 찾기 위해서였다. 장사가 잘 되는 날보다, 누군가의 발길질에 부서진 구두함을 붙들고 우는 날이 많아 보였다.

버텨내야만 하는 저들 구두닦이 패거리들의 세계에서, 동생은 코밑에 수염이 돋기 시작하면서 용케 친구를 사귀었다. 그의 주검 앞에 울어줄 힘을 얻었지만, 김명자는 그저 별빛마저 사라진 어둠이었다. 동생과 김명자가 들었던 〈선창〉의 후렴구 구절이 귓등에서 떠나지 않았다.

'그대와 둘이서 희망에 울던 항구를 웃으며 돌아가련다, 물새야 울어라.'

그때는 있었고 지금은 없는 동생의 생기있고 약간 떠 있던 목소리, 그 소리를 납작하게 눌러, 누나 오늘은 어쩌고 저쩌고라고 빠르게 발음하는 동생의 각질 벗겨진 입술을 손으로 만져주고 싶은 날은 이따금 찾아오는 것이 아니었다. 매일 홍콩빠에 마주하는 풍경 속에 살아 있었다. 홍콩빠의 즐비한 전등은 철썩철썩 밀려오는 파도 소리에 더하여 더욱 어둠 속에 빛을 발하며 그런 김명자의 표정을 숨겨 주었다.

김명자는 아나고의 살점을 도마 위에 올려놓고, 시장에서 들리는 소리에 귀를 기울였다. 둔탁한 오토바이 엔진 소리, 다라 안에서 마지막 숨을 유영하는 생물들의 물소리, 생선 머리 내리치는 소리가 오전의 햇살에 맑게 반짝이는 것 같았다. 그래 오늘도 무사한 거라고 자조하며 아이스박스에 담아 놓을 횟감을 준비하기로 했다. 문득 시어머니가 생각났다. 김명자에게 처음으로 칼로 민어의 배 가르는 법을 가르쳐준 분이었다. 엄마의 단골집이었던 시어머니의 가지런한 좌판 그리고 시어머니가 늘 신고 다녔던 털 있는 고무 슬리퍼가 떠올랐다. 늘 어깨를 움츠리고 좌판에 앉아 손님을 맞은 시어머니였다. 김명자는 검지와 중지의 손가락 마디뼈가 벌어지는 것처럼 시큰거렸다. 자신의 손끝도 굽어가는 것을 보고 이제는 정말 시어머니랑 똑같아졌다고 생각했다. 옅게 웃었다.

시어머니는 끝내 그의 아들이 월남전을 마치고 돌아온 것을 보지 못하고 장사 됐다. 미 군용기가 하노이와 하이퐁의 하늘을 새까맣게 덮을 때 남편은 어디에 있었을까. 남편이 쏜 총알은 누구의 머리에 박혔다가 빠져나갔을까. 김명자가 시어머니의 썩어가는 살을 껴안고 노제 드리던 날부터, 반공은 까마귀 떼 같은 미 군용기를 연상시켰다. 남편이 영해를 가로질러 당도한 베트남이라는 땅은 어떤 곳일까.

베트남의 풀은 마산 선착장의 어귀에서 마주하는 풀보다 억셀까. 베트남의 습기와 뙤약볕을 먹고 자란 풀은 군복 바지를 할퀴었을 것이다. 남편의 종아리와 팔 등에 난 상처를 김명자는 짐작할 수 없었다. 남편은 집으로 돌아와서 한동안 사타구니를 접하는 허벅지 안쪽의 피부가 벌어지고 그사이에 염증이 났다. 붉게 변한 피부는 흑갈색으로 바뀌었다가 다시 짓무르기를 반복했다. 악다구니 같은 시큼한 땀과 피 냄새가 났다. 곰삭은 젓갈 냄새 같기도 한 부패는 남편의 정신에도 어깃장을 놓았다. 남편은 집에서도 습지를 건넜다. 징검다리 삼아 밟은 베트남 사람들의 물컹이는 사체를 꿈에서 다시 만났다. 김명자는 남편이 깨어 있어도 꿈속에 살고 있다고 생각했다.

장성한 새끼가 보는 자리에서 베트남 참전 전쟁 용사라는 공로를 나라로부터 치하받았지만, 남편의 마음은 그날 살려 달라고, 손을 싹싹 빌던 베트남의 어린 남자아이의 눈빛을 마주한 날에 멈춰 있었다. 까무잡잡한 얼굴에 콧물을 흘리고 그 커다란 눈에서 눈물을 잔뜩 밴 그 아이의 얼굴 때문에 김명자에게 미치겠다고 소리쳤다.

김명자는 무서웠다. 비명, 살냄새, 딱딱하게 굳은 시체, 저승의 문을 열고 나오는 망자가 무당의 신칼을 빌려 쩔렁거리는 것 같은 소리가 남편의 입에서 숨 쉬듯 나왔다. 남편은 용서를 구하고 싶다고 말했다. 용서는 힘이 있어야 하는 거라고도 말했다. 그 대상을 김명자는 추측할 수 없었다. 대신에 김명자는 남편을 위로하기 위해 남편보고 죄송합니다. 그저 잘못했습니다만 수없이 말했다. 그것은 무사와 같은 중얼거림이었다. 입을 달싹거렸다. 무엇이 잘못인지도 모르고 남편을 살리기 위해 잘못했다고 말했다. 아버지 없는 아들을

만들고 싶지 않은 까닭이었다. 김명자는 일찍 유명을 달리한 그의
아버지 이후의 삶이 어떠한지 알고 있었기 때문이다.

남편은 김명자의 코를 주먹으로 때려 김명자의 콧대를 휘게 했
다. 김명자의 뺨을 손바닥으로 때려 이틀 동안 김명자의 뺨이 빨갛
게 부어올라 있던 적도 있었다. 남편의 때리는 손을 김명자가 막다
가 팔에 멍이 들기도 여러 차례였다. 그런 날 동안 아들은 남편에 대
한 혐오를 키웠다. 아버지가 싫다고, 아버지를 죽여버리겠다고 소리
치기도 했다. 매 맞는 것보다 서슬이 퍼런 아들의 음성이 김명자의
가슴을 쳤다. 반동하듯 내 인생이 대체 무엇인지를 물었다. 답 찾기
는 남편이 스스로 목숨을 끊어버리자 그만두었다.

"성신님께 액풀이라도 해 싸야 할꺼나. 그래가 내 밥 숟가락에 파
고가 이리 잠잠할꺼나."

김명자는 남편의 재를 흘려보내는 날 타령조처럼 넋두리했다. 남
편이 떠난 선착장을 발로 지그시 밟았다. 어디선가 오가며 울다 떠
난 그 많던 갈매기 떼는 또 어디로 날아갔을까. 남편의 혼백을 부르
고, 그를 달래고, 질베에 넋당석을 올리고 내렸다. 친정어머니의 고
향인 목포에서 흔히 장례를 치르는 풍습이었다. 나중에 알고 보니
씻김굿은 목포, 해남, 완도, 진도에 걸쳐 대대로 치러지는 것이며,
그중 그 뼈대가 튼튼하게 유지되는 것이 진도라는 것도 알았다. 마
당에 차일을 치고 상을 차리고, 마을 사람들이 몰리고, 양손에는 지
전을 들고, 한 발 가려다 멈추고, 돌고, 그 참을성 있는 동작이 무당
의 품세에서 느껴졌다.

달빛에 비추는 소복 그림자가 김명자에게는 마산이라는 매립된 너른 평야보다 더 포근하게 다가왔다. 무당의 걸음과 걸음 사이에는 틈이 벌어졌고, 산 자와 죽은 자 간의 갈등이 있었다. 제 또래의 산 자보다 일찍 숨을 거둔 망자를 위로하는 의식이 끝났다. 마당을 가르는 흰 무명천에 망자는 저승길로 진입하기 위한 여로를 준비했다.

지전춤은 굿의 시작부터 넋을 올리고 산 사람의 죄책감, 우울을 걷어가는 해원까지 이어졌다. 아들은 아버지의 넋풀이 과정을 목격하며 드라마 같다고 김명자에게 말했다. 아버지라는 못난 사람의 짓거리는 싫었지만, 혈육으로서 아버지께 예는 갖추겠다고 아들은 제법 대학생다운 말을 하기도 했다. 무당은 김명자와 아들에게 원망을 내려놓으라고 말했다. 지근지근 땅을 밟던 발을 멈추고 지전을 흔들며 하늘을 향해 퉁퉁 뛰었다. 무당은 살아보자고, 이제 다시 살아보자는 다짐이 산 사람들의 마음에서 나와야 한다고 소리쳤다. 무당이 하늘로 지전을 들어 올릴 때, 그것을 무당의 춤사위의 박자를 맞추던 악기장이 중 한 명이 김명자에게 다시래기라고 넌지시 알려주었다. 김명자는 그때를 남편의 혼령이 쓰름매미의 옷으로 갈아입고 고목에 붙어 울다 간 여름날로 기억했다.

"어무이요 지 왔심더."

청바지에 헐렁한 체크무늬 티셔츠를 입은 아들이 김명자에게 헤벌쭉 웃으며 다가왔다. 저놈의 장발 머리 좀 잘랐으면 좋겠는데, 아들은 통기타 가수 김민기가 롤모델이라면서 어머니의 야단을 물리쳤다. 김명자는 행여 경찰이 수시로 행하는 두발 단속 때문에 아들이 강제로 머리카락을 잘리면서 몸 상하지 않을까 염려했다.

아들은 제 친구들끼리 돌려 듣던 〈공장의 불빛〉 카세트 테이프를 틀어주기도 했다. 한일합섬 식대로 그날 저녁 밥값을 때우던 여공 하나가 사장님네 강아지는 감기 걸려서 포니 타고 병원까지 가신다는데, 라고 가사를 읊조리더니, 건강이 좋지 않아 곧 일을 그만두게 생겼다고 김명자에게 한숨을 쉬며 털어놓았을 때 짐작했다. 아들이 듣는 노래가 시장통에서 흔하게 들리는 그저 그런 사랑을 주제로 한 트로트 노래와는 다른 무언가가 있겠다고 말이다.

여공이 식대를 꺼내기 위해 가방을 열었을 때, 그 속에는 타이밍과 세코날이 있었다. 타이밍은 공순이들이 졸음을 물리치기 위해 먹는 약이었다. 김명자에게 세코날은 쉽게 잊을 수 없는 약 이름이었다. 마을 이름이 지워지고 창원 공단이라는 거대한 부지가 조성되는 시기였다. 아들의 중학교 때 친구이자, 아들에게 줄곧 우리나라는 육손이여야만 살아남을 수 있어, 라고 말하며 그 공단의 공장에서 세 손가락이 잘린 그가 복용한 약이었다. 다행히 그의 자취방에 놀러 간 아들이 그를 살렸지만, 한동안 김명자는 아들도 그 친구처럼 될까 봐 손이 덜덜 떨려 회칼을 잡지 못한 적도 있었다.

여공의 가방에서 세코날을 보자마자 김명자가 가방을 빼앗은 건 어쩌면 본능적인 행동이었다. 여공은 꺽꺽 울며, 저 어떻게 사느냐고 물었다. 김명자가 할 수 있는 것은 무학 소주 한 잔을 마른 입에 대고 쓰게 삼키며 미더덕 한 접시를 그에게 내주는 것뿐이었다. 김명자는 여공에게 살라고만 하면 하늘이 답을 줄 것이라고 퉁명하게 말했다. 사실 그 말은 여공을 향한다기보다는 김명자 자신에게 하는 말이었다. 아들을 위해서라도 잡초 같은 목숨줄은 붙들고 있어야 한다고 김명자는 다짐했다.

"어야, 네가 무신 일로 왔어? 뱃가죽이 등가죽 된 것 마이로 홀쭉해져서네, 도서관에서 중간고사 공부만 한다고 밥이나 잘 챙겨 묵고 다니나?"

"야, 지는 밥 잘 챙겨. 묵심더. 어무이야말로, 식사 잘 챙기이소마. 어이야. 오늘 횟감도 파닥파닥하니 싱싱하네."

김명자는 요즘 들어 피골상접한 아들놈이 무슨 짓을 벌이고 다니는지 노심초사였다. 돈깨나 있다 싶으면 창동 음악다방에 가서 입장료 오백 원을 내고 오렌지 주스 한 잔을 마시며 김민기의 〈아침이슬〉이나 양희은의 〈상록수〉를 듣고 온다며, 늘 시시콜콜한 이야기까지 재담을 아끼지 않은 아들이었다. 평소 말수가 많은 아이가 아니었는데, 김명자 앞에만 서면 다섯 살 아이처럼 말을 조잘조잘했다. 남편이 죽은 다음에 변화된 아들의 모습이었다.

"와? 한 사라 묵으라."

"아이고마! 됐심더. 실은 학교 오늘 휴교해 가, 친구들이 도서관 앞 노인정에 모여 있심더. 오늘 집에 늦게심더. 어무이 얼굴 보고 말하려고 들렸다 아입니꺼."

"네 또, 뭐 신문 나부랭이 만든다고 허튼 짓거리하고 다니는 것 아니재?"

"전번에 갱찰하고 교수님한테 단디 주의받았다 아입니까. 요즘에는 공부만 쭉 했심더."

김명자는 테이블을 행주로 훔치면서 아들의 손을 유심히 봤다.

등사지에서 묻힌 석유 냄새를 아들은 미리 지웠을지도 모를 일이었다. 기름 먹인 원지를 철판에 올려놓고, 아들은 독립운동이나 하는 것처럼 철필을 긁어 글씨를 썼다. 언젠가 아들 또래의 학생들이 횟집 다락방에 앉아, '유신철폐'라고 말했을 때 얼마나 가슴이 놀랐는지 몰랐다. 혹시나 길거리에 정화위원이라고 완장을 찬 사내들이 이들을 끌어내 몰매를 놓을지도 모를 일이었기 때문이다. 김명자는 일부러 그들 앞으로 갔다. 소주병을 정리하네, 탁자를 정리하네, 도마를 올려놓고 무를 썰면서 칼질 소리를 크게 내기도 했다. 그에 아랑곳없이 그 자리에 모인 대학생들은 등사기로 만든 조악한 유인물을 찢고, 태우고, 씹어 먹는 괴기한 장면을 김명자의 눈에 보여주기도 했다. 김명자는 혀를 끌끌 차며 그 자리에 아들이 없다는 사실에 안도했다.

아들의 셔츠 소매에 기름 잉크가 묻어 있었다. 처음에 아들은 교수님의 수업 자료 준비를 도왔다고 했다가 사복 경찰이 한번 온 뒤, 학교 신문 작업을 했는데, 게 중 몇 줄의 문장이 문제가 되었다고 솔직히 김명자에게 털어놓았다. 어디까지 학교의 시설 개선 문제에만 글을 쓰겠다고 아들은 김명자를 살살 달랬지만, 김명자는 똑 부러지게 아들에게 그런 것도 하지 말라고 단도리 쳤다.

"너거 말 틀림없재? 엄마 눈 속일 짓 하지 말그라이."

"네네. 우리 김 여사님 속 까뒤집으면 마산 바다보다 더 콜라 빛일 텐데, 아들이 그럴 일이 있겠능교?"

"친구들 모여서 데모하는 것 아니재?"

"우리 어무이 걱정도 태산이라. 아무 일도 없으니께, 걱정 잡지 마이소."

말은 억세도 김명자의 눈가에는 그렁그렁 눈물이 맺혀 있었다. 무사는 다시금 버릇처럼 김명자의 입에서 발화됐다. 아들은 살짝 고개를 돌렸다. 생선 장수하는 홀어머니의 삶 앞에서『전환시대의 논리』나『역사란 무엇인가』와 같은 책이 아득하게만 느껴졌다. 선착장 앞에서 사복경찰이 아들을 불심 검문했다. 그들은 아들의 책가방을 탈탈 털며 문고판 책들을 압수해 갔다. 아들은 부아가 치밀어 올랐다. 그렇다고 그 속마음을 김명자에게 전할 수 없었다.

"안 그래가, 거, 왔다 갔다 하는 창원 공단 직원들 있다 아인가. 그 머스마들이 그러던데, 남민전인가 뭔가 해서 대학생이 많이 갱찰서에 잽혀 들어갔다꼬."

"어무이요. 우리 학교, 삼선 개헌 찬성했다 해서 유신학교라 서울서 안 그라능교? 나가 부끄럽지만서도, 그런 학교가 뭔 데모를 세게 하겠슴꺼? 설사 데모한다고 해도, 내는 먼발치에 서 있을 테니까. 여하튼 어무이요. 오늘은 일찍 가게 접으이소마. 내도 학교 돌아가는 것 구경하고 통금 전에는 집으로 가겠심더."

아들의 볼은 붉게 상기되어 있었다. 이날 새벽 월영지 부근 학내에 대자보가 처음으로 붙었기 때문이다. 전국대학생 혈맹이라는 명의로 파쇼 타도, 독재 타도라고 쓰인 상당히 과격한 구호였다. 대체 누가 이런 대자보를 간 크게 붙였는지 벌써 학내는 술렁이고 있었다. 그런 와중에 학보사 방송 기자를 통해 학생들은 느닷없는 휴교 소식을 접했다.

아들은 휴교령이라는 단어를 발음하며 입천장을 혀끝으로 쳤다.

아들의 주위에서는 아우성쳐대는 소리가 산발적으로 들렸다. 대학에 공부하러 왔는데 왜 공부하지 말라는 거냐는 웅성거리는 소리에서부터 어떤 식으로라도 반정부 시위를 해야 하는 것 아니냐는 말이 뒤섞인 현장이었다.

아들은 어머니인 김명자를 생각해 공부의 끝이라 여기는 대학원 박사 과정까지 생각하고 있었다. 배우지 못한 것이 한인 사람에게 공부는 그 원한을 풀어줄 길이자, 생계의 도리라 여겼던 것이다. 이미 대학원 진학까지 마음에 두었지만, 공부만 하는 것은 비겁하다는 생각도 들었다.

부산 일원에 계엄령이 선포됐고, 버스를 타고 마산으로 온 학생 중 몇과 만난 동료들의 입에서, 대검 꽂은 M16 총을 휘두르는 공수부대의 무자비한 진압이 시위대를 깼는데 많은 시민이 다쳤다는 식의 소문이 돌았다. 소문의 사실 여부는 파악할 수 없었다.

아들이 다니는 대학은 전국의 대학생들이 유신헌법 철폐 시위를 벌일 때, 학교 당국의 농락으로 얼떨결에 유신 찬성 데모를 한 내력이 있었다. 아들은 대학에 입학하고 그 내력을 꼬리표처럼 달고 다닐 수밖에 없었다. 피스톨 박의 학교라고 타 대학 출신 대학생들의 조롱 섞인 짓궂은 놀림 때문에 아들은 여러 번 기분이 상했다. 자유로운 민주 시민이라는 지위보다는 피스톨 박이나 유신의 전위대(前衛隊) 취급을 받은 것 같았기 때문이다.

학내에서는 시월 중순이 넘어가는 무렵부터, 비정치적 요구인 학내 문제부터 시작하자는 말이 앞서거니 뒤서거니 했다. 문교부 결정으로 진주의 경상대학은 단과대학에서 경상대학교라는 종합대학으로 승격됐는데, 경남대는 종합대학이 되지 않은 것이었다. 학생들의 불만은 곳곳에서 터져 나왔고, 아들의 동료들은 이것이 발화점이 되어 불꽃이 타오르면, 유신반대와 같은 정치 구호를 걸자고 했다. 하지만 어디까지나 계획이었을 뿐 구체적인 방향, 특히 수출자유지역 노동자들이 합세할지, 종교계를 비롯한 시민단체 인사들, 일반 시민들이 시위에 합류를 할지를 전혀 가늠할 수 없었다. 이때의 휴교령 이후 학생들의 눈은 서로의 팔을 낄 수 있을 정도로 가까워졌고, 다섯 시에 삼일오 탑으로 모이자고 입을 맞췄다. 이런 분위기에 아들은 김명자를 생각하지 않을 수 없었다.

경찰의 엄중한 감시 때문에 시위를 앞장서서 주도할 수도 없었다. 엄중한 시기에 경찰에 잡혔다는 것은 패가망신을 의미하는 것이었고, 까닥 잘못하여 고문이라도 당하다 죽으면 그야말로 개죽음을 뜻하는 것이었기 때문이다. 그런데도 역사적 현장을 직접 눈으로 담아야겠다고 판단했다. 역사 앞에 비겁해지고 싶지 않아서였다. 김명자를 뒤로하고 돌아서는 아들은 뒤통수가 무안했지만 삼일오 탑을 향해 자산동으로 뚜벅뚜벅 걸었다.

김명자는 멀어지는 아들의 모습을 멀거니 바라보며 무사를 읊조렸다. 먹구름이 끼는 하늘도 올려봤다. 심해 깊숙이 울렁이는 바다의 고함이 물 위에 서서 아들을 바라보는 김명자의 숨에 닿았다. 아들을 향해 퍼뜩 집에나 들어가라는 말이 나오지 않았다. 김명자는 낭랑하게 웃고 돌아서는 아들의 얼굴에서, 그 옛날 막냇동생이 죽기 전 누나야 나, 구경만 하고 올게, 사람들 막 난리다고 말하며 돌아섰던 모습이 회상됐다. 경황없이 손이 분주했고, 되는 일은 없는 것 같앉고, 장사를 오늘은 접어야 하나 말아야 하나, 갈팡질팡했다.

시에서 조성한 홍콩빠 간판이 있는 삼십 번 횟집 지붕에 비가 툭툭 떨어졌다. 청과시장 앞에서 대풍 골목, 진동 골목 샛길에서 충무 야채 골목까지 좌판을 놓은 상인들이 장사를 접었다는 말이 홍콩빠 이모들의 입에서 나왔다.

김명자의 마음처럼 마산의 바다는 묵묵히 하늘의 담수를 섞고 있었다. 비가 그치기만 바라면서 말이다. 농밀한 소금 농도를 찾아 일상의 삶을 회복하고 해산물을 넉넉하게 품은 바다의 어장처럼 말이다.

김명자의 정신을 번쩍 들게 했던 것은 목소리였다. 김명자의 등을 누가 갑자기 손바닥으로 세게 탁 때린 것 같은 목소리였다. 홍콩빠 거리를 찾은 청년의 날이 서고 갈라진 음성이었다. ○○공단 작업복을 입고 있는 그는 아들의 친구였다. 김명자에게 세코날을 기억하게 해준 친구였다. 친구 이름이 가뭇하여, 빨리 생각나지 않았다.

김명자는, 육손이 아가, 어짤라고, 정신 논 아처럼 시장바닥을 비린내 쫓는 늙은 개마냥 헥헥거리고 와서 주둥이를 놀리는지 쳐다봤다. 김명자의 눈이 육손이와 마주쳤다.

"마! 사는 일이 젤로 중하지만도, 생사람 목숨 끊어가면서 해야 할 일이 뭣이 있겠씹니꺼, 호래기 눈알 도려내듯 칼로 탁 쳐버리는 게 이 나라 법도면, 나라가 대체 뭐겠냔 말입니더. 마르고 닳도록 대통령 해 쌀라 하믄 적어도 부가가치세네 뭐네 하면서 서민들 감자뼈 우려 먹는 소리 작작해야 하는 것 아니겠습니꺼, 그래가, 사람 귀하게 여길 줄은 알아야 할 것 아니겠는교. 고마 가입시더. 저, 저,

제 친구들이, 공부를 하든 못 하든, 어무이들 자슥들이 제 목숨 파리 목숨인 줄도 모르고 유신철폐 독재타도 했싸는데, 우리가 그래가 손 놓으면 되겠능교? 갱찰들이, 우리 야들 때려가지고 닭장차에 집어 넌다 아닝교. 갱찰이 우리 아들 못 잡으믄 군인들이 야들이고 마산 시민이고 간에 복날 갱아지 패듯 한다캅니더. 그래가 어무이요……."

김명자는 고개를 저었다.

"아이다. 내 자슥은 집에 들어온다 안 했나. 야야, 우리 착한 아는 통금 전 집에 돌아온다고 이 어무이랑 약속했다. 점마가 뭘 몰라도 한참 모르는 갑따. 고마해라. 너거, 그래가 다친다. 정화위원들 오면 우짤라고. 야야, 아이 육손아, 고만해라."

빗물이 김명자의 머리를 세차게 두드렸다. 김명자는 빗물에 흠뻑 젖는 육손이의 처량한 얼굴에서 남편에게 매 맞는 자신을 쳐다보는 아들의 울먹이는 표정을 읽었다.

'고마해라.'

저 멀리 호각 소리가 들리는 것 같았다. 김명자의 가슴팍에는 비가 흠뻑 젖었고 바짓단에서는 물이 뚝뚝 떨어졌다. 그런데도 김명자는 육손이가 길거리에서 몰매는 맞지 않게 해야 한다는 생각이 먼저 들었다.

"옴마야. 점마 일 내것다 아입니꺼."

김명자는 육손이에게 허둥지둥 다가가 포대기 감싸듯 그를 끌어안았다. 옷을 적신 비 때문에 서늘한 기운이 김명자의 품에 달려들었다. 그런데도 육손이의 입에서 흘리는 몸 냄새는 김명자의 얼굴에 닿아 체온을 데웠다.

"불 끄입시더. 우리! 아, 저…우리 아, 얼굴 별빛에도 비추면 안 되입니더. 불 끄입시더. 이모들이요. 이 야, 어린 것 맨상부터 가리 입시더. 퍼뜩 안 하고 뭐하십니꺼. 불 꺼!"

김명자는 기운을 뻗쳐 소리쳤다. 홍콩빠의 불빛이 하나, 둘 소등 됐다. 이윽고 마산 시내 야경이 아름답기로 소문난 홍콩빠 거리가 칠흑처럼 깜깜해졌다. 비에 젖은 사람들의 수선스러운 움직임이 육 손이를 향해 동심원을 그리며 모여들었다. 하늘에서 구름에 가린 조 약돌 같은 별이 바다에 떨어져 파문을 일으키는 것처럼 사람들은 스 크럼을 짰다.

내 자녀들은 어디에 있는가

금요일 해 질 무렵, 근무지인 미술관 정문 앞 차로에 차를 댔다. 나는 깜빡이는 비상등을 쳐다보며 종종걸음쳤다. 호랑가시 나무 사이로 폭 좁은 계단을 내려가는 것이 지극히 조심스러웠다. 또 한 번 불법주정차 건으로 과태료가 집으로 날아오는 꼴을 두고 볼 수 없었다. 연한 베이지색 가디건을 더 여미었다. 에코백에 담은 브로마이드가 땅에 떨궈지지 않게 유의했다. 점점 불러온 배를 지탱하는 척 주 길을 따라 한 손으로 허리를 짚었다. 태교에는 전혀 도움이 될 것 같지 않은 욕을 섞어 중얼댔다. 남편 말마따나 '펭귄 걸음'의 속도를 높여서 차에 가까이 왔다. 20만 킬로미터를 넘게 탄 우리 집 보물 1호였다. 하지만 남편은 그 보물에 어떠한 공도 들이지 않았다. 광택 왁스는 바라지도 않았다. 세차만이라도 꼼꼼히 하면 좋을 텐데. 분명 중학교 주차장에만 차를 주차했을 텐데. 도시의 모든 먼지가 안주인 노릇을 하고 있었다. 손으로 만지기도 저어한 조수석 문 레버를 당겼다. 잠금이 풀려 있지 않았다.

"야!"

기합 후, 나는 격파 시범이라도 보이겠다는 심정으로 차창을 향해 주먹을 날렸다. 남편은 차량 내비게이션을 조작하다가 깜짝 놀라 눈을 동그랗게 뜨고 나를 쳐다봤다. 애니메이션 '장화 신은 고양이'처럼 혼자 말썽은 다 부려놓고 '나는 몰라요'하는 그 표정에 내 기세는 적이 누그러졌다. 피식 하고 웃음이 나올 것도 같았다. 저런 사람이 세상에 무서운 것 없다고 믿는 중학생을 가르치는 미술 교사가 어떻게 됐는지 의구심이 가시지 않았다.

남편은 허둥지둥 내비게이션을 작동하던 검지를 그대로 밑으로 내려 라디오 주파수를 튜닝했다. 지구가 멸망한다고 해도 본인이 정한 매뉴얼대로 삶을 통제하는 사람이었다. 자동차 로크가 풀리는 소리가 났다.

"빨리빨리 문 못 열어?"

남편의 성미를 알면서도 나는 부아가 치밀어 기어코 말소리를 질렀다. 남편은 머쓱한 듯 헤헤 웃고 말았다. 나는 버거운 몸덩이를 조수석에 밀어 넣었다.

"조심해요! 우리 튼튼이 놀라요."

남편은 마치 바로 자기 앞에 우리 2세가 있어 그를 보듬는 것처럼 살살 말했다. 튼튼이는 태명이었다. 서른 중반에 남편과 결혼한 내게 3년 만에 찾아온 생명이었다. 만약 올해까지 아이가 생기지 않으면 시험관 시술도 생각하고 있던 차였다. 그렇다고 임신 8개월까지 튼튼이가 무사히 내 배 속에서 자란 것은 아니었다. 아이 움직임이 이상하다. 심장 소리가 고르지 못하다 등등의 의사 소견을 들으며 마음을 졸이기도 했다. 직장을 그만두고 태교에 전념할까는 생각을 한 적도 있었다. 관람객에게 작품을 설명해 주는 것이 주 업무이다 보니 사무실에 한가하게 앉아 있는 일보다는 서 있는 경우가 더 많았다. 하지만 내 기우와 달리 튼튼이는 태명답게 씩씩하게 밖으로 나올 준비를 하고 있었다. 얼마 전 정기 검진 때에도 의사는 엄마 배 속에서 잘 놀고 있네요, 라고 가볍게 말해주었다.

남편은 기어를 주행 상태로 바꾸고 부드럽게 액셀러레이터를 밟았다. 긴장이 풀린 까닭에 몸이 더 노곤해졌다. 주파수를 맞춘 라디오에서는 단신 뉴스가 나오고 있었다.

"광주교도소와 해남, 영암에서 5·18민주화운동 행방불명자로 추정되는 유해 12구의 DNA 대조 결과가 내달 말에 나온다고 합니다. 5·18민주화운동 진상규명조사위원회는 현재까지 광주교도소, 영암, 해남 등에서 발견된 유골이 5·18 당시 희생된 민간인일 가능성이 높은 만큼 행불자 찾기에 주력할 방침입니다. 다음 뉴스입니다……."

누군가는 평생을 기다린 소식이 혼몽에 실려 흩어지는 것 같았다. 광주 교도소 인근 야산, 해남 백야리 예비군 훈련장에서 5구, 영암 학산면 공설묘지에서 발견된 6구를 일컫는 '행불자 추정'이라는 단어가 곱씹어졌다.

차는 시나브로 사위가 어둑해지며 점포마다 불빛이 켜지는 시내를 벗어나고 있었다. 자연 빛이 사라지고 인조 불빛이 밝아지는 저물녘, 유대인의 계산법대로라면 하루가 시작되는 때였다. 6일 동안 세상을 창조하고, 사람을 위해 만든 안식일의 유래를 생각하고 있었다. 남편이 탄식처럼 뱉는 "어머니는……"이라는 말이 그 틈을 비집고 내 귀에 들렸다. 주삿바늘처럼 따갑게 들리는 한 단어를 만나기 위해 남편과 나는 롯데백화점 자리를 지나고 있었다.

'심증은 가나 물증이 없으므로 5·18 희생자로 인정할 수 없음'이라는 문구를 다시 확인한 날이 있었다. 어머니를 택시에 모시고 그곳을 지나간 적이 있었다. 그곳은 그해 시외버스공용터미널 부지가 있던 곳이었다.

"쩌그, 그 가차이에서 네 오빠를 잃어버렸당께. 그 죽일 년이 네 낳고 그래도 살것다고 소고기 넣은 미역국에 밥숟가락 입에 댔어야." 손마디가 굵고 휘어져 검지를 뻗어 가리키는 방향은 어머니와 내가 탄 택시의 차창 너머를 가리킨다기보다 어머니의 가슴으로 돌아오는 듯했다. 나는 한 번도 만난 적 없는 존재였다. 실종된 오빠가 어머니의 자궁에서 꼼지락거리기라도 하는 듯, 어머니는 차창 너머로 눈을 떼지 않았다.

"우짤라고 징헌 눈물 마르라고 하늘은 이로코롬 좋은 날씨를 줬을까." 손가락을 말아 주먹을 만들었다. 그 주먹은 어머니의 세월을 두드렸다. 어머니가 두드리는 세월만큼 내 존재가 옅어지는 것 같았다. 오빠와 같은 배에서 태어났지만, 내 인생의 시작은 뻥 뚫린 어머니의 가슴을 메우기에 너무나도 여렸고, '반항'이라는 단어를 주머니에 꼬깃꼬깃 접어둔 사춘기 때에도 땀에 젖어 축축할 뿐이었다. 택시의 뒷좌석에 앉아서 좁쌀만 한 여드름이 돋기 시작한 내 얼굴은 애먼 바닥으로 떨궈졌고, 꽉 말아쥔 손을 다시 폈을 때 손바닥에는 손금마다 바리케이드를 친 손톱자국이 남아 있었다.

남편의 손이 내 손등에 포개졌다. 고개를 들어보니, 차는 신호 대기를 하고 있었다.

"신호발 참 없네."

나는 귀찮다는 듯 남편 손을 뿌리치며 시트 등받이를 뒤로 젖혔
다. 숨쉬기는 조금 편해졌지만 배는 여전히 묵직했다.

"뭐, 저번처럼, 이번에도 어머니 잘 이겨내실 거야. 엊그제 전화
통화했다며. 자기랑 올가을 지나 김장할 것도 이야기 나눴다면서."

남편은 신호에 맞춰 가볍게 속도를 내며 말했다. 차는 미세한 진
동과 함께 내 등을 떠밀 듯 도로를 내달렸다. 우리 앞의 화물 트럭
후미에는 졸음과 안전거리 확보를 알리는 둥그런 눈동자 스티커가
붙어 있었다. 저 눈동자가 바라보는 세상은 어떤 것일까. 늘 뒤로만
달려야 하는 운명 속에 좌표를 찍고 사는 모녀인지라, 나는 눈동자
를 쳐다보며 눈시울이 붉어졌다. 남편이 흠칫 고개를 돌려보고서는
우느냐고 물었지만, 나는 대답 대신 눈을 감았다. 눈꺼풀이 사르르
떨려왔다.

돌이켜 보면 어머니는 늘 내게 성이 나 있었다.

"아니여. 아니랑께, 요 미친년아 네가 누구랑 놀았다고야? 뭘 봤
다고야? 방 구들 따숩게 해서 처먹여 논게, 네가 참말로 정신을 조
사부렀는갑다. 오메메, 내가 이런 것을 데꼬 산다고, 아이고오!"

어머니는 방바닥을 치며 화냈다. 그 감정의 출처를 알기에 나는
너무도 어렸다. 그저 수녀인 외사촌 언니가 사준 알록달록한 색연필
로, 집안에 쌓아둔 종이 뒷면에 그림을 그렸을 뿐이었다. 어머니는
펄도 마르지 않은 바지 밑단을 방바닥에 문대며 나를 나무랐다. 나
는 울먹이며 오빠랑 놀았다고 했다. 해 저물 때까지 돌아오지 않은

아버지와 어머니를 대신해 오빠가 한 번도 닫지 않는 대문을 통과해 내게 왔다. 나랑 놀자고 했다. 나는 오빠랑 그림을 그렸다. 오빠랑 방 안에서 술래잡기도 했다. 숨바꼭질도 했다. 그러다 스르르 잠이 들었다. 오빠는 없고 어머니는 화냈다. 아버지는 장화도 벗지 않고 마루에 앉아 담배만 피웠다.

"여말이요. 승화 아부지, 요런 것을 어떻게 길바닥에 뿌림서, 사람들보고 우리 야 봤냐고 물을 것이요. 안 그래도 이짝저짝 바닥서 야 잃어부럿단 말한믄 사람들이 고개를 삭삭 돌리는 판인디, 문딩이 같은 가시나가 칠렐레 팔렐레 지 오빠 얼굴을 떡칠해 놓은 것을 우짠 사람한테 주것냐 말이오. 말 좀 해 보랑께요."

아버지는 마루에서 일어나 집 밖으로 나갔다. 그날 자정 무렵이 되어서야 탁주를 걸친 모습으로 귀가했을 때도 집에 불은 꺼지지 않았다. 어머니는 찢어진 종이는 스카치테이프로 붙이고, 색연필로 덧칠해진 오빠의 얼굴은 지우개로 지울 수 있을 만큼 지워 나갔다. 아버지는 말없이 어머니가 하는 일을 지켜보다 한쪽에 쌓아둔 종이 뭉치를 앉은뱅이책상에 올려놓고 이부자리를 폈다. 툭툭 바닥에 떨어지는 베개, 턱 퍼지는 이불, 울음에 땟국물 젖은 얼굴을 하고 아버지의 술 냄새 나고 서늘한 품에 안겼다. 눈을 떠서 아버지를 바라봤다. 그때를 잊을 수 없는 것은 바로 아버지의 눈빛 때문이었다. 그 눈빛은 색연필을 가져다준 외사촌 언니에게서도 봤던 것이었다. 그전까지는 어머니에게서는 볼 수 없는 눈빛이었다.

내 기억 끝자리에 머문 눈빛을 다시 보게 된 것이 몇 해 전 수술실 앞에서였다. 어머니가 암 때문에 위절제술을 받아야 했던 그 직전이었다. 병상 침대에 누워 나를 쳐다보는 어머니의 눈빛에서, 나는 그것이 어느 날 반짝이던 눈빛이 아니라 아주 오랫동안 묵은 눈빛이라는 것을 깨달았다. 이제야 발화했다고 직감했다. 귀를 기울여야만 겨우 들을 수 있는 소리로 어머니는 내게 미안하다고 말했다. 무엇이 미안하단 말인가. 나한테 하는 말이 맞았을까. 아니면 어머니 인생에 대한 미안함이었을까. 소망하건대, 그 미안함이 내게로 향하길 바랐다.

기운 없이 눈을 가물거리고, 입술이 오므려지면서 떨어지는 사이로 뱉어지는 '미안'이라는 한 단어는 나를 통과해 내 몸의 수분을 거두고, 아직도 왕성한 에너지가 있어 어디론가 퍼져 나가는 것 같았다. 엄마라 부르지 못하고 어머니라 불러야 했던 적적한 유년의 페이지였다. 언제부터 나는 엄마라는 말을 버리고 어머니라는 호칭을 사용했을까. 그것은 어머니의 강요였을까. 아니면 자발적이었을까. 살아오면서 남들에게 어린것이 어른스럽다는 말을 들으며 제법 의기양양할 때도 있었지만, 내 의식 저편에서 작동하던 저항이었을까. 어머니의 슬픔에 동화되지 않으려는 몸부림이었을까. '묘'가 아닌 '령'이라 써진 오빠의 무덤을 처음 본 날, 나는 그전까지 사용했던 '엄마'라는 낱말을 버리고, 조금 더 거리감을 두고 싶은 까닭에 '어머니'라고 발음했다. 그게 겸연쩍어, 울지 말라고 술어를 붙여 말,했,다.

돌아온 고향 집 마당에서, 아버지는 바다 냄새에 실려 오빠를 찾는다는 전단을 한 줌 재로 만들었다. 외사촌 언니의 기도 소리가 나직하게 들렸다. 어머니는 멍하니 날아가는 재를 봤다. 그을음 길을 따라 하얗게 타며 재로 변해가는 전단에 어머니의 맨손이 닿았기 때문에, 우리 가족의 의례적 행위는 더 이상 진전되지 못했다. 어머니는 오빠 이름인 '기찬'을 연거푸 발음하며, 그럴 수는 없다고 했다. 무엇이 그럴 수 없다는 것일까. 어머니가 부정하고 싶었던 것은 무엇일까. '실종'과 '죽음'이라는 단어 중 어느 것도 원인이거나 결과일수 없었다. 늘 외줄 타기처럼 팽팽했던 줄이었다. 어느 한쪽이 무너져야 다른 한쪽이 사는 그런 관계였다. 정확히 말하면 '실종'이 무너져야 했다. 하지만 우리 집은 오빠의 '실종'이 무너지지 않았기 때문에 '죽음'은 늘 어머니의 훼방으로 완전히 가라앉은 집안의 무거운 공기를 쓸어내지 못했다. 나는 어머니와는 다른 의미로 숨을 쉴 수 없었다. 어머니의 붉어진 눈에 대고 지긋지긋하다고 소리쳤다. 아버지가 내 뺨을 때렸다. 외사촌 언니가 나와 아버지를 잠시 떼어 놓을 양으로 다가오려고 했다. 내가 좀 더 재빨랐다. 그대로 집을 나갔다. 아무 소리도 듣고 싶지 않았다. 나는 또 부정되어야 했기에. 오빠 잡아먹은 년이었으므로.

차는 마한 농협 부근을 지나고 있었다.

"언니가 그랬어. 자기도 봤던 수녀 언니 있잖아. 우리 결혼식 때도 왔던 그 언니 말이야."

나는 눈을 뜨며 말했다. 넌지시 우리 가족사에 관해 말하고 싶어 남편에게 운을 뗐다.

지울 수 없는 한 존재를 끌어안고 평생을 같이 산다는 것은, 수많은 굴욕을 견뎌 내는 것일지도 모른다. 모든 병이 암으로 종결지어지는 것은 아닐 것이다. 하지만 아버지의 입에서 어머니의 병명을 처음 들었을 때는 이름도 낯선 '단상결핍증'이었다. 고등학교 때 처음 듣는 어머니의 병명에 대해 나는 특별한 관심을 기울이지 않았다. 그 병이 10년 이상씩 숨죽이고 있다가 신체의 가장 약한 고리를 뚫고 나오고, 그 병의 원인이 화로 인해 얻어진다는 것 정도만 외사촌 언니에게 가볍게 들었다. 곧 잊었던 병이, 남편과 동승한 이 차 안에서 새록새록 떠오르는 이유는 무엇일까. 어머니의 머리털이 한 올씩 빠지는 동안, 난 그만큼의 적의를 키우고 있었는지도 모르겠다. 그 사이 내 시야에 보이지 않았던 사실 하나가 있었다. 어머니는 병원 치료 중단을 마침내 선언했다. 독한 약이 어머니의 위벽을 갉았고, 그로 인해 어머니가 먹은 것을 모두 게워내야 했던 나날을 나는 알려고 하지 않았다. 약도 끊었는데 왜 속이 자꾸만 더부룩하고 좋지 않을까냐, 라고 어머니가 내게 수화기 너머로 웅얼거렸을 때조차, 왜 나한테 전화해서 그래, 아프면 병원 가라고 시큰둥하게 말하지 않았던가. 어머니는 '아프다'는 말을 통해 내게 말 걸기를 시도한 것은 아닐는지, 나는 점차 붉게 부어오르는 눈덩이를 손으로 가렸다.

괜한 핑곗거리로, 어머니는 강했으니까. 너무나도 강했으니까라고 위로해 보았지만 소용없었다. 왜구의 침략으로부터 농어민을 보호한다는 의미로 조선시대에 조성된 성의 흔적이 남아 있는 바닷가 근처에서 아버지와 어머니는 내가 태어나던 그해, 여느 때처럼 반농반어를 업으로 삼고 살고 있었다. 어머니가 그해 5월 광주로 향하지 않았더라면 난 팔삭둥이로 급하게 세상에 나오지 않았을 것이다. 외사촌 언니의 결혼식 때 사용할 이바지 음식 준비를 거들기 위해 오른 광주행이었다. 아버지는 논에 모판 떼는 일이 있어 어머니만 오른 길이었다. 어머니에게 한시도 떠날 줄 모른 당시의 네 살 오빠도 덩달아 광주 구경에 나섰다.

시외버스 공용터미널 부근, 배꼼이 열린 대문 사이로 어느새 오빠가 나갔고, 어머니는 음식을 준비하랴, 손님 맞으랴 정신을 빼놓았다. 오빠랑 놀아줄 다른 또래들이 또 있었으니까. 그들이 터미널 부근 놀이터에서 놀다가 놀란 강아지 눈을 뜨고 집으로 돌아왔을 때 오빠는 없었다. 오빠가 어딨느냐고, 어머니는 소리를 치며 어린 조카들이 기찬이와 함께 놀았다는 놀이터에도 가 봤다. 오빠는 없었다. 터미널은 공수부대가 점거하고 있었다. 어머니는 악몽을 꾸듯, 생시에도 내게 그 어린 것이 그날 어디로 갔을까를 물었다. 그보다 더 어린 나는 무엇이 그리 급했을까. 오빠를 잃어버렸다는 놀람이 어머니의 가랑이 사이로 양수를 터트렸다. 어머니를 도와 함께 오빠를 찾으러 나온 신랑과 신부 역시 인생의 행로를 엇갈렸다. 어머니를 병원까지 모시고 간 것까지는 좋았다. 귀가 하던 중, 검은색 페퍼포그가 쏘아 올린 무수한 최루탄의 폭음과 박달나무 곤봉질, 그리고 도망, 이후 열흘의 항쟁이 끝난 후 상무관에서 다시 신부에 눈에 비친 신랑은 주검으로 변해 있었다. 머리뼈가 파열되어 흥건히 피에 젖은 얼굴을 하고 있었다. 쉬파리 떼가 날고 구더기가 꼬여 있었다.

계엄군들이 봉쇄한 광주–화순 간 도로를 뚫고, 아버지는 걸어서 광주 시내로 왔다. 어머니가 나를 출산하는 동안, 외사촌 언니는 언니대로 아버지는 아버지대로 잃어버린 사람을 찾아 헤맸다. 그때 아버지와 언니는 무엇을 봤을까. 어떤 마음이었을까. 어머니가 누워 있던 병상은 어떠했을까. 어머니는 내가 세상에 나왔을 때 나를 안아주었을까. 다독이며 젖을 물려주었을까. 어머니는 나를 보며 무엇을 생각했을까. 나는 분명 어머니 근처에서 어머니라는 존재를 본능적으로 느꼈을 테지만, 어머니도 나를 그만큼 강한 본능으로 곁을 내주었을까. 생존과 모성의 본능을 나는 임신 사실을 안 후부터 다시 생각했다. 차가 과속방지턱을 넘기 위해 속도를 줄이고, 내 손은 배를 감쌌다.

나는 어떤 것도 상상할 수 없었다. 살아가면서 상상해야 한다는 것 자체도 생각하지 못했다. 내겐 시비를 가릴 그런 능력이 없었고, 태어나 보니 세상은 꽃향기보다 최루탄 냄새를 내게 먼저 주었으니까. 본래 세상은 그런 것이라 알았던 것일까. 적어도 나는 어머니를 이해하려고 노력했어야 했다.

광주 오월의 어머니 집 회원들이 아르헨티나에 가기로 한 날이었다. 나는 그들과 송별하기 위해 공항으로 가는 어머니를 모셨다. 차량 운전을 하는 내 옆에서 어머니는 장송곡처럼 느리고 음울하게 곡을 했다. 너무 듣기 싫었다. 곡 사이에 들리는 어머니의 가쁜 숨소리를 어떤 징후로도 해석하지 못했다.

"내 아이들을 산 채로 돌려 달라." "내 자녀들은 어디에 있는가." 라고 묻는 부에노스아이레스의 오월 광장 어머니들의 기사를 한 번쯤은 읽었어야 했다.

어머니는 그쯤 여성잡지 기자와 인우보증인을 세우기 위해 맞닥

뜨렸던 여러 일을 인터뷰했다. 행방불명 사실을 입증할 만한 사람을 확보하지 못했거나, 설혹 확보했다손 치더라도 수없이 그 사연이 번복되어 교수 등의 심사자들로부터 피해자 인정이라는 신뢰를 잃었던 경우에 관한 경험담이었다.

전두환 정권 시절, 대통령이 목포에 온다고 하면 목포로, 순천에 있는 절에 있다고 하면 그곳으로, 문민의 정부라 칭할 때, 검찰의 '공소권 없음'의 결정 앞에서, 어머니는 단체 회원들과 서울 명동성당에서 170여 일간의 천막농성에 참여했다. 전투경찰들과의 몸싸움, 밟힘, 유치장에 갇힘이 되돌이표처럼 어머니의 이력을 적어나갔다. 한번은 유족들의 행진을 가로막는 경찰들 머리 위로 올라갔는데, 어느 경찰이 어머니의 입에 최루 가스를 한 움큼 넣은 경우도 있었다. 어머니는 그 자리에서 정신을 잃었다. 사지가 늘어진 어머니는 병원으로 후송되었고, 겨우 살았다.

대학 시절, 어머니를 모시고 구 묘지에 모였다. 기자들은 21년 만의 무연고 희생자 11기의 유골을 발굴해 신원을 확인하는 작업이라고 떠들었다. 제를 올리고 분묘를 여는 지난한 과정을 지켜보며, 어머니는 손수건으로 연신 눈을 닦았다. 조금씩 찍어 누른 눈물은 어느새 손수건을 다 적셨다. 그뿐일까. 안 가 본 데가 있을까. 황룡강 근처, 방송사, 청와대 그리고 기념식 때마다 소복 차림으로 영정을 들고 행진했다. 이것 역시 어머니의 이력이 됐다. 언제 땅을 갈고, 논에 물을 대어야 하고, 찔레꽃이 피고, 엉겅퀴가 자라고, 비료를 주고, 농약을 쳐야 하고, 때론 물길 지나간 자리에서, 장을 보고 솜씨 좋게 무쳤던 꼬막무침 따위는 어머니의 일상에서 소실된 것들의 단

상일 뿐이었다.

어머니는 시시콜콜 내게 같이 가자고 했다. 어딜 가자고요? 싫어요. 나 약속이 있어요. 자격증을 준비해야 해요. 면접이 있어요. 나는 자동 응답기처럼 준비한 답안을 말했다. 어머니는 그러냐는 말만 남기고 돌아섰고, 때론 그것도 꼴 보기 싫었다. 억지로 어머니 곁에 섰다. 왜 쏘았지! 왜 찔렀지! 트럭에 싣고 어딜 갔지! 라는 내 태생의 시기에 만들어진 말을 광장에서 어머니의 목소리와 더하여 흉내를 내 보기도 했다.

서울 전역을 돌며 진실규명을 위한 특별법 제정을 위한 서명운동을 벌이던 어머니의 갈급한 눈빛이 떠올랐다. 누군가 후, 하고 불면 그대로 폭삭 주저앉아 재가 될 것 같으면서도, 그 이듬해 서울 탑골공원에서 국민대회가 있을 때, 어머니는 삭발을 감행했다. 작은 체구에서 떨어지는 그리움, 미안함, 속상함, 애절함의 기표들이 땅에 기웃거리지만 하늘로 상달되어야 하는 소망은 울분으로 어머니의 눈망울에 맺혀 있었다.

어머니도 부정되었구나. 자꾸만 채였구나. 세상은 그날을 기억하지 말라고 했구나. 어머니가 처음 나온 그 거리에서 계엄군의 대장으로 보이는 사내가 이런 말을 했다. 남은 자식들이나 간수 잘하쇼. 나오지 마쇼. 인우보증인에게 접근한 사람들은, 당신 이 일이 평생 갈 것 같냐, 빨갱이로 찍히고 싶으냐 등등의 협박이 그러했다. 어머니는 그런 협박을 어떻게 느꼈을까. 어머니를 밀어내고자 하는 힘은 어디에서부터 기원했을까. 그러고 보니 그때도 내가 어머니 곁에 있었구나. 어머니는 잘린 머리카락이 묻은 얼굴을 하고 나를 안았다.

그 품에 안기기에는 어색했다. 보이지 않은 강한 벽이 세워진 모녀였다.

한동안 나는 어머니의 투쟁에 간여하지 않으려고 작정했다. 돌이켜 보면 그런 마음은 오빠에 대한 질투였을까. 어머니에 대한 원망이었을까. 기껏 어머니를 따라나선 현장에서 돌아서면 어머니는 내게 살가운 말 한마디 없었다. 내게는 생일이 없었고, 그 흔한 생일파티를 위해 친구를 집으로 초대한 적도 없었다. 내 생일은 오빠의 죽음으로 이어지는 길목의 이정표 같은 것이었다. 집에서 '생일'은 금기어였다.

가지고 온 브로마이드를 다시 한번 들춰 봤다. 어머니에게 보여주고 싶어 여성잡지 기사를 인쇄했다. 어머니는 볼 수 있을까. 볼 수 없다면 기사를 읽어줄 수 있을까. 기사의 발원은 어머니의 음성이었지만, 그것을 내 입으로 또박또박 읽을 수 있을까. 읽는다면 어머니는 그것을 들을 수 있을까. 어쩌면 그 읽음으로 인해 들리는 소리는 어머니를 향한다기보다 내게로 뻗치는 것이지 않을까. 어머니의 육성이 정제된 기사로 나왔고, 나는 그 간결한 글 한 편을 읽음으로, 오롯이 어머니라는 사람의 인생을 안아주고 싶었다. 비로소 이제야. 자꾸만 탯줄을 가지고 노는 튼튼이가 시키는 것만 같았다

차는 어느새 공룡 조형물을 지나 계엄군과 시민군의 대결이 있었다는 우슬재를 지나고 있었다. 내가 살았던 이 땅은 언제부터 공룡이 상징되었을까. 그 시대는 어땠을까. 불빛이 알록달록 채색되는 조형물을 차는 통과했다. 남편을 입을 열었다.

남편의 입에서 떨어지는 다니엘 살라사르라는 발음에서, 외국의

예술가가 헌신한 삶의 동력을 추측해 봤다. 어림없었다. 까마득히 먼 별을 바라보는 것처럼 결코 땅에 발 디딜 수 없을 것 같았다. 무중력이 느껴졌다. '과테말라'라는 땅의 위치가 그러했다. 스페인계 사람들에게 오랫동안 멸시와 증오를 받으며 삶을 정착한 원주민들이 그 땅에 있었다. '내전'과 '대량학살'이라는 단어에 압축된 피 냄새가 땅에 응고되어 있는 듯했다. 땅은 머금은 피를 결코 토해내는 법이 없으므로.

결국 그 피를 지상에 드러내는 것은 누구의 역할이란 말인가. 천주교 대교구 인권 위원회가 조직한 '역사적 기억 회복 프로젝트' 프로그램은 무엇이었을까. 유골을 발굴하고, 인권 침해 조사보고서 작성을 책임졌던 게라리 주교는 누군가 쥐고 있던 돌로 머리를 맞고 사망했다. 사람을 살인한 자의 인생 행로에는 무엇이 있었을까. 어떤 증오가 있었기에 기어코 사람을 돌로 쳐서 죽였을까.

남은 자식들이나 간수 잘하쇼, 평생 빨갱이로 살고 싶소, 왜 자꾸 지나간 일들을 뒤적이오, 나는 모르는 것이고, 요즘 젊은 것들은 당해 보지도 않았으면서, 그냥저냥 행복하게들 사시오. ……목소리들이 동심원을 그리며 사막의 회오리처럼 모래 먼지가 되어 내게 달려드는 것 같았다.

남편은 사진 예술가였던 다니엘 살라사르의 작품을 말했다. '어느 천사의 기억'이라는 작품이었다. 처형당한 천사의 날개가 발굴된 원주민의 뼈라고 했다. 견갑골, 아무도 모르게 비밀리에 묻힌 육신의 뼈 하나가 날개가 되어 세상 밖으로 천연덕스럽게 나왔다. 여기에 있었다고. 나 여기에 있지 않느냐고, 나를 보라고. 인터넷에 올라온 그의 작품을 보는데 남편은 그 작품이 자꾸만 소리를 지른다고 말했다.

그 소리를 들은 경험은 내게도 있었다. 국내에서도 퍼포먼스를 펼친 레지나 호세 갈린도의 작품에서였다. 작품 이름이 '땅은 망자를 감추지 않는다'는 것이었다. 그해의 망자와 과테말라 군사 독재 시절 희생된 영령을 위로한다는 메시지가 있었다. 퍼포머라는 개체 하나가 모두 무덤이었으며, 그들은 그 무덤이라는 집에 누워 안식하는 것이 아닌 땅과 하늘을 잇는 수직 자세에서 천천히 흙을 모았다. 지역 대학생들이 삽을 들고 수행자로 동참했다. 유튜브를 통해 그 장면을 유심히 보면서, 나는 다이어리에 무엇이라고 적었을까. 어머니의 항암 치료 경과를 아버지께 들은 날이었다. 그때의 감상 기록을 떠올렸다.

죽은 사람은 무덤을 만든다. 주어와 서술어가 호응하지 않는다. 죽은 사람이 아니라 산 사람이 죽은 사람을 위해 무덤을 만든다는 것이 더 정확하지 않을까. 그런 까닭에 산 자와 죽은 자의 경계는 명확해야 했다. 그렇지 못한 이유로. 살아 있는 내 어머니는 차라리 땅이 흔들려 으깨지길 바라지 않았을까. 그 속에 끼어 잠든 아이를 건져 내기 위해서 였다. 머리로만 믿을 수밖에 없는 죽음을 마음으로 받아들이기 위한 애도의 시간이 지금껏 없었으므로.

퍼포먼스 현장에 수행자로 동참한 학생들이 들고 있는 삽을 뺏고 싶었다. 무덤의 봉분을 올리지 말라고. 말하고 싶었다. 땅이 속살거리는 나지막한 소리가 아닌, 해일이 덮치고 지진이 일어나는 것 같은 큰 소리로 오빠가 나타나 주기만을 기도했다. 그래야 나도 살 것 같았다. 삶을 축복 받을 수 있을 것 같았다. 그 기억이 차가 마을로 들어서며 비포장길에 흔들릴 때 떠올랐다.

곽란이 와서 육지에 내린 이순신 장군을 보살폈던 이력이 있는 마을이었다. 그때의 주민들 덕분에 이순신 장군이 명량대첩을 승리로 이끌었다는 이야기를 안은 동네였다. 어릴 적부터 듣고 자란 역사였다. 큰 선착장에서 분교까지 십 분이면 걸어서 갈 수 있는 이 동네에는 산성이 있었다. 내탁법으로 축조되었다고 했던가. 외부 성벽만 돌로 쌓고, 내부 성벽은 흙과 잡석으로 채운다고 어느 문화유산 관련 다큐 프로그램에서 봤던 기억이 있었다. 먹고살기 바빠서, 삶에 허덕여서, 문화유산에 대한 인식이 부족해서, 한때 석화를 키우기 위해, 성벽의 돌은 시나브로 이가 빠졌고 주춧돌이 무너졌다. 마을 주민들은 지난날을 곱씹으며 허물어진 성벽 틈에 서서 관에 성벽 복원을 청원했다. '지킨다'는 술어가 연미복을 입고 겸연쩍어하는 것 같았다.

임진왜란 시기 사람들은 무엇을 지키고 싶었던 것일까. 후에 성웅으로 추앙된 이순신이라는 사내에게 무엇이 있었기에, 그들은 너와 나를 구별하지 않고, 몸에 좋은 것을 싸서 그 사내에게 주었을까. 가지고 온 수탉에, 생선에, 풋나물에, 약초에, 그들은 잃어버린 가족을 생각했을까. 놀던 친구를 떠올렸을까. 무참히 베어진 생의 나날을 일으켜 세우고 싶었던 것은 아닐까. 솔직히 이순신 장군이 아닌 유린당한 내 삶의 터전을 지키고자 했던 것은 아닐까. 내 터전에 바치는 곡물…… 그것을 상상하면, '수호'라는 용어의 그렁이는 눈동자를 마주하는 것 같았다.

차량 내 블루투스 스피커에서 휴대전화 벨이 울렸다. 모니터에 선명하게 뜬 '장인어른'이라는 문자가 마음에 서늘한 바람을 일으켰다.

"네, 아버지, 지금 저희 다 왔어요."

남편은 차량 속도를 줄이고, 지붕개량 광고 문구가 쓰인 담벼락을 지나고 있었다. 슬레이트 지붕 아래 허물어진 집 뒤편으로 감나무가 있었다. 감나무 옆자리에 있는 밤나무와 함께 과실이 맺혀 있었다.

연결된 통화에서 아버지는 아무 말이 없었다.

"아버지. 왜요. 왜 전화하셨어요?"

내가 재차 물었다. 배 근육이 뭉쳐지는 듯했다. 오금이 조금씩 저리는 느낌이 이상했다. 아버지의 한숨 소리가 새어 나왔다.

"느그 엄마가…… 엄마가 죽었다."

아버지의 담담한 음성 사이로 무너진 성벽이 보였다. 어머니가 잉태한 질문, 내게 흡수된 질문이 창자에서부터 끓어 올라 울음이 되었지만, 자꾸 목에 걸렸다. 숨을 쉬기 어려웠다. 복통이 시작됐다.

내 바짓단에는 그 옛날 왜구에게 몰살당한 주민의 소금기 어린 해수가 젖어 들고 있었다. 아직은 아니다. 나는 세상 밖으로 튼튼이 너를 밀어낼 용기가 없구나. 아직은 아니다. 질식할 듯 답답한 생의 죽음에 관한 질문이 땅에 끌리고 있기 때문이다. 경첩도 달 수 없는 낡은 문이 찌걱거리며 산산이 조각나는구나. 나는 그 문을 열고 이 땅에서 살을 찌웠다.

　나를 낳고 어머니가 바라봤을 이 마을의 환한 보름달이 비추는 것은 무엇일까. 피 흘림 받은 땅에서 피 흘리게 한 자가 속죄하지 않고 떠났다. 일평생을 마지막처럼 살았던 어머니의 초가 모두 녹았다. 나의 인정과 상관없이 새 생명이 밀려 나오는 고통을 누가 상상하며 기억해줄까. 성벽마저 무너진 현장에서 흩뿌려지는 하루의 시간이 채권자의 빚 독촉처럼 자궁을 옥죄었다. 폭탄이 터지듯 배 속이 진동하고, 다리는 힘을 잃어가는 것 같았다. 땅이 머금었던 피가 가랑이 사이로 흘렀다.

　넋을 놓고 뛰어오는 아버지의 실루엣이 자꾸만 감기는 눈에 비쳤다. 구급차를 부르는 남편의 갈급한 음성 때문에 귀가 먹먹했다. 나는 개구리처럼 자꾸만 몸을 웅크렸다. 지금껏 엄마가 생으로 필사한 창살 있는 깜깜한 방에서 탈출하기 위해 헛된 뜀을 뛰었다. 나는 방을 둘러볼 수 있었다. 웅크리고 있는 엄마가 보였다. 엄마가 전단에 낙서했다고 꾸지람을 들었던 딱 그만한 나 때 나이의 엄마였다. 울고 있었다. 떨고 있었다.

　"엄마, 무서웠지. 엄마, 고마웠어."

　울던 엄마가 고개를 들어 나를 쳐다봤다. 어린 엄마는 내가 태어나지 말았어야 한다고 말했다.

　"내가 미안해. 엄마 정말 미안해."

　어린 엄마를 안으며 말했다. 습하고 더운 입김이 품에 안겼다. 어느 날 잃어버린 아들, 어느 날 찾아온 딸을 품기에 엄마는 여린 사

람이라는 것을 깨달았다. 나와의 화해를 시도하는 엄마를 닮은 나가
세상 밖으로 나갈 준비를 마친 듯했다. 나는 브로마이드가 든 에코
백을 꽉 끌어안았다.

곁

안산천은 수암동 수암봉에서 발원하여 양상동 월피동 성포동 고
잔동을 관통하여 시화호로 흐른다. 자연하천이지만, 가뭄 때 수위가
툭하면 낮아져 농사에 쓸 물이 없다는 농사꾼들의 하소연이 옛 문헌
에도 나올 정도였다. 강수량이 적을 때는 물웅덩이만 보일 정도로
하천의 수량이 줄어든다.

화정천은 안산시 단원구 화정동에 있는 꽃우물마을과 너비울마
을에서 시작하여 북에서 남으로 흘러 선부동과 고잔동 그리고 초지
동으로 흐른다. 마음 급한 중고생들이 강폭이 좁은 상류 쪽에서 강
건너기를 시도하는 경우가 종종 있었다. 경사진 땅과 무성한 풀 때
문에 그들은 허방을 짚기 일쑤였다. 아이들이 허우적거리는 것을 보
다 못한 어른들이 아이들을 구하다가 같이 물에 빠져 몸이 상했다.

안산호수공원은 안산천과 화정천을 중심으로 한국수자원 공사가
조성한 공원이었다. 인근에 안산 시민들이 중도라 부르는 안산시 정
보문화사업소 중앙도서관이 있다. 무정은 중앙도서관 1층 어린이자

료실에서 안심 예약 대출을 하고 난 뒤 호수공원 내 중앙광장으로 왔다. 무정은 베이지 색의 볼캡을 썼다. 살짝 걸치듯 볼캡을 머리에 썼지만, 볼캡이 두상보다 조금 큰 탓에 캡의 창이 시야를 살짝 가렸다. 청자켓을 걸치고, 등에는 군청색 백팩을 멨다. 무정이 중앙광장의 야외 무대가 보이는 벤치에 앉기까지 백팩 속에는 중도에서 7살 아들 이름으로 빌린 『리틀 성경』, 『이웃이 생겼어요』, 『꼭 잡아』가 달그락거리며 저들끼리 쓸리고 부딪히기를 반복했다.

무정은 백팩을 벗었다. 무정이 벤치에 앉자, 백팩이 무정의 왼쪽 허벅지에 비스듬히 기울었다. 눈을 반쯤 감고 목을 좌우로 돌렸다. 숨을 깊게 들이마시기 위해 마스크를 슬며시 손으로 내렸다. 그러다 스마트폰을 보며 깔깔거리는 커플이 자신의 근처까지 오는 것을 보고 마스크를 다시 올렸다. 커플이 지나가자 한껏 기지개를 켰다. 다리까지 쭉쭉 뻗은 탓에 백팩이 땅에 떨어졌다. 무정은 얼른 백팩을 줍고, 손으로 그것을 탁탁 털었다. 눈길이 가는 대로 이곳 저곳을 둘러봤다.

무정은 아들과 함께 지난해, 도서관 책 문화축제, 어린이날 축제에 참석하기 위해 호수공원 내 중앙광장을 찾은 적이 있었다. 인산인해를 이뤘던 그날과 달리, 부스가 치워진 중앙광장에는 어디에서 왔는지 모를 하얀 고양이 한 마리가 뛰어다니고 있었다. 눈이 큼직하고 솜사탕처럼 새하얀 고양이를 무정이 혀를 입천장에 닿으며 쯥쯥 소리를 내면서 불렀다. 고양이가 힐끔 무정을 쳐다볼 뿐 곁을 내주지 않았다.

무정은 성심을 중앙광장에서 만나기로 했다. 성심은 무정의 대학

논문을 끝 마칠 수 있게 도와준 동료 상담사이다. 코로나 19로 인해 사회적 거리 두기가 생활지침이 됐고, 툭하면 스마트폰에서는 안전 안내 문자가 도착했다. 그러나 오늘만큼은 하늘도 얇은 붓으로 툭 툭 그려 놓은 듯한 구름만 간간이 보일 정도로 맑았다. 더군다나 시어머니께서 유치원에서 하원하는 민재를 봐주기겠다고까지 했으니, 성심을 못 만날 까닭은 없었다.

박사 논문은 질적연구 방법중 내러티브 탐구를 통해 상담사 개인의 체험에 초점을 맞추어 썼다. 대학원에서 논문이 통과 되고서도 서로 일정이 맞지 않아 만남을 한참 미루게 됐다. 코로나19 탓에 결혼식, 장례식, 종교 모임 뿐만 아니라 소모임마저 지양하는 사회적 분위기 탓에 밥 한번 같이 먹자고 누군가에 말하는 것도 조심스러웠다.

"언니야, 그럼 마스크 쓰고, 손 잘 닦고 만나면 되지."

A 고등학교에서 초보 딱지를 붙이고 상담사 일을 시작했던 성심이었다. 매일 울어 눈두덩이가 빨갛게 부어올라 있었다. 무정이 보고 싶다고 문자를 보내자 답변을 준 것이었다.

무정은 공부와 육아 핑계로 상담사 일은 쉬고 있다. 반면에 성심은 A 고등학교 이후 안산시에 속한 학교에 위기 사건이 발생하면 현장에 지원을 나가는 업무를 맡았다. 성심에게서 카톡이 왔다.

"언니 미안해, 다른 상담자에게서 리퍼 온 애가 있어서, 좀 늦을 것 같아요."

"알았어, 라포 잘 맺고, 내담자와 장면 극복 잘하길 바랄게, 기다리고 있을 테니까, 종결되면 연락줘."

무정은 느리고 편안하게 호흡하며, 생기 넘치는 눈빛으로 답문을 보냈다. 무정은 피식 웃었다.

"옛날 생각나네."

무정은 혼잣말을 하며 고개를 숙였다. 도리질을 쳤지만 턱 근육이 경직되다 입꼬리가 달달 떨렸다. 무정 눈에 A 고등학교 교복을 입은 여학생 두 명이 보였다. 무언가 이야기를 하며 걸어가는 모습이었다.

"상담 선생님 맞으시죠? 저 모르시겠어요? 연우예요."

무정은 인기척에 깜짝 놀라 눈을 동그랗게 뜨고 상대를 올려봤다. 마른침을 꿀꺽 삼켰다. 무정을 바라보는 연우의 시선은 초점을 잃었다. 금방이라도 울음을 터트릴 것 같은 눈가는, 눈물이 고여 매웠다.

"어? 어. 알지 알아."

무정은 짐짓 웃었다. 연우가 무정 곁에 앉았다.

"장마가 시작되기 전에, 중소기업연수원을 나와 쌤을 봤으니, 그 후 6년을 견뎠네요. …세월호 선체 인양된 지 한참인데, 아직도 진실을 모르네요. 참, 오늘 오전에 수한이 아버지 노제하는 거 보고 왔어요. 공인중개사 자격증도 따면서 열심히 살려고 하셨던 분인데, 약을 바지 주머니에 항상 넣고 다니셨다나 봐요."

연우는 덤덤하게 말했다. 무정은 코로 무겁게 숨을 내쉰 뒤 눈을 질끈 감았다.

상담실은 A 고등학교 지하 1층, 예전 주차장 자리에 마련됐다.

복도 천장에는 일자형 형광등이 달렸다. 베이지색 문을 열면 곧바로 상담사를 만날 수 있게 조성됐다.

경기도 교육청 홈페이지에서 상담사 모집 공고가 떴다. 그와 동시에 교육청에서 담당 장학사는 무정에게 A 고등학교 파견을 제안했다.

"선생님 상담사들을 모집하고 있는데⋯⋯."

"저 보고 조금 일찍 학교 장면에 들어가 슈퍼바이저 역할을 하라는 건가요?"

"그게 뭔데요? 아⋯. 상담사 선생님들 동시 투입이 쉽지 않아 보여요. 관내 연락망을 가동하고 모집은 하고 있는데 쉽지는 않네요. 선생님께서 먼저 분위기를 잡으시면⋯⋯"

교육감이 부재한 상황이었다. 심리 상담 컨트롤 타워도 부재했다. 2014년 세월호 사고가 일어나고, 무정은 당시 학교에서 전문상담교사로 일하면서 대학원 박사과정 3학기를 다니고 있었다. 휴학을 결정했다. 곧바로 학교 장면으로 들어갔다.

무정은 시공이 막 끝난 상담실에 행정실장과 함께 들어갔다.

"냄새가 나요. 꿉꿉하지는 않은데, 새집 같은데, 모르겠어요. 무슨 냄새가 나요."

무정이 미간을 찌푸리며 행정실장에게 말했다.

"아마도 실리콘이나 마르지 않는 페인트 냄새, 급하게 마감한 벽에서 풍기는 나무 냄새 같아요."

행정실장은 덤덤하게 말했다.

"아닌 것 같은데."

무정은 고개를 갸우뚱했다. 속이 좋지 않았고, 병원을 찾았다. 그날 무정의 배 속에 민재가 있었다는 것을 알았다.

남편을 통해 임신 소식을 들은 시부모님은 길길이 뛰었다. 결혼한 지 5년 만에 얻은 아이였다. 두 번의 인공수정이 실패했다. 몸이 망가져 아이에 대한 뜻을 접고, 전문상담사의 길과 학업을 병행해야겠다고 결심한 그해, 2014년 민재가 찾아왔다.

"너 거기가 어디라고, 당장 그만두는 게 좋겠다."

시어머니는 무정과 전화통화를 하며 말했다. 같이 살고 있는 친정 엄마도 시어머니의 말을 거들었다. 상담사로 살아가는 것에, 임신한 여자가 험지로 가는 것에, 특히 세월호 사건의 직격탄을 맞은 A 고등학교에 가서 근무하는 것에 관해, 남편, 시부모님, 어머니는 반대했다.

"돌아가신 아버지가 인도해 준 길이에요."

무정은 딱 그 말만 했다. 부유한 집안의 삼녀 중 막내로 태어난 무정이었다. 무정이 태어나고 한 달여 만에 아버지가 사고로 돌아가셨다. 태어나서 아버지의 얼굴은 한 번도 실제로 볼 수 없었던 무정이었지만, 어머니가 보여주는 아버지 사진은 늘 가까이 책상 곁에 두었다. 어머니는 때때로 아버지에게 말을 걸었다.

"아버지는 늘 내 곁에서 동행해!"

어머니는 시시콜콜한 이야기까지 아버지 사진을 보며 말했다. 교편을 잡은 아버지의 영향은 무정에게도 끼쳤다. 어머니를 웃게 하고 싶어 당시 봉숭아 학당의 맹구를 따라하기도 했다. 하늘에 눈이 와요. 배트맨! 등을 어눌하게 흉내를 내면 어머니는 배꼽을 잡고 웃었다. 어머니는 무정이 교편을 잡기 원했고, 성적이 우수한 무정은 어머니의 소원을 이루었다.

태어나고 자란 안산시에서 교편까지 잡았으니, 무정은 더 바랄 것이 없었다. 그러다 정부부처에서 시행하는 심리 상담에 관한 연수를 했다. 그때 말단 공무원으로 그 행사를 준비하고 있었던 남편을 알게 되었다. 남편이 준비하는 행사에 일부러 찾아가기도 하고, 때론 유명한 상담학자의 강연도 듣다 보니 상담사의 길이 무정에게는 교편을 잡는 것보다 더 매력적으로 보였다.

결혼을 하고, 무정은 대학원에 진학하여 상담사 과정을 본격적으로 수련했다. 여러 에피소드가 곁든 내담자의 장면을 접하면서, 본인은 아니다고 부정했던, 부정(父情)에 관해 자신이 결핍감을 느끼며 살았다는 것을 깨달았다. 어머니가 아버지 사진을 보고 우는 것을 벗어나기 위해, 그렇게 코메디 프로그램의 희극 배우들을 따라 했던 반응 등이 자신의 정체감을 드러내기 위한 행동이라는 것도 깨달았다. 무정은 그 사실을 컴퓨터 파일명인 무정 내러티브에 한글문서로 남겨두었다. 상담은 내담자를 치유하는 과정인가 동시에 본인의 삶을 운영하는 길이다는 것이 무정이 쓴 첫 문장이었다.

상담사의 길이 탄탄할 줄 알았다. 연우를 만나기 전까지는······.

교육감은 취임사에서, "가장 먼저 해야 할 일은 A 고등학교 아픔을 치유하는 것"이라고 밝혔다. 그 전주에 '심리치유 합숙 프로그램'에 참여했던, 2학년 71명이 25일부터 등교를 시작했다. '생존 학생'이라 이름 붙은 존재를 무정이 마주 대한 건, 6월 25일과 7월 1일 사이에 있지 않았다. 그렇다고 해서 1일 이후 시점인지도 명확하지 않았다.

참사의 현장에 있었던 교사, 새로 전근 온 교사 등이 혼탁하게 뒤섞인 교무실은 하루가 멀다 하고 진도로 선생님들이 파견되는 시점이었다. 무정은 슈퍼바이저가 될 수 없었다. 교사들의 눈에 무정은 여러 명의 상담사 중에 한 명이었다. 전문상담 선생님이라는 역할보다, 상담실이 차려지기 전에 지나갔던 26개의 부스에 있었던 사람의 이미지였다.

"성심 선생님, 그럴 수 있을 것 같아요. 개인이 선한 의도로 왔다고 해도, 집단이 되고, 구조가 되면 그것이 악으로 바뀔 수도 있다는 것을요."

"돈이 모이고, 사람이 모이고, 깨진 정신을 수습하며, 일방통행하며 도와주겠다고 말하는 그들 사이에서 선생님들도 지쳤을 거예요."

학교를 퇴근하며, 단원로를 무정과 성심은 걸었다. 주정차 된 차량들 옆으로 꽃잎 진 벚꽃 나무가 서 있었다. 언젠가 한번은 취재 차량들이 꽉 메웠던 거리, 언젠가 한번은 유족들이 꽉 메웠던 거리, 언젠가 한번은 운구 행렬로 메웠던 거리, 그리고 그 거리에서 연우는 A 중학교를 나왔다. A 고등학교 2학년이 돼 설렘을 안고 떠난 수학여행 도중 사고를 당했고, 돌, 아, 왔, 다. 도로명 우편 주소로 바뀌기 전에 무정은 그 거리를 걸었다. 무정의 유년 시절의 기억도 도로에 우수수 떨어진 벚꽃에 있었다.

무정이 출근을 하고, 연우가 등교하는 그 시간, 언덕배기에 위치한 교문을 올라가던 도중이었다.

"지금 새로 학교 가니까 심정이 어떠세요?"

깔끔하게 차려 입은 정장에 머리는 올백을 한 기자가 마이크를 연우에게 내밀었다. 기자는 깔끔하게 세수하고 이제 막 바른 듯한 남성용 독한 로션 냄새를 풍기며 연우의 말을 기다렸다.

"치워요."

연우는 마이크를 밀었다.

"에이, 학생 그러지 말고 인터뷰 좀 해줘. 간단하잖아."

다른 기자는 카메라로 연우를 좀 더 밀착했다. 연우의 눈동자가 심하게 흔들렸다. 미간이 찌푸려지고 얼굴이 험악하게 굳어갔다.

"간단? 아! 씨발 카메라 치우라고, 존나, 개 같네."

무정은 연우의 발을 봤다. 성인 남성 기자 둘에게 둘러싸인 연우는 좀처럼 길에서 발을 떼지 못했다.

무정은 무작정 연우를 감쌌다. 그리고 기자를 쳐다보며 인상을 무섭게 찡그렸다. 연우를 안고 힘껏 교문을 통과했다. 억센 힘에 연우도 반은 기대고, 반은 스스로의 힘으로 걸으며 학교로 들어갔다.

학생들이 '테라스 성명서'라 부르는 글이 한 온라인 커뮤니티에 떴다. 무정도 그 글을 읽었다. 무정은 글의 내용을 캡처해 자신의 내러티브 탐구 A 고등학교 아이들 파일에 문서로 저장했다. 그 내용은 다음과 같다.

'저희 학교에는 테라스가 있어요. 저희 학교에 많은 외부인이 오셨어요. 그중에 기자분들도 계셨죠. 학교 내에선 금연인데 당연하다는 듯이 화장실과 테라스에서 담배를 피시고 애들 반에 들어가 멋대로 물건을 뒤지셨어요…… 하고 싶은 말은 저희를 괴롭힐 만큼 괴롭혀 놓구선 정작 제대로 된 기사도 쓰지 않고 오히려……'

연우가 상담실로 찾아온 것은 그 일이 있고 나서 이틀 후였다. 선생님 도와주세요가 아니었다. 선생님도 와 주세요였다. 은근히 하고 싶은 수요음악회에 초대한다고 했다. 줄여서 은하수라고 말했다. 컬러 잉크 프린터로 인쇄한 프린트물을 들고 왔다. 공연 순서를 보니 연우는 노래 〈인연〉을 부른다고 쓰여 있었다. 그러나 무정은 연우를 보고 힐끗 미소지을 뿐이었다. 그때 무정은 교장에게 이런 말을 듣고 고심에 빠져 있었다.

"선생님, 도와주려고 왔으면 우리가 원하는 걸 해주어야지. 상담이라는 게 치료랑 다를 게 뭐예요? 학교에는 정신과 전문의들도 많이 왔어요. 담임교사가 할 상담이 있고, 또 정신과 의사가 할 것들이 있어요. 대체 선생님들이 전문이라면서 할 게 뭐겠어요. 차라리 상담 범위를 나누어주고, 학교의 이모저모한 일들을 도와주는 게 낫지 않겠어요?"

"교장 선생님, 상담에는 상담사가 원하는 방식이 있어요."

"그러니까 그 방식이……"

교장은 역정을 냈다. 교장은 더 이상 무정을 비롯한 상담 선생님을 보고 싶어 하지 않았다. 손으로 물러가라고 표현을 했고, 행정실장이 그 자리를 수습했다. 상담실에 우두커니 앉아서 무정은 화를 삭혔다. 심리지원에 관해, 대학원 지도교수에게 자문을 구할까 생각했다. 협회에도 알렸다. 하지만 중앙에서 컨트롤 할 수 있는 인력도 예산도 없다는 답변이었다. 맨몸으로 현장 장면에서 부딪쳐 싸워야 했다.

　한 명의 아이가 마지막 등교를 하고 있었다. 때마침 A 고등학교
와 바로 이웃하고 있는 A 중학교에서 종소리가 울렸다. 이동식 수
업이 보편화된 요즘 학생들이 종 치는 동안 교실에 돌아갈 수 있도
록 종소리가 길었다. 수업 시작을 알리는 종소리는 볼프강 아마데우
스 모차르트의 아이네 클라이네 나흐트무지크였다. 학교는 정상 수
업을 재개했다. 그렇지만 학교는 운구차가 도착할 때면 재학생 중
희망자에 한에, 장례식에 참석할 수 있도록 배려했다. 한 명의 아이,
또 한 명의 아이. 국어 교사는 칠판에, '김유정의 동백꽃 글의 성격
향토적'이라고 쓰고 있었다. 어깨가 흔들렸다. 아이들 앞에서 차마
눈물을 보일 수 없어 칠판 쪽으로 얼굴을 돌렸다. 운구차 바퀴가 운
동장을 가르는 소리에 아이들의 울음이 시작됐다.

　아이들 중 일부는 운구차가 지나가는 동안 학교 건물 3층에 마련
된 추모교실로 갔다. 울음을 삼켰고 그 뒤에서 아이들의 어깨에 손
을 지그시 올리고 다독이는 무정이 있었다. 아이들은 붙임쪽지를 창
가에 붙였다. 한번이라도 더 친구의 이름을 부르고 싶었다. 빨리 오
라고 말했다. 다시 놀고 싶다고 붙임쪽지에 썼다.

　운구차는 하루에 한 번 올 때도 있고 여섯 번 올 때도 있었다. 1
반의 아이, 5반의 아이, 2반의 아이……. 그리고, 아이들을 구하다
끝내 목숨을 잃은 선생님도 오셨다. 선생님이 마지막 출근을 했을
때, 교실에서 아이들은 책상을 두드렸고, 소리 내어 엉엉 울었다. 교
실 뒷문을 열고 선생님을 마중 나가는 아이 한둘이 더러 생기자, 반

전체가 운동장으로 나가기도 했다. 무정이 심리 안정 프로그램을 진행하고 있을 때였다. 책상에는 프로그램 시간에 잠깐 밀쳐 둔 아이들의 교과서, 문제집 등이 놓여 있었다. 눈물에 젖고 마르기를 반복한 ⋯⋯.

"선생님 그리운 거 아무나 못 해요. 그립다고 말하면 정말 친구를 떠나 보낸 것 같아, 영영 볼 수 없을 것 같아, 저 써, 썼는데, 포스트 잇에다 썼는데, 창문에 못 붙이고 주머니에 다시 넣었어요."

연우가 상담실에서 흐르는 눈물을 참으며 말했다. 무정이 은하수에 참석하고 나서부터, 연우는 무정에게 곁을 내주었다. 이제, 무정은 상담을 하는 것도 중요하지만, 아이들의 편에 서서 아이들이 치르는 추모 행사, 공연 등을 도와주는 일을 했다. 때론 마이크를 잡은 아이들의 관객이 되었다가, 때론 아이들을 소개하는 멋진 사회자가 되기도 했다. 그러면서 다음번 공연은 어떻게 하자는 둥, 더 멋진 공연을 기획하는 일원이 됐다.

"선생님, 작당 모의네요."

"작당? 그 어감 좋은데."

연우를 비롯한, 은하수 멤버들의 아지트가 자연스레 상담실이 됐다. 상담실로 가기 전에 매점에 들르는 것은 필수였다. 기운 내야 한다며 아이들은 일부러라도 더 무언가를 입에 넣고 씹었다. 삼켰다. 상담실에 그러한 과자 봉지가 나뒹굴고, 아이들이 공연을 알리기 위해 전지를 꾸미는 동안 이리저리 널부러진 사인펜과 색연필, 유성매직 등을 치우는 것은 무정의 몫이었다.

무정의 몸이 삐걱거리기 시작한 것은 낙엽이 하나둘 떨어져, 바람에 나뒹굴 때였다. 그전에 교장과 교감이 새로 학교에 부임했다. 교장과 교감은 각각 인근의 중학교에서 발령을 받았다. 사고로 돌아오지 못하는 동료교사의 유품을 정리해 추모 교실로 옮기면서 교사 몇몇은 울다가 보건실에 드러 눕기도 했다.

되려 교무실은 조용했다. 교사끼리 말을 붙이지도 않았다. 슬픔은 제각각, 유족이 오가는 학교 현장, 수시로 변동되는 교육청 공문, 그리고 함부로 학교에 들어와 복도에서 서성이는 기자들, 협조도 구하지 않고 들어온 자원봉사자들. 교사들은 침묵했고, 대신에 그 슬픔의 분위기를 조금만 바꾸어 보자고 1·3학년 재학생 학부모회가 팔을 걷었다. 학교 현장에서 학부모끼리 언성이 높아졌다.

학교는 추모교실 존치 여부로 유가족과 학교, 그리고 다른 학년 재학생 학부모와 대립관계가 형성됐다. 무정은 정확한 사정까지는 알 수 없었다.

"선생님, 공무적인 말을 해야 하는 경우도 생기는데, 유가족에게 말 붙이기가 겁부터 나요."

교사 중 더러는 무정에게 속엣말을 했다.

"선생님도 머릿속에서는 이미 아시잖아요. 슬픔의 결과 농이 정도마다 차이는 있을 수 있지만, 슬픈 건 슬프다고 말해야 해요. 그 무게를 두고 스스로 저울추를 기울이며 우두커니 있는 것만큼 위험한 것은 없어요."

은하수 공연을 아이들과 진행하며 부쩍 아이들과 가까워지자 자연스레 교사들 중 비교적 젊은 사람들이 무정과의 심리적인 담을 허물었다. 때론 상담실에 찾아오기도 하고, 점심시간이면 함께 급식실에서 밥을 먹자고 청하기도 했다. 무정은 스스럼없이 그들과 호흡했다. 하지만, 그럴수록, 우울한 슬픔의 낱알들은 점토가 되어 굳어지다가 암석이 되어 무정의 몸을 짓눌렀다.

"아이가 위험할 수 있어요."

산부인과 의사의 말이었다. 늘 긴장된 관계 속에서 사람들을 만날 수밖에 없는 분위기였다. 결국 그것이 화가 되어 무정의 몸을 침몰시키고 있었다. 무정이 조금만 더 그들을 도와주자, 조금만 더 버텨 보자, 저들이 저렇게 힘들어하는데, 비록 D고 출신은 아니지만, 난 이 지역에서 나고 자랐다고, 동료 상담 교사의 아들도 이번에 사고를 잃었고, 중학교 동창이었던 친구의 자녀도, 친척의 누구도, 다 알 수 있는 얼굴들, 이름들이었다. 그 이름들을 쓰는 날이면, 아랫배가 뭉쳤다.

꿈을 꿨다. 언젠가 연우가 말한 꿈이었다. 벽이 기울여져 천장이 되는 꿈이었다. 아이들이 재잘거리며 모여 있는 객실이 보였다. 웃고 있었다. 손거울, 화장품, 핸드폰을 정리하고 있는 여자아이들이 보였다. 출발하는 날 선상에 나가 폭죽을 보며 환호성을 지르고, 핸드폰으로 동영상을 찍는 남자 아이들이 보였다. 학교에서 매일 같이 들었던 진혼곡, 자식 잃은 어머니가 간장이 끊어지듯 우는 소리, 가지 마, 가지 마, 읊조리는 형제들의 허스키한 목소리, 한데 뒤섞여 연우가 꿈에 보였다. 꿈에서 깨고 나서도 환청이 들리고 환영이 보였다.

하혈을 했다. 임신한 지 팔 개월 만에 조산아를 출산했다. 아이는 인큐베이터에 들어갔다. 손바닥만 한 아이가 인큐베이터에서 잠을 자고 있었다. 안대를 하고, 기저귀만 찬 채로 배가 올록볼록 올라오며 숨을 쉬고 있었다. 의사는 무정더러 아직 아기가 면역력이 떨어지기 때문에 손으로 만지는 것은 안 된다고 말했다.

무정은 병상에 누워 있었다. 천장을 봤다. 가로세로 줄이 그어진 천장의 무늬를 눈으로 쫓았다. 정신이 몽롱해졌다. 학교 현장에서 만난 사람들의 말이 뒤섞였다. 이를테면,

"가만히 있으라고 했어요. 선내에 있는 봉을 잡고 있으면 안전하다고, 대기하고 있으라고 했단 말이에요."

"선생님, 침몰 원인이 중요한 게 아니에요. 왜 우리 애들을 해경은 안 구한 걸까요? 못 한 게 아니에요. 안 한 거라구요."

"진도에 나가서 유가족 만나고, 장례업체 선정하고…… 애들 가르치는 게 천직이라고 생각했는데 내가 지금 무얼 하는지 모르겠어요."

"선장이 공황이었다고? 그렇다면 1등 항해사는 뭐했는데?"

"큰일이다. 저러다 아이들 다 죽어요. 불쌍해서 어떡해?"

"세월호 영웅? 단 한 명도 없어요. 다 언론이 만든 거라구요."와 같은 말이었다. 무정은 침대에서 벌떡 몸을 일으켰다. 신생아 중환자실로 성큼성큼 걸어갔다.

"선생님, 인큐베이터가 세월호 같아요."

무정은 비상벨을 누르고, 중환자실 안에 간호사와 통화했다.

"어머니, 그게 무슨 말씀이세요."

간호사의 당황한 목소리가 스피커 폰에서 들렸다.

무정은 그냥 자기가 아기를 안고 있겠다. 퇴원하겠다고 말했다. 방금 전까지 말했던 간호사는 아무런 반응이 없었다. 얼마 후, 친정 어머니가 무정을 병실로 데리고 갔다. 담당의는 정신과 치료를 권했다. 무정은 자신이 이상이 없다고 의사에게 항변했다. 친정 어머니는 무정을 안고 등을 다독였다.

무정이 대학 논문을 쓰기 전 담당 교수에게 상담 받으러 교수실을 찾았을 때였다. A 고등학교 이모저모에 관해 이야기를 나누다, 자신이 출산을 하고 나서 아이를 인큐베이터에서 꺼내 오고 싶은 강한 욕망에 이끌렸다고 교수에게 털어놓았다.

"대리외상이 의심스러운데요."

교수는 자분자분한 목소리로 걱정하는 눈빛을 보냈다. 모든 것을 놓고 싶은 허탈감, 사람을 만나고 싶지 않은 마음, 몸에 기운이 축 빠지면서 아무것도 하고 싶지 않은 마음, 한번은 아기가 옆에서 우는데도 아무런 소리도 듣지 못했다.

무정이 논문에 자신의 내러티브를 서술할 때, '웜홀에 빨려 들어간 것 같다'고 당시 상황을 썼다. 아기가 TV 속 뽀로로 동요를 보고 앉은 자세에서 엉덩이를 좌우로 들썩이는 것이 눈에 보인 것도 자신의 감정을 인정하고 나서부터였다. 아기의 장난감, 서류 페이지, 책, 사진 등으로 어질러진 방이 보였다. 무정은 방을 말끔히 청소했다. 청소를 하다가 은하수 멤버와 함께 찍은 사진을 발견했다.

학교를 그만두고 만나지 못한 아이들이었다. 어떻게 살아 있는 것일까. 무정은 컴퓨터 책상 곁에 가 의자에 앉았다. 인터넷 어느 기사에도 그들 소식을 알 수 없었다. 무정은 피식 웃었다.

"기자들을 끔찍이 싫어했지, 참."

무정은 손으로 달그락 거리던 마우스를 놓으며 말했다. 기지개를 켰다. 의자에 머리를 기댔다. 그러다, 핸드폰을 찾았다. 성심의 이름을 찾았다. 컬러링을 들었다. 언제가 연우가 불렀던 〈인연〉이었다. 무정이 떠난 뒤, 성심이 은하수 아이들을 맡았다.

"언니야."

성심의 다감한 목소리가 들렸다.

카페에서 성심을 만났다. 연우에 대한 소식을 들을 수 있었다. 가만히 있으라는 말이 이상하여, 3층 객실에서 문을 열고 나온 연우였다. 씩씩한 군인이 되겠다는 그의 꿈이 멈췄다. 소방호스를 기둥에 묶을 줄 알았던 아이였다. 사람을 끌어 올리고, 그러다 보니 팔뚝에 빨간 줄이 생겼다고 무정에게 말했던 아이가, 성심의 입에서 자, 살, 이라는 두 음절의 글자로 끝이 났다.

물이 빠르게 찰 때, 사람들이 어디 있었는지 기억에 담고 있다고 말한 아이가, 흐읍, 흐읍 흑흑 물 안쪽으로 빨려 들어가다시피 한 선생님을 보고, 친구들을 보고, 구명조끼 입고 얼굴만 간신히 동동 떠 있는 사람들, 해경이 도착했다는데, 왜 그들은 승객에게 탈출 방송을 하지 않았던 것일까 의문이 들었다는 연우였다. 그가 죽었다는 소식에, 무정은 입술을 잘근잘근 씹었다.

그때부터였다. 무정의 손목에도 연우의 팔에 새겨진 핏줄이 툭툭 터져 올랐다. 연우는 줄곧 무정을 찾아왔다. 바람처럼 왔다가 비

처럼 사라지는 아이였다. 툭툭. 그럴 때마다 무정의 큰 눈동자에서
는 울음 방울이 땅으로 떨어졌다. 나이가 들지 않은 연우의 곱디고
운 얼굴이 보일 때, 처음에, 그것이 사실이 아니라고, 입을 막고, 겁
에 덜덜 떨었던 적도 있었다. 그런 엄마를 보고 자란 민재는 엄마가
눈에 초점을 잃고 바르르 떨면 조용히 안방 문을 닫아야 한다는 사
실을 배웠다. 악을 지르고, 토를 하고, 바닥에 주먹을 쿵쿵 두드리는
엄마 때문에 손으로 귀를 막고 민재는 벽시계를 쳐다본 적도 있었
다. 민재는 소리 내지 않고 우는 방법을 배웠다. 남편에게서 민재 신
경 좀 쓰라는 소리를 무정은 들었다. 그날은 민재가 같은 유치원에
다니는 아이의 얼굴을 할퀴고 돌아온 날이었다.

　성심과 연락이 닿는 연우의 친구들을 만났다. 2년제 전문대 대학
을 졸업한 친구도 있었고 군대를 제대한 친구도 있었다. 무정을 기
억하는 친구도 있었고 그렇지 못한 친구도 있었다. 성심이 그 아이
들에게 무정을 소개해주자 마지못해 고개를 끄덕이기도 했다. 생존
학생이라는 공통의 키워드가 있는 친구도 있었고, A 고등학교 출신
은 아니었지만 초등학교, 중학교 때 연우랑 인연이 닿아, 그 자리에
앉아 있는 친구도 있었다. 또한 연우 친구의 친구로서 그 자리에 앉
아 있는 아이도 있었다. 더 이상 생존학생의 키워드로 묶을 수 없는
20대의 아이들이 세월호 6주기 추모제를 진행하고 있었다.
　그 중에 볼에 홍조를 띠고 있는 한 아이가 자신을 수은이라고 소
개했다.
　"사람들이 사월만 기억하는게 싫어요. 우리나라는 봄 여름 가을

겨울이 있는데, 봄에 피는 벚꽃에도, 여름에 피는 수국에도, 가을에 피는 코스모스에도 그리고 꽃을 기다리는 겨울에도 우리는 있는데, 사람들이 지겹다고 말하는 것, 너무한 것 같아요. 우리는 뿌리를 뻗어 꽃잎이 언젠가는 성글게 필 것이지만, 죽은 친구들은…… 소설가도, 미술가도, PD도 가수도 될 수 있는 친구들이 왜 죽어야만 했는지, 왜 구조하지 않았는지, 이제 공소시효가 일 년밖에 남지 않았는데, 이 미친 놈의 코로나 때문에…. 그때도 지금도 우리는 가만히 있어야만 해요?"

무정은 봤다. 연우가 수은이 뒤에 서 있는 것을 봤다. 어깨에 손을 살짝 올리고 있는 연우가 엷게 미소 짓고 있었다. 무정이 손을 내밀었다. 연우는 엉겁결에 무정의 손에 자신의 손이 덥썩 잡혔다. 무정의 눈에 연우가 보이지 않았다.

수은이 무정을 연우의 집으로 데리고 갔다. 수은이네와 연우네는 아버지끼리 친구이기도 했다. 연우네는 통닭집을 했다. 기름에 고슬고슬 튀겨지는 프라이 냄새가 1층 식당에서 풍겼다. 식당 바깥으로 나 있는 계단을 타고 올라가면, 연우의 방이 보였다. 연우 어머니가 이 방문을 잠그지 않는다고 했다. 언제든 연우 친구들이 들락날락할 수 있게, 본인들에게는 따로 인사하지 않아도 좋으니 연우를 보러 많이 와달라고 수은에게 말했다. 그런 사실을 수은은 무정에게 말해줬다.

방문을 열자, 연우의 책상 옆으로는 칠판이 있었다. 어느 소설가가 세월호 관련 소설 책을 출판하며, 표지 뒷면에 구호처럼 써 놓은 노란색 바탕에 검은 글씨 '100만 개의 촛불, 단 하나의 진실'이 있었다. 그것이 칠판에 붙어 있었다. 그리고 세월호 관련 여러 기사가 덕지덕지 연우의 칠판을 덮고 있었다.

성심이 눈을 떠 보니, 연우의 말, 연우의 얼굴, 연우의 몸이 사라져 있었다. 백 미터 정도의 가시거리에서 성심이 함박 웃음을 짓고 걸어오고 있었다. 다만, 아직도 무정의 곁에 묻어 있는 연우의 체온이, 성심의 것으로 바뀌었다.

"언니야!"

별명이 경상도 각시인 성심의 말투가 반가웠다. 서로의 곁을 내준 품이 넉넉했다.

거룩한 고사

길에는 노을이 지고 있었다. 1톤 화물트럭이 겨우 들어갈 수 있는 비좁은 길이었다. 마모가 심한 바퀴가 시멘트 바닥을 느리게 밟았다. 바닥에 버려져 있던 캔이 찌그러졌다. 나는 조수석에 앉아 있었는데 단단한 통증이 꼬리뼈를 타고 올라왔다. 시동을 끄기 전까지 차량 엔진 소리가 길에서 증폭됐다. 소리가 쉽게 빠져나가지 못하는 공간, 바람이 제 살갗에 스치기를 반복하다가 저절로 힘을 빼는 공간이었다.

나무 대문을 열자, 헐거워져 느슨하게 쳐진 빨랫줄이 보였다. 걸레 하나가 마르다 못해 더위에 타는 듯 느껴졌다. 만지면 금방이라도 재가 돼 날아갈 것처럼 푸석했다. 이웃집 담장 너머로 찬송가 소리가 들렸다. 두세 명 되는 듯한 중장년의 목소리였다. 노래라기보다는 절규에 가까웠고, 절규라기보다는 체념에 가까운 음조가 서로 번갈아 살을 섞었다. 절규와 체념에 범벅이 된 눈물이 실핏줄 터질 정도로 마른 눈을 덮었고, 나는 그 눈을 하고서 하늘을 쳐다봤다.

사는 것은 견디는 거야. 마지막까지 이 악물고 버티는 놈이 승리하는 거야.

IT 회사에서 과장으로 승진하지 못했을 때, 버티다가 권고 사직을 받았을 때, 인사과 직원 앞에서 퇴직 희망자에 이름을 적고 사인을 했을 때, 내 머리에 풀칠 돼 있던 문장이었다.

살아생전 아버지께서 자주 하시는 문장이었다. 그러나 그 문장이 내게 한 것인지는 확신할 수 없다. 기억은 제 편할 대로 만들어지는 것이라서, 실제로 아버지가 나를 앉혀 놓고 그 문장을 또박또박 음성으로 전달했다고 해도, 그 음성의 청자가 나로 귀결되는 것은 아니었다. 삶에 대한 본인 스스로의 다짐일 수도 있고, 그럴 땐 난 그의 연극을 지켜보는 관객이 되는 것이었다. 배우의 대사라는 것은 관객과 소통을 매개로 하지만, 근본적으로 극을 이끄는 하나의 장치에 불과하므로, 나는 배우의 대사에 함의된 감정의 굴곡만 느끼면 되는 것이었다.

아버지가 당시에 내게 전해준 감정만을 기억한다. 그 기억 역시 자신할 수 없다. 그럼에도 불구하고, 그 감정이라는 것의 기억은 마른 장작 나무를 태우는 것처럼 매캐했고, 게 껍데기가 부패할 때 나는 냄새처럼 고약했다.

버티는 삶이 진정한 승리자들의 것이라면, 아버지는 철저히 본인의 말을 배반했다. 수능시험을 일주일 앞두고, 아버지는 증발했다. 용어가 적확하다면, 아버지는 아버지를 이루는 모든 것, 가령 옷, 지갑, 휴대폰, 성경 등을 그대로 남겨두고 귀가하지 않았다. 그 후로 나는 밤마다 악몽에 시달렸는데, 아버지의 육신 없이, 투명 인간이 망토를 입고 거리를 배회하는 것처럼 아버지의 옷이 너풀너풀 바람을 일으키며 걸어가는 모습을 숨죽여 지켜봤다. 배터리가 나간 아버지의 휴대폰이 징징 울리는 환청을 들었다. 자고 일어나면, 운동장에서 전력 질주를 한 것마냥 온몸에 기운이 없고 팔다리가 바늘로 콕콕 찌르는 듯 쑤시었다.

땀인지, 눈물인지 구별할 수 없을 정도로 축축하게 젖은 침대 시트를 보면서 나는 줄곧 문장이 아버지의 입을 빌려 나온 것이 확실한지에 대해 의구심을 품었다. 목소리의 톤은 어땠을까. 지금의 나보다 열 살 많았던 당시의 아버지 나이에 뱉을 수 있는 음파의 두께가 좀처럼 가늠되지 않았다.

용달차를 서울시에서 아버지의 고향인 해남군으로 몰고 온 운전사의 나이가 그때의 아버지의 나이와 닮았다. 엇비슷하게 생긴 것을 우리는 닮았다고 표현하는데, 그것은 같은 것이 아니었다. 같기 위해서는 시 공간이 완전히 일치해야 한다. 당시의 아버지가 49세였고, 지금의 운전사의 나이가 49세. 그렇다고 할지라도 시간이 달랐다. 49라는 숫자가 만들어지기까지의 과정을 채운 공간의 결 역시 달랐다.

아버지와 운전사는 나이는 닮았지만, 상대적으로 작고 마른 체구였던 아버지와는 판이하게 달랐다. 내가 고생하셨다고, 웃돈을 조금 더 줬을 때 짓는 웃음도 아버지의 것과는 달랐다. 그래서 '많이'라는 말을 빼고 닮았다고 나는 생각했다.

눈으로 보는 숫자 '49'는 같아도, 그 획, 무게, 질감, 부피에서 겹치는 지점이 없었다. 같은 기호임에도 내포된 의미는 다룰 수 있다는 진리. 내가 보는 것이 내가 아는 것이 아니며, 내가 듣는 것이 내가 아는 것이 아니라는 범접할 수 없는 진리 앞에, 나는 그전까지 이름 붙였던, 새며 나무며, 꽃이며, 당최 아무것도 말할 수 없어 괜히 입을 다문 채 혀끝으로 입천장을 깔짝였다.

나는 단 한 번도 아버지의 죽음을 말하지 않았다. 그러나 사람들은 종종 내가 자주 사용하는 '살아생전'이라는 낱말을 힘주어 들으며, 제가 실수했네요. 라거나 어쩌다가 라거나 힘내세요 라거나…

저도 일찍 아버지를 여의고 어쩌고저쩌고하며 공감의 옷을 껴입은 위로나 동정을 구했다. 사람들의 반응에 내 감정을 널뛰기 하고 싶은 마음이 들지 않았다. 그렇다고 해서 '살아생전'이라는 낱말을 다른 말로 바꿔 표현하고 싶지도 않았다. 표현력도 부족하거니와, 무엇보다 나는 살다라는 기호에 착 달라붙어 있는 숨을 사랑했다. 아버지는 분명 나와 같은 공간에서 이러한 숨을 나누었지만, 증발된 이후로 그 숨은 아버지만의 것이었지 나와 교류하지 않았다. 숨의 교류는 말랑한 혀를 구르며 침샘을 자극하는 것이었고, 아프다, 슬프다, 기쁘다의 맛을 어루만지는 것이었다. 나는 살다의 반의어로 없음[無]을 떠올렸다.

사물은 하늘과 땅이 구별되지 않던 혼돈의 시기를 거쳐 탄생했는데, 그 본능은 본래부터 없던 것이어서, 끊임없이 없어지는 것을 갈망한다. 흙으로 돌아가, 흙마저 더 작은 입자로 분해되기를 원하는 것은 무에서 태어난 사물의 본능이기도 했다.

아버지가 두고 떠난 성경의 창세기의 말씀들이 풍선처럼 공허한 내 세계를 채워갔다. 성경을 읽어 나갈수록 복음 말씀으로 내 세계는 조립됐다. 처음에는 앙증맞은 레고 블록이었다가 벽돌이 됐고 산이 됐다. 등에 맨 무거운 짐이 나를 허리 굽게 했다. 숨을 쉴 때마다 폐부를 찌르는 듯한 통증과 아무런 향도 느낄 수 없을 정도로 물로 가득찬 것 같은 내 코를 두고 병원 의사는 폐암 말기를 선고했다. 태어날 때부터 동행한 죽음이 목전에 와 있다는 사실에 실감하면서도, 선뜻 손을 먼저 내밀 용기는 생기지 않았다. 그러나 내 안에 꿈틀거리는 없음에 대한 본능은, 내 물리적인 삶에 대한 거부감을 불러왔다. 성경을 재독, 삼독했다.

성경을 읽지 않은 아내와 아이들은 그런 나를 이해하지 못했다. 도시에는 수많은 게르가 있었고, 그 속에 내 아내와 아이들이 종류대로 열리는 열매를 먹고 살았다. 그 열매는 선악이 혼동된 것이며, 빛과 어둠이 공생하는 것이었다. 이사를 결심한 것은, 아내가 책상에 놓아둔 벼룩시장 구인구직 신문이 백과사전 두 권 분량으로 쌓였을 때였다. 아내와의 결혼 사진에서 나를 도려낸 것처럼, 네 살 된 아이와 아빠가 찍은 사진에서 아빠를 도려낸 것처럼, 처음부터 그 사진을 같이 찍지 않은 것처럼, 게르에서 나는 빠져나왔다. 그때의 아버지처럼. 나는 사라지기를 원했으며, 더 나아가 나조차도 인식할 수 없는 무의 접경에 내 영혼이 닿기를 비로소 소망했다.

한 그루의 소나무가 오백 년을 살았다고 해도, 그것은 만 년의 삶을 보장받지 못한다. 오백 년을 버틴 나무라 할지라도, 그 삶의 숫자

끝에, 삶은 짧은 것이며, 꿈이었다 말하는 날이 분명히 올 것이다. 어쩌면, 아버지를 많이 닮은, 그러나 성별은 다른, 한 사람, 나는 나를 바라보는 그를 통해 고사(枯死)라는 단어가 사악한 질감의 낱말이 아니라, 되려 꿈이니 희망이니 하는 것으로 수식할 수 있는 낱말이지 않을까, 하고 생각했다.

서서히 육신을 말리며 죽어가는 것, '조윤자'라 쓴 명찰을 목에 건 노인이 노을을 뒷배경 삼아 기도하듯 지팡이를 짚고 바닥에 쪼그려 앉아 있었다. 눈의 방향은 나를 향한 것이지만, 눈빛 속에 담은 것은 오늘의 나인지 혹은 과거의 그인지 알 수 없었다. 흐릿한 눈동자는 노을의 붉은 기운에 묶여, 사람의 본래 신체에 있는 한 부분이 아니라, 사람이라는 건축물에 장식된 하나의 상징 같았다. 마치 교회에 가면 십자가가 있는 것처럼 말이다. 삶의 역사에서 달고, 쓰고, 매운 것을 다 겪은 자만이 가질 수 있는 눈이었다.

눈은 삶의 미련을 담지 않았지만, 말투에는 송곳처럼 날카롭고 삶을 할퀴던 상처가 남아 있었다. 좀 전에 떠난, 낡은 용달차처럼, 바퀴는 굴릴 수 있는 엔진, 그간의 삶이 담긴 말투, 빼앗기지 않기 위해 살았던 삶, 그러나 모든 것을 빼앗길 수밖에 없었던 삶, 이사 오기 전 부동산 중개인에게 들었던 조윤자의 삶을 나는 그의 실물을 보고 곧바로 느꼈다. 당신이 조윤자구나, 내 새로운 이웃이구나.

새 터전이 되는 이 집이 바로 40여 년 동안 당신이 일구었던 밭이 있던 자리라는 것을, 빼앗기기 전에는 일상이었던 이곳에서 당신은 당신의 소중한 아들을 낳았고, 옷감을 덧대거나 이불 등을 수선해 시장에서 팔기도 했다고.

비말 감염병 때문에 내가 조윤자를 바라볼 수 있는 것은 눈뿐이었지만, 그가 나를 이웃으로 쉽게 맞아들이지는 않겠다는 것 정도는 읽을 수 있었다. 그것은 콧등을 덮고 있는 때가 낀 마스크가 오밀조밀 움직이면서 뱉는 말 때문이었다. 때론 조윤자의 고장 난 호흡 때문에, 때론 마스크에 갇힌 말 소리는 내 귀 밖에서 머뭇거렸지만, 나는 말이 아니라, 조윤자의 눈가가 파르르 떨리거나 눈동자가 곁을 훔쳐보다 다시 중앙을 바라보는 등의 움직임을 살피며 그의 감정을 마음으로 셈했다.

오직 0과 2로만 계산하는 IT 셈법에서 로직이니, 알고리즘을 빼고, 오로지 사람과 사람의 감성으로만 더하는 문법에서 살고 싶었던 적도 있었다. 회사를 나오고, 계좌 이체된 월급 통장을 더 이상 확인할 수 없어도, 나는 숨 한번 크게 쉬기로 했다. 몇 날 며칠 골방에 틀어박혀 있으면서 존 번연의 『천로역정』과 성 어거스틴의 『고백록』을 읽었다. 비약일지 모르지만, 아버지의 고향으로 돌아가는 것이 사망의 표적을 찾는 것이라 여겨졌다. 한 번의 생물학적 죽음 뒤에 맞게 될 영생. 한반도 땅끝, 해남군은 노을의 도시였다. 그 따사로운 주황의 빛 아래 구원의 길이 있을 것 같은 기대감이 있었다. 그 곳에서 '고사'를 은혜 받는 꿈을 꾸면서 나는 처자식의 곁에서 발소리를 죽인 채 나왔다.

더 나아가 조윤자에게 다가가는 것은, 나를 인도한 그분의 손길일 것이라는 믿음이 있었다. 고목이 연리지가 되는 것은 기적이 아니라 생명을 나누는 지혜였으며, 생의 불씨가 시나브로 사그라질 때

서로를 바라볼 줄 아는 위로임을 나는 알고 있었다. 그래서 조윤자가 손으로 가리키는 방향을 응시하며, 침묵으로 반응했다. 말 없음으로 발화되는 바람을 닮은 음성이 거세지도 약하지도 않은 강도로 이사 박스를 훑고 지나갔다. 덥지도 춥지도 않은 의지가 조윤자의 손에 있었다. 그것은 의지라기보다, 고약하게 반복된 불화된 마음을 억누르려는 투쟁이었다.

폐지를 모아 연명했던 삶, 사랑하는 대학생 아들이 실종되면서, 그를 찾기 위해 팔아치운 전답, 삶의 부스러기를 메우기 위해 잔뿌리를 마른 흙에 뻗쳐 나가는 것, 조윤자의 주름진 손등에서 아무것도 흡수하지 못할 뿌리 하나가 파르르 떨리며 지상으로 기어 나오는 듯했다. 얼핏 보면 숨을 쉬기 위해 안간힘을 쓰는 것 같았다. 살아가면서 쩍쩍 갈라진 피부는 실상 뿌리의 기능보다는 그의 삶 전반을 지지하는 줄기가 됐다. 하지만 두껍게 쌓인 세월은 조윤자의 몸 하나 지탱할 수 없게 만들었다.

그가 특별히 의도를 가지고 나를 흔들지는 않았을 것이다. 삶의 습관이 빚어낸 가리킴에 어쩌자고 나는 흔들리는 것일까. 고작 폐지 하나를 가리켰을 뿐인데. 그의 동작 하나 때문에 나는 애잔해졌다.

이 도시와 저 도시를 돌아, 다시 부친의 육신을 키운 고향으로 돌아온 나와 박스는 매우 닮았다. 우악스럽게 붙어 있는 테이프를 강단지게 뜯었을 때 박스의 피부도 따라 뜯겼다. 맨살이 찢긴 것마냥 조윤자는 비명을 지르듯 내게 박스를 돌려 달라고 하는 듯했다. 주라고 하는 것이 아니라 손가락은 그것을 제게로 돌려 달라고 재촉하는 듯한 형국이었다.

자신의 땅에서 나왔던 것을 수확한 농군의 습관이었다. 땅을 팔고, 그 땅이 토지 변경이라는 관의 허가를 받고, 주택이 됐고, 주택이 나온 자리를 잇는 골목이 만들어졌고, 골목 밑에 정화조며, 가스관이 매설되는 것을 봤음에도, 그는 자신의 토지였던 곳에 얹힌 사물들을, 더 이상 자신의 것들이 아님에도 불구하고 습관처럼 수확하려 했다.

나는 방으로 짐을 옮기는 것을 중단했다. 이사 박스를 개킨 다음 한쪽 구석에 쌓았다. 하지만 나는 조윤자의 집에 박스를 내려놓을 수 없었다. 대문에는 박스 사절이라는 코팅지가 붙어 있었다. 문구 아래 교회 이름이 적혀 있는 것으로 보아, 조윤자를 돕는 교회 신도들이 대문에 부착한 것 같았다. 코팅된 문구에 빗물이 샌 흔적이나 구부러진 것이 없는 것으로 미루어, 최근에 대문에 부착한 것으로 보였다. 그 문구를 본 이상, 대문을 열고 천연덕스럽게 박스를 들고 들어갈 수 없어, 도로 내 집으로 박스를 가져왔다.

수레가 끌리는 소리가 골목에서 들린 것은, 내가 늦은 저녁밥을 먹고, 상을 물리기에 게으름을 피우며 헤르만 헤세의 작품인 『데미안』에 나온 구절을 맛보기를 시작하려는 시점이었다. "드디어 종말이다"는 문장과 "모든 사람들이 형제가 된 것 같았다"는 문장을 차례대로 읽으며 새는 알을 깨고 나온다. 알은 세계다. 태어나려는 자는 산 세계를 파괴해야만 한다 사이의 문맥적 의미를 고민하고 있었다. 켜 놓은 텔레비전에서 이제 막 기독교 방송의 마태복음 강독이 끝날쯤이기도 했다. 나무 대문이 열렸다. 아닌 밤에 도둑이라도 든 것일까. 무섬증이 몰려왔지만, 그래도 눈 뜨고 당할 수는 없어, 누구요? 라고 큰 소리로 물었다. 아무런 답이 들리지 않았다. 대신에 유튜브 채널로 맞춰진 텔레비전에서는 이어 보기로 쇼팽 녹턴의 전곡을 들려주는 영상을 재생했다. 야상곡의 분위기가 한층 방 안 공기를 무겁게 밀어내고 있었다. 나는 마당 쪽 전등을 켜고, 재차 누구요, 라고 떨리는 목소리로 물었다. 창문을 열고 고개를 내밀었다. 수건으로 머리를 감싸고 손에 장갑을 낀 조윤자가 박스를 수레에 싣고 있었다.

교인들이 붙여 놓은 박스 사절은, 이웃에서 박스를 가져다주는 나 같은 사람에게 보이기 위한 것이 아닌, 그 집의 주인인 조윤자를 위한 것이 아닐까 하는 생각이 퍼뜩 들었다. 제 손으로 수거한 박스를 고물상에 제값 받고 팔 여력도 없는 사람이었다. 점차 오늘에 머무르는 것보다 그의 과거에 회귀하는 시간이 많은 사람이었다. 그 과거라는 것에 걸려 숨마저 체하게 하는 아들이라는 두 글자. 나는 겉으로 그 사실을 주워들어서 안 것이고, 그는 속으로 피 곪으며, 일상을 유린 당한 채 스스로를 파괴하며 그 사실을 몸에 새겼던 것이었다.

사절은, 단지 조윤자의 집에 박스만을 널브러지게 두지 마라는 것이 아니었다. 사절은, 조윤자의 삶을 통째로 거부하는 구호였다. 그는 동정과 위로라는 두꺼운 흙에 파 묻히는 것에 대해 저항했다. 단지 맑은 공기를 들여 마시고 싶어서, 아들을 기다린 시간을 허망한 것으로 돌리지 않기 위해서. 오늘의 육신으로 과거의 삶을 박스에 넣고 있었다. 납작하게 눌린 박스가 수레에 쌓이고, 그 박스를 끈으로 묶었다.

　나는 조윤자를 보지만, 조윤자는 과거에 있으므로 나를 보지 못할 것이다. 조윤자의 눈에 내 집 마당은 여름에도 눈이 내리고 겨울에도 푸릇한 싹이 올라올 것이었다. 그것은 어둠을 벗기는 행위였다. 오만한 사람은 하늘을 기준으로 땅을 바라보지만, 연약한 사람은 지상보다 더 깊은 땅속을 기준으로 하여 하늘을 본다. 흙이 파헤쳐지며 빛은 하늘에서 쏟아지고, 다시 씨앗은 어둠 속에서 인큐베이팅 된다. 씨앗의 뿌리는 어둠을 제 몸의 일부로 여기고 양분을 취한다. 나는 조윤자가 벗기는 어둠 속에서 한 줄기 빛을 봤다. 그 빛은 교만하지 않았으며, 오독할 수 없는 태초의 빛 그 자체였다. 어둠이 벗겨지고 다시 어둠으로 향하는 빛, 경건한 빛을 대하며 나는 겸손하게 조윤자를 지켜봤다.

　가늘고 힘없는 목소리지만 그건 분명히 노래였다. 엄마 여기 있고, 아들 여기 있네, 우리 아가 울지 마, 라는 노래 가사가 선명히 들렸다. 마치 젖먹이 아기를 재우는 엄마의 자장가 같은 노래였다. 조윤자의 시간은 아마도 더 과거로 간 듯했다. 화단에 웅크려 앉아 아무것도 피지 않은 땅을 고르는 손에서 나는 환영처럼 줄기에 주렁주렁 달린 고구마를 봤다. 가지를 봤다. 풋상추를 봤다. 어둠에서 건져 올린 생명, 씨앗을 파괴하여 새 생명으로 이어진 줄기, 그것에 감사할 줄 아는 풋 웃음, 조윤자의 곁에는 상상만으로만 볼 수 있는 호미가 있었다. 지금은 신지 않은 고무신으로 싹이 오르는 말랑한 흙을 밟고 있었다. 나도 맨발로 가서 그 아늑한 품에 포옥 안기고 싶었다.

　조윤자의 시각은 아침일까, 저녁일까. 아니면 한 낮일까. 옹송그린 몸이 펴지지 않는 시각, 그의 노동 시간, 가스관도, 정화조도, 토지 변경도 되지 않은 그때, 서울에서는 군인들이 정권 탈취를 위해 모의를 했던 시간, 아버지가 특전사 부사관인 하사로 임관되어 대대장에게 신고하던 그 시간, 조윤자는 쌀뜨물에 지난해 담가둔 된장을 항아리에서 한 숟갈 퍼서 국을 끓이고 있었는지도 모른다. 밭에서 키운 양파를 송송 썰고, 저녁에 다녀간 두부 장수의 리어카에서 제값보다 살짝 깎은 가격으로 사온 두부 한 모를 손바닥에 올려놓고 대강대강 토막 내고 냄비에 넣었는지도 모른다. 모른다는 것은 상상할 수 있는 것들에 대한 자유 의지다. 그 의지들의 왜곡이 악을 만든다는 성 어거스틴의 『고백록』처럼, 악은 조윤자의 의지와는 다르게 다른 사람들이 왜곡함으로써 그의 삶을 피폐하게 만들었다. 놀라울 정도로 빠른 속도로, 악은 조윤자를 침범해 갔으며, 조윤자는 그 사실을 모른 채 하루씩의 시간을 채우며 살아갔다.

조윤자의 시간이 오늘로 돌아오지 않기를 기도했다. 악이 오지 않은 평범했던 그 시간 속에서 그가 머물기를 간절히 원했다. 그의 지난한 오늘은, 그를 끊임없이 추방했으므로.

그날이었다. 내가 조윤자를 처음 본 날, 그리고 조윤자와 헤어졌던 새벽 시간. 그후, 볼펜으로 꾹 눌러 조윤자 이름이 반듯하게 써진 성경책을 정리하던 성도가 전해준 말이 있었다.

책이, 그놈의 책이 아들을 미치게 했고, 엄마를 울게 했고, 구원했네, 라고. 아들이 읽은 책이 무엇인지, 서슬퍼런 군사정권 시절에 등사기로 복사해가면서 이불 뒤집어쓰고 읽은 불온서적이라는 것이 무엇인지, 아들을 잃고 돌아서면 잊어버려도 밑줄까지 그으며 조윤자가 암송하려 했던 그 책은 무엇인지, 다 싸잡아 책이 됐던 존재는 누구인지, 나는 어떤 대거리도 하지 못하고 그저 불씨에 사그라지는 재를 봤다. 이웃이라는 자격으로, 같은 꿈을 꾸는 자로서, 바위와 모래 사이를 뚫고 오랜 세월 지탱한 나무도 누렇게 잎이 말라가는 때가 오므로, 아무도 모르게 시름시름 앓으며, 남들 다 아는 대로가 아닌 협착된 좁은 길에서 소문 없이 걸음을 뗀다는 것을 마음으로 이해하고 있으므로, 내 눈물은 조윤자를 응원하는 것이었다. 그래서 나는 그가 골목을 떠나던 날의 단상을 기록할 수밖에 없었다.

조윤자는 나였다. 그의 얼굴은 내 얼굴이었고, 그의 삶은 내 삶이었다. 이사한 첫날의 어지러움은 싱크대에 쌓인 설거지, 풀어만 놓고 정리하지 않은 책, 설치하지 않은 데스크탑 등으로 드러났다. 감추면 모를 치부를 누군가가 아웃팅 한 것처럼, 새벽 세 시, 아픈 몸의 통증에 친밀해지는 시간, 깨어 있는 사람만이 아는 그날의 빛이 창문에 어른거렸다. 잉크가 물에 번지는 것처럼 빨갛고 파란 불빛, 그리고 형광등의 주광색 불빛이 반짝였다.

창문을 열었다. 구급차가 보였다. 새벽 기도 모임을 가기 전, 전날 조윤자가 마음에 걸려 그의 집을 방문한 교인이 부른 구급차였다. 교인은 제초제 성분의 농약을 마신 조윤자를 봤다. 그 교인은 언젠가 어린이 주일 교회 후 남은 스케치북을 조윤자에게 건네준 사람이었다. 조윤자는 그 스케치북에 크레파스로 꾹 눌러 '고맙습니다'를 썼다.

생의 통증은 때론 너무 강력하게 오늘을 각성케 한다. 조윤자에게 새벽 시간은 그가 낮 동안 여행한 과거의 기억을, 오늘의 치욕 속에 던져 넣었다. 제 손으로 꾸린 집에, 제 것보다 남의 손때가 더 타고, 자신의 힘이 한계에 부딪혔을 때, 조윤자는 자신의 생의 의미를 더듬었으리라. 손 쉬운 단어인 '자살'은 조윤자에게 적합한 게 아니었다. 조윤자는 자신의 자유의지 왜곡이 아닌, 타인들이 만들어낸 왜곡으로 몰리고 몰리다, 배수진을 친 장수의 심정으로 전투를 버티다, 마침내 절벽 아래로 몸을 던진 것이다. 육신의 불빛은 꺼질지언정 영혼의 불마저 넘길 수 없다는 최후의 자유의지였다.

조윤자의 세계에 온 '드디어 종말'이 실현됐고, 조윤자는 새로 태어나기 위해 알을 파괴했다. 구급차 소리가 별일 없던 동네에서는 큰 소식이라, 하나둘 이웃 노인들 집에도 형광등이 켜지고, 기침 소리가 간헐적으로 골목에 들렸다.

오메, 오메, 우짠디야라고 말하며 자꾸 허방 짚듯 걷는 노인들의 걸음에, 조윤자는 들것에 실렸다. 뻣뻣하게 굳은 그의 몸에 이웃 노인들이 침묵하는 것은 애도를 빚는 골목의 규칙이었다. 말 없음이 보여주는 찬란한 장송곡, 그건 조윤자의 죽음을 단정적으로 확실시하는 것이 아니었다. 멀리 여행을 떠나는 이웃을 위한 축포였고, 그가 머물기 원하는 시간에 안식하길 바라는 염원이었다.

비로소 조윤자의 집이 내 눈에 확연히 들어왔다. 대문이 발칵 열리고, 사람들의 웅성거림이 잦아들었어도, 여전히 조윤자의 집 마당에는 환한 빛이 켜져 있었다. 형광 불빛을 쫓아 밤나방이 짝을 이루고, 하루살이들이 달려들었다. 작은 것도 불빛 가까운 데서는 크게 그림자가 졌다. 그림자와 그림자는 서로 교차하고 더미를 이루기도 했다. 그림자를 한껏 받는 땅에는 조윤자의 손수레가 있었다. 내 집

마당으로 들어왔던 손수레에 나도 모르게 이끌려 조윤자의 집으로 들어갔다.

박스를 올려놓은 리어카에서는 푸석한 먼지 냄새가 나는 것 같았다. 그 냄새 속에 조윤자의 소리를 들었다. 온종일 흘렸을 조윤자의 소리에는 어떤 것이 있을까. 히브리서 11장 3절, 믿음으로 모든 세계가 하나님의 말씀으로 지어진 줄을 우리가 아나니 보이는 것은 나타난 것으로 말미암아 된 것이 아니니라, 말씀이 조윤자의 삶을 감아 올리는 것 같았다. 쌀 한 톨의 무게와 영혼의 무게가 비등하게 되기 위해서, 조윤자는 기도했는지도 모른다.

불상, 십자가, 정한수 그릇이 빛에 설피 보이는 까닭에, 나는 쌀 한 톨의 무게인 0.02그램과 언젠가 영혼의 무게라고 봤던 21그램의 상관성을 상상했다. 아들의 중고등학교 때 사진이 벽에 붙어 있었고, 조윤자는 아들의 도시락을 싸줄 때의 오늘에 머물며, 그 긴 그리움의 끝을 걸었는지도 모른다.

살기 위해 조윤자가 만들어낸 세계이자 그가 종말됨으로써 파괴된 현장이었다.

보이는 것을 통해 나는 아버지의 음성을 들었다. 금방이라도 무너져 내릴 것 같은 빈곤한 상상력의 막다른 길이었다. 그것은 실제라기보다는 꿈에 가까웠으며, 꿈보다는 스토리가 있는 영화와 비슷했다. 그 범위를 가늠하는 것 자체가 헛수고이며, 헛했다.

혹여나 갑자기 조윤자의 집에 들어온 누군가 나를 이상하게 여길까 염려되어 버티는 것이 삶이라는 문장으로 변명의 구실을 삼아볼까, 생각했다. 아버지를 채운 피가 내게도 흐르고, 배운 것이 그것뿐이었다면, 나의 의지는 곧 삶을 살아가는 명분이 그것이었다. 의심을 사기도 전에, 의심을 회피할 요량으로 말을 만들고, 그 말을 믿고, 그 말을 사랑하는 일상에서 진리란, 해가 떠오르고 불빛이 불빛으로서의 가치를 멸할 때와 같았다. 해가 떠서 달이 보이지 않자 달이 없다고 믿는 것처럼. 조윤자는 구급차에 실려 갔고, 아버지는 내 인생에서 증발했으며, 나는 아내의 역사 속에서 사라졌다. 나와 아버지와 조윤자는 타인이 인식하는 살아생전 이후에는, 세계에 없는 것이었다.

조윤자의 집에서 내 집을 바라봤다. 해는 떠올랐고, 엊그제 뉴스가 궁금했던 사람들이 조윤자의 집으로 오기 위해, 슬리퍼 끄는 소리, 터벅터벅 지팡이 짚는 소리가 아침을 어지럽게 했다. 소리와 소리 사이의 행간에 얽힐 수 없는 공간의 공명이 나를 더욱더 쫓아내는 것 같았다. 더부살이했던 밤 손님들의 사체가 박스에 검은 얼룩을 내며 썩어갔다. 한낮이 지나고 또 한밤이 찾아오면 새로운 손님들이 불빛을 쫓아 구원을 기도할 것이다. 끄지 않은 내 집 불빛이 볕에 가렸고, 올 손님들을 위해 나는 조윤자의 집 전등을 껐다. 보이는 것은 더 믿을 수 없으므로… 허구로 엮는 스토리텔링 속에 비약을 빻아 고운 가루로 만들어, 한 소끔 누룩을 빚어 나는 입안에 혀를 굴리며 딱딱한 이로 잘근잘근 씹어 먹을 계획이었다.

교인 한둘이 조윤자의 집을 방문했고, 그 뒤로 집으로 들어오지는 않는 이웃 노인들이 힐끔힐끔 나를 봤다. 의심의 눈초리라기보다는 조윤자의 죽은 아들을 본다고 착각하는 놀람이었다. 그러다 이내 최근에 이사한 청년이라는 사실을 확인한 노인들 몇 명은 입을 다시고 혀를 끌끌 찼다. 그들과 조윤자의 관계에서 맺어진 긴 서사를 나는 알 수 없었다. 다만 조윤자가 기억을 잃어갔어도, 조윤자가 조윤자임을 드러내주는 각기 다른 세계였다. 나는 아직 그 세계에 착륙할 방법을 모른다. 여전히 내 위치는 조윤자의 땀이 닿았던 밭이자, 불 켜진 내 집이었다.

나의 거룩한 고사 의식은 종말되지 않았으며, 나의 잔뿌리는 여전히 물을 머금고 있기 때문에, 나는 조윤자의 집에서 뻗은 협착된 좁은 길을 걸어가야 했다. 길은 고목이 잔가지를 하늘 향해 뻗쳐 있는 마을에 둘러 있었다. 그 길의 끝에 이제 막 지은 신생 빌라와 해남군에서 제일 많은 초등학생이 다닌다는 초등학교와 이어져 있었다. 길은 즐비한 빌라들이 있는 곳으로도 사람이 걸어갈 수 있게 되어 있지만, 이미 그 길은 마을의 길과는 달랐다. 회색 시멘트 덩어리로 울퉁불퉁 닦아진 길이 아닌 아스팔트로 곱게 포장돼 있는 대로였다. 골목길에는 하드가 녹아 개미 떼가 달려드는 모양이나, 담배 꽁초, 찢긴 공과금 봉투 등이 보였다. 대로에는 태권도 학원 전단지나 쓰레기 무단 투기 방지를 위한 감시카메라가 보였다. 대로에 있는 빌라의 도시가스 메타기가 순간 올라가고, 골목에서는 개밥을 끓이며 피어 올라오는 장작의 불티들이 아침 인사를 할 때, 빌라의 아이들은 자전거를 타고 학교에 가거나 유치원 승합 차량에 올라탔다. 조윤자가 길에 흘렸을 애곡의 음표들은 이 두 길에 모두 있었겠지만, 눈으로 보고, 귀로 듣는 것은 조윤자가 구급차를 타고 그 길을 떠남으로 인해 멸망했다.

조윤자의 장례는 종합병원 장례식장에서 치러졌다. 구급차를 불

렸던 교인이 조윤자의 집 대문에 박스 사절이라는 코팅지를 떼고, 비말 감염병 때문에 조문객 방문을 제한한다고 하면서, 장소와 조의금을 부칠 계좌 번호를 써서 대문에 붙였다. 대부분의 조문객이 마을의 노인이기 때문에, 조등(弔燈)을 켜고, 메시지를 남긴 것이었다. 복사용지에 인쇄된 큼직한 글씨마저도, 이웃 노인들은 눈 밝은 노인에게 메시지 내용을 듣고 알음알음 찾아가는 모양이었다. 글보다는 소리에 익숙한 사람들, 그렇게 평생을 살았고, 앞으로도 그렇게 살아갈 사람들의 걸음에서 풍선 터지는 소리가 들리는 듯했다.

고무 쪼가리만 남은 풍선이 납작하게 길에 사지를 뻗고 누워 하늘을 쳐다볼 때, 조등은 꺼졌다. 삼일장이 마침내 끝났다. 나는 아직 그들 세계에 들어간 것이 아니기 때문에 조등의 켜짐과 꺼짐을 통해 조윤자가 안식에 들어갔음을 알았다.

삼일장이 치러지는 동안, 나는 나대로 국립과학수사연구원에서 온 한 통의 전화 때문에 정신없이 바빴다. 나주시에서 광주시로 빠지는 마한면의 비탈진 산길에서 신원불상 20대 초반 남성 유골이 발견됐는데 그 유골을 안은 듯 드러누운 40대 후반 혹은 50대 초반으로 보이는 남성 유골도 있었다는 것이었다. 후자의 유골을 분석한 결과, 아버지로 추정되는 바, 내 DNA를 검사해 보자는 것이었다. 국과수는 정밀 조사 중이라 자세한 사항은 알려 줄 수 없지만, 20대와 40·50대 남성의 사망 추정 시기는 탄소측정을 해본 결과 상이하다고 밝혔다.

20대 남성의 등에는 두 발의 탄 흔적이 있었다. 저격수는 그의 등뒤에서 총알을 발사했을 것이다. 아버지를 만나러 가는 길에 얻은 정보였다. 버스를 타고 갈 때 마스크를 쓰고 무덤덤한 사람들의 표정, 라디오 뉴스에서 흘러나오는 전직 대통령들의 서거 소식, 버스 차창 너머로 흘러가는 논과 밭, 가로수의 잔상이 눈에 깜박였다.

모든 것은 이전부터 그러했던 것 같았고, 또 모든 것은 이후부터 그러하지 않았던 것 같다. 문장이 모호한 까닭에 아버지임을 확인하러 가는 데까지 나는 문장을 수정하기로 했다. 모든 것은 이전부터 그러하지 않고, 또 모든 것은 이후부터 그러했다고. 거나, 모든 것은 이전부터 그러했고, 또 모든 것은 이후부터 그러했다. 거나, 모든 것은 이전부터 그러하지 않았고, 또 모든 것은 이후부터 그러하지 않았다고.

이전과 이후에 기준이 된 내 아버지의 시공간, 그 물리적인 환경 속에서 나는 만약을 상상했다.

만약 그가 내 아버지라면, 아버지는 나로부터 증발된 후, 왜 그곳에서 부패했을까. 이제 와서 땅에 메인 혈육의 인연으로 나를 부르는 이유는 무엇일까. 견고하고 단단한 화강암일지라도 언젠가 그것은 풍화될 것이고, 구름은 비가 되어 내 발가락 사이를 흘러 지나가다, 언젠가 다시 나는 그것이 예전에 그것인지도 모르고 그것들이 머문 흙먼지를 마실 것이다. 시간이란 내게 기다림이었으며, 사라진 것들과의 재회였다. 조윤자의 세계, 아버지의 세계, 조윤자의 아들의 세계 그리고 나의 세계, 우리는 좁디 좁은 길에서 서로 만나기도 하고, 서로 모르기도 했다. 나는 조윤자를 알지만, 아버지는 조윤자를 모른다. 나는 조윤자를 알지만 조윤자는 나를 모른다. 조윤자는 자신의 아들은 알지만 나와 아버지는 모른다. 마지막으로 20대 청년의 유골은 조윤자의 아들이다.

진술된 문장이 모두가 참이 아닐 수 있고, 일부가 참이 아닐 수도 있는 문장을 확인하기 위해, 내가 그 유골이 아버지임을 알아야 하는 까닭이 있을까. 승리하기 위해, 나의 예배는 예물을 제단 앞에 두고 먼저 아버지를 알아야 하는 것일까. 그와 화목하지 못했고, 그로 인해 나의 뿌리는 여전히 황폐한 땅임에도 열매를 생양했다. 독을 품은 열매가 알알이 조윤자가 앉았던 화단에서 굴렀다. 내 발은 절로 조윤자의 땀 냄새를 맡았다. 덜 익은 감처럼 떫었다. 내 눈은 교인들의 사랑방 구실을 하는 조윤자의 집으로 향했다.

곰배팔이 목수가 지은 것 같은 막집, 동네에서 제일로 튼튼한 집, 손으로 일구던 대부분의 것이 사라져도, 끝까지 번지수가 바뀌지 않게 지켰던 조윤자의 집이었다. 십자가를 제외한 모든 것이 그의 집에서 비워졌다. 뜯긴 장판, 녹슨 숟가락, 고봉밥을 담음직한 스테인리스 그릇, 유리 그릇 등이었다.

조윤자는 사라지고, 한때 조윤자임을 증명하는 물품들이 하나둘씩 그의 집을 떠났다. 고사된 고목에서 물이 마르고, 흙처럼 잘게 부서지기를 반복하다가 이윽고 흙과 구별할 수 없을 정도에 이르렀을 때, 국과수에서 전화가 왔는데, 나는 받지 않았다. 비가 오는 날이었는데, 교회에서 운영하는 지역아동센터 간판이 조윤자의 집 대문에 부착되는 날이었다.

아직 조윤자가 조윤자임을 스스로 알고 있을 때, 그는 후에 구급차를 불러준 그 교인에게 만약 자기가 죽으면, 자신의 집을 교회에 기증하겠다고 했다. 교회에서 알아서 사용해 달라 했다. 교회는 당사자의 뜻을 충분히 받아들여, 아이들을 돌보는 공간으로 리모델링하기로 결정했다.

조윤자의 집이었지만 조윤자가 살지 않는 집이 모습을 드러냈다. 조윤자를 알았던 사람들이 그곳을 드나들었다. 그곳에 어린아이들이 '루디아' 공부방이라고 말하고 있는데, 나는 내가 알았던 세계가 이제는 조윤자의 것인지 루디아 공부방인지 헷갈렸다. 여전히 공간은 내 집과 이웃해 있으며, 내가 섬길 교회를 조윤자가 다니던 곳으로 주님의 부름을 받아 걸어 다니면서도, 온전한 고사가 힘들 것 같다는 두려움이 생겼다. 생의 의지라기보다, 조윤자가 걸었을 그리움의 끝에 내가 닿아 있는 동안 지상에 얽힌 연으로 인해 그것들과 제외된 나만의 영역이 가능한가라는 의구심이 들었기 때문이었다. 그렇다고 한다면 조윤자는 온전하게 독립적이었는가. 나로 인해 조윤자는 결합이 됐고, 나로 인해 아버지는 결합이 됐고, 조윤자로 인해 그의 아들이 결합이 됐고, 추정이지만 아버지에 의해 조윤자의 아들이 결합이 됐다면, 조윤자와 아버지는….

국과수에서 등기로 보낸 한 통의 통지서가 내 손에 있다. 공부방 문이 열리며 마을 아이들이 왁자지껄 떠들며 신발 벗는 소리가 들렸다.

약속의 그늘

수아를 만나기 위해 열차를 기다리고 있었다. 가랑비에 젖은 코트가 얼룩덜룩하다. 운동화 끈이 풀렸다. 사람들이 밟고 간 역사 플랫폼 여기저기 구정물이 묻어 있었다. 조만간 검은 흙물이 마를 것이다. 흙 발자국을 상상했다. 아마도 내 신발에서도 구정물이 흐르고, 내 족적도 역사 플랫폼에 남을 것이다. 나는 바벨의 세계에 나를 남기는 것이 싫었다. 신발 끈을 묶고 일어섰다. 그리고 열차가 올 때까지 내가 찍은 족적을 지우기 위해 신발로 쓱쓱 문질렀다. 그럴수록 족적은 지워지지 않았다. 그 가로 더 많은 흔적들이 남았다. 나는 그 사실에 퍽 놀랐다. 나를 추앙할 무리들이 곧, 내 족적을 이정표 삼아 올 테니 함부로 지우지 말라는 하나님의 뜻은 아닐까.

수아가 숙소를 떠났다. 수아 어머니가 본부 정문 앞에서 1인 시위를 했다. 90세 먹은 만왕은 물러가고, 딸은 돌려달라는 것이었다. 지도부 측에서 몇 번은 수아 어머니를 설득했다. 딸이 집에 가기 싫어한다고, 그런 다음, 또, 수아 어머니가 찾아오자 곧 수아를 돌려보내겠다고 말했다. 우리나라 사람들은 그것이 거짓인 줄 안다. 결국 수아가 자신의 어머니를 만났다. 우리가 보는 앞에서 어머니가 목에 건 팻말을 부셨고, 어머니를 밀치기도 했다. 수아 어머니는 버텼다. 결국 지도부도 손을 들었다.

그후, 내가 소속된 섭외부에서는 비상이 걸렸다. 청년회에서 전도유망하기로 손꼽히던 전도부장이었다. 그의 배도를 의심하는 말이 섭외부에 접수됐다. 섭외부에서는 갖가지 추측이 나왔다. 수아와 전화 통화가 되지 않았기 때문이다. 수아의 배도를 놓고 갑론을박이 벌어졌다. 배도를 하지 않게 해야 한다가 주된 의견이었다.

"수아가 선악과를 먹은 것이 틀림없어. 뱀 같은 이단 상담소에 갈 것이고, 이제 곧 영이 죽겠네. 얼른 막아야 하지 않겠어?"

교육강사는 안경 너머 눈을 크게 뜨고 말했다. 교육강사의 말대로라면 수아는 인터넷을 보며 우리나라를 비방하는 여러 유튜브 영상이나 기사를 찾아내 읽었다는 것이다. 영이 오염될 수 있는 선악과는 보는 것이 아니라고, 우리는 하늘열림문화센터에서 성경 공부를 하며 그것을 배웠다. 수아는 그것을 잊지 않았을 것이다. 단순히 선악과의 열매를 따 먹었다고 해서 심령유약자가 될 인물은 아니었다. 그것은 수아를 잘 모르고 하는 소리였다. 나는 본부에서 수아의 신변 보호 요청서를 받았다. 신변 보호 요청서란 회심 상담을 받는 상황이 될 때 내 신변을 우리나라에 위탁하겠다는 것이다. 일종의 서약서였다. 수아는 우리나라에 입교를 할 때 신변 보호 요청서를 썼다. 수아뿐만 아니라 우리나라에 입교하는 흰무리는 신변 보호 요청서를 써야만 했다. 나 역시 썼다.

수아를 옥죄는 바벨의 이리 무리가 있다면, 나는 신변 보호 요청서를 경찰에게 암행어사 마패처럼 보일 것이다. 수아를 구한다는 사명감으로 말이다. 수아는 나와 함께 십사만 사천의 왕과 같은 제사장이 되기로 약속했으니까. 그가 나를 전도했고, 이제는 내가 그를 붙잡을 때였다.

수아와 첫 만남은 내가 바벨의 나라에 살고 있을 때였다. 신학대학교에 입학했다. 모태 신앙인인 나는 해외 선교사가 꿈이었다. 목회자의 길 외에는 다른 것은 생각하지 않았다. 교회에서 이뤄진 목사의 설교와 다른 체계적인 커리큘럼이 나를 맞아줄 것 같았다. 특히 수업시간에 이뤄지는 성경개론의 수업은 내 구미를 당겼다. 도서관에서 『바이블 맵』과 『한국 기독교 역사』를 대출받았다. 책을 손에 들고, 교정을 거닐고 있었다. 교정 벤치에 앉아 있는 사람을 봤다. 원피스에 청재킷을 입고 있었다. 음악을 듣고 있는 듯 귀에는 이어폰을 끼고 있었다. 다리를 꼬고 손으로 턱을 받치며 무언가를 바라보고 있었다. 나는 으레 그도 신학대학교 학생이라 믿었다. 그때만해도 나는 그의 이름이 배수아라는 것을 몰랐다. 눈이 크고, 코가 오똑한 그의 겉모습을 보며, 나는 〈티파니에서 아침을〉이라는 영화의 오드리 햅번을 생각했다.

신학대학교 한 학기는 내가 생각한 것과 달랐다. 하나님 말씀에 대한 갈급함이 커졌다. 수업은 말씀 하나마다의 가치보다는 두루뭉술하게 성경의 큰 숲만 이야기했다. 겉도는 느낌이 들었다. 내가 생각한 체계는 이런 것이 아니었다. 공부를 해도 채워지지 않는 지식,

내 입으로 뱉지 못하는 성경의 구절들, 수업 시간에 질문을 하면 교수는 귀찮다는 듯 명확한 답을 내게 주지 않았다. 오히려 빨리 끝낼 수 있는 수업을 나 때문에 질질 끌고 있다는 듯, 귀찮아했다.

적응이 잘 되지 않았다. 이럴 바에는 차라리 빨리 군대를 다녀오는 게 낫다 싶었다. 군대를 가기 전, 몇 번 더 수아의 얼굴을 봤다. 수아는 교내 식당에서 밥을 먹을 때도 혼자, 수업도 강의실 창가에 앉아 들었다. 그에게 관심이 있었다. 하지만 그것을 표현하고 싶지는 않았다. 하나님의 말씀을 공부하러 온 사람이 연애만 밝힌다는 평을 듣기 싫었다. 또한 괜히 고백했다가 차이면, 그 감당은 어떻게 해야 할지 용기가 바로 서지 않았다. 무엇보다 나는 연애 숙맥이었고, 한 사람의 기쁨과 슬픔에 다가서는 방법을 몰랐다.

군대 복무를 끝마쳤다. 부모님은 대학 졸업을 종용했다. 일종의 라이센스를 취득한다는 생각으로 복학했다. 그동안 끊겼던 교우 관계 복원도 필요했다. 나는 소셜네트워크에 제대했다고 알렸다. 사실 수업에만 불만이 있었지, 사람 사귀는 것에 어려움을 느끼는 편은 아니었다. 밥 한번 먹자는 동기, 선배들이 있었다.

긴 머리였던 수아는 숏 컷을 하고 있었다. 청바지에 헐렁한 티셔츠를 입고 수아가 먼저 인사했다. 그의 인사가 어색했다. 그는 마치 오래전부터 나를 알고 있었다는 듯 반가워했다. 군대 가기 전 수아와 나는 한마디도 나눈 적이 없었다. 오히려 내가 수아에게 관심을 갖고 한번씩 쳐다봤던 것 빼고는 말이다.

"제대 소식 인스타그램 통해 봤어. 다시 보기를 기다렸는데. 제대

축하해!"

수아는 활짝 웃으며 손을 내게 건넸다. 피부가 약간 거뭇거뭇한 나와 달리 수아의 손은 새하얬다. 가늘고 기다란 손가락이었다. 나는 엉겁결에 수아의 손을 내 두 손으로 잡았다. 허리를 굽혔다. 수아는 내 등짝을 살짝 스매싱했다. 수아는 과잉 행동을 하지 마라고 농담처럼 주의를 줬다. 나는 계면쩍어 뒷머리를 긁으며 웃었다. 수아도 큭큭 웃었다.

수아는 신학대학교가 성경 말씀의 갈급함을 채워주지 못한다고 말했다. 나는 수아의 말에 동의했다. 하나님의 말씀을 제대로 듣기 위해 어떤 노력을 해야 할지 고민하고 있다고 내 속마음을 수아에게 털어 놓았다. 수아는 신학대학교뿐만 아니라 한국 교회가 썩었다고 침을 튀기며 말했다. 자신이 어릴 적 다니던 교회에서 목사가 횡령을 해 쫓겨났다는 말도 했다. 여러 교회가 이런 사실이 있다는 것은 어렴풋이 알고 있었지만 실제 그런 교회에서 생활했다는 수아의 말에 나는 경악을 금치 못했다.

우리는 급속도로 가까워졌다. 수아는 종종 나를 엘리후 같다고 말했다. 내 본래 이름이 있지만 수아는 성경의 욥기에 나오는 엘리후처럼 현명한 젊은 친구라고 했다.

수아는 내게 언제 공부하기에 편하냐고 물었다. 실은 자신이 아르바이트를 하나 하고 있다고 했다. 청년들의 라이프 스타일에 대한 잡지를 만드는 일이라고 했다. 청년들의 주거, 아르바이트, 취업, 이성 교제, 스트레스 등에 대해 인터뷰를 하고 잡지에 기사를 쓰는 일이라고 했다. 아무래도 청년들이 이 잡지를 만들다 보니 예산도 부족하고 경험도 없어, 시행착오를 겪고 있다고 말했다. 하지만 수아는 이 일을 밑에서부터 차근차근 배워, 언젠가는 청년 사역에 힘을 싣는 목회자의 길을 가고 싶다고 내게 말했다.

수아는 인터뷰 장소에 한 명의 청년을 더 데리고 왔다. 나랑 함께 인터뷰를 할 상대라고 했다. 수아는 그와 따로 시간 내기가 어려워 나랑 시간을 맞췄다고 말했다. 카메라를 들고 있는 잡지사 직원과, 노트북을 들고 온 직원도 보였다. 그렇게 우리는, 카페에 자리를 잡았다.

이때만 해도 미처 몰랐다. 이들 모두가 우리나라 사람이었다는 것을 말이다.

"요즘 어떤 부분에 스트레스를 많이 받으시나요?"

수아는 데리고 온 청년에게 물었다.

"공부만 하면 무언가 될 줄 알았는데 그렇지 않더라구요. 취업 때문에 또 공부를 해야 한다는 게 역겨워요."

청년은 힘없이 말했다. 약간의 정적이 흘렀다. 청년은 엷게 웃었다.

청년의 인터뷰를 듣는 것은 인상적이었다. 청년은 대한민국이 청년을 위한 정책을 시행한다고 말하지만, 정작, 그 대상이 도시에 집중되어 있고, 화이트 칼라에 집중되어 있다고 했다. 수도권 중심 대학에 졸업한 청년만이 청년인 세상에 자신은 불만이 있다고 했다. 지방대학 출신이거나, 대학을 졸업하지 않은 청년은 대한민국 청년이 아닌가는 물음을 우리에게 던졌다. 청년은 먹고 살기 위해 여러 일을 했다. 꿈은 세무사였다. 하지만 집에서는 그에게 어떤 지원도

해주지 않았다. 얼른 취업하지 못한 그를 두고 집에서는 돈 잡아 먹는 귀신 취급을 했다. 가만히 앉아서 공부할 형편이 되지 못했다. 고시원에 생활하면서 택배회사 파견직으로 근무했다. 키보드를 두들기는 시간, 마우스를 움직이는 시간, 출퇴근 하는 시간 등이 체크 됐다. 가장 힘들었던 것은 과다한 배송물량 사이에서 오가는 고함, 윗세대의 막말이었다. 손이 느린 것은 아니었다. 일단 새끼야, 라는 말부터 시작하는 그들의 언어 생활에 청년은 참을 수 없었다. 그는 일을 그만두었고, 현재는 조금 적게 벌더라도 공무직 일을 알아보고 있는 중이라고 했다.

청년의 말을 듣고, 이 땅에서 하나님의 자녀로 사는 게 어떤 것인가 생각했다. 무언가 잘못되어도 한참 잘못됐다는 생각이 들었다. 오히려 해외 선교사가 되고 싶은 내 꿈이 사치스럽게 느껴졌다. 나와는 하등 상관없는 청년 문제라 여겼다. 내 또래가 겪는 아픔이라는 것이 이런 것인가는 생각이 들었다. 나는 청년의 말을 귀담아 들으며, 귀까지 빨개질 정도로 부끄러웠다.

내 인터뷰까지 마저 끝나고 자리가 파할 때쯤이었다.

"저, 저기요. 제가 실은, 아르바이트를 하고 있는데요."

청년이 머뭇머뭇 말했다. 수아는 눈을 휘둥그레 뜨며 청년을 쳐다봤다.

"네? 어떤?"

나는 청년에게 물었다.

"심리 상담 설문지 작성을 하고 있어요. 대학원 기독교 심리 상담 학과에서 하는 건데요. 논문을 위한 기초 자료인데…… 의뢰 받아서 하고 있거든요. 생활비를 위해서 하고 있는 일인데 도와주실 수 있을까요?"

청년의 눈빛은 떨리고 있었다. 혹시나 우리가 싫다고 할까 봐 걱정하는 눈빛이었다. 수아는 흔쾌히 수락했다. 나도 그 분위기에 따라 고개를 끄덕였다.

"혹시 모르는데, 거기 교수님께서 그러더라구요. 설문지를 할 때, 피 설문자에게 꼭 이 말을 해달라고 했어요. 논문 성격과 맞으면 직접 전화를 할 수도 있다고요. 먼저 말하고 설문지 드렸어야 했는데 죄송해요."

심리 설문지 작성이 끝난 후, 청년은 설문지를 주섬주섬 챙기며 말했다.

"이렇게 바쁘게 사는데, 저희 잡지 인터뷰 해준 것도 고마운데, 뭘요, 그것쯤은 얼마든지 괜찮아요."

수아는 웃으며 말했다. 나 역시 전화 받는 것이 문제 될 것은 없다고 생각했다. 수아를 따라온 잡지사 직원들도 그 청년에게 괜찮다고 저마다 한마디씩 했다. 청년은 고맙다고 여러 번 인사했다. 나와 같은 또래의 그는 무엇이 그리 죄송하고, 무엇이 그리 고마울까. 그가 내뱉는 죄송하다는 말은 어디에서부터 시작됐을까.

후에 알았다. 그 모든 과정이 나를 구원하기 위한 그들의 연극이었다는 것을 말이다. 내 동선을 파악하고, 내 심리를 알며 나를 조사하던 과정이었다. 1개월의 복음방 훈련, 센터에서 초등반 2개월 과정이 끝났을 때였다. 나는 내가 배운 과정이, 전통교회에서 말하는 이단 교회인 것을 깨달았다. 하지만 교리를 배우고 나자, 이곳이 세간에서 떠드는 이상한 곳이 아니라는 것을 알았다. 성경 말씀이 비유와 단어 짝 맞추기로 되어 있을 줄은 미처 몰랐다. 이를테면 영은 신랑, 육은 신부, 밭은 교회, 씨는 말씀 등이 그러했다. 몇 개의 알레고리만 파악한다면 두꺼운 성경을 이해하는 데 어려움이 없었다. 말씀의 충만함이 마음속에 채워지는 듯했다.

수아를 비롯하여, 잡지사 직원, 교육강사가 차례대로 강의실 문을 열고 들어왔다. 수아의 손에는 케이크가 있었다. 초가 하나 꽂혀 있었다. 우리나라에서 새로 태어난 나를 환영한다는 뜻이었다. 그들은 성경에 나와 있는 모략이라는 용어를 사용했다. 거짓으로 인도해도 괜찮다. 거짓이어서 문제 될 것이 아니라, 참 구원의 핵심에 닿는다면 그 과정은 염려할 것이 못 된다는 것이 우리나라 흰무리들이 갖는 생각이었다. 나는 속았다는 생각보다, 그들이 환하게 웃으며 내미는 케이크를 먼저 봤다.

촛불이 일렁였다. 새로 태어난 사람. 새 믿음자. 곧 나를 가리키는 촛불이었다. 복음방에 도착했을 때부터는 수아를 보지 못했다. 그것 역시 계획에 있었던 일이었다. 그가 내 믿음 생활 시작을 하게 한 나무였다는 사실에 감동했다. 하나의 열매를 맺기 위해 수고한 잎사귀들, 그들은 나를 구원한 까닭에 하늘에서 제사장이 될 수 있는 점수를 받을 것이다. 교육 강사는 나 역시 그들과 같은 왕 같은 제사장이 되기 위해 노력해야 한다며 축하의 말을 했다.

가장 감명을 준 청년도 전도 무리에 서 있었다. 나는 청년의 모든 말도 기획된 전도 모략이냐고 물었다. 그는 일부분은 자신이 겪은 경험이라고 했다. 실제로 그는 세무사가 꿈이었지만, 9급 공무원 시험을 준비하다가 우리나라에 모략 전도되어 입교했다고 말했다. 더이상, 취업에 대해 머리 쓸 필요가 없고 오직, 왕 같은 제사장이 되기 위해 일만 하면 되는 지금이 행복하다고 말했다. 어디까지가 그의 진심인지 알 수 없었다. 다만, 그의 득의양양한 표정을 보자, 나도 머리 아픈 일 없이, 그들과 하나 되고 싶다고 느꼈다. 더욱 성경 공부 열심히 하고, 더욱 전도하고, 제사장의 나라를 세우는 일, 오직 만왕을 믿고 따라야 한다는 것을 깨달았다. 일체된 소속감, 그 이상도 이하도 느낄 것 없는 그 순간이 빛나게 느껴졌다.

며칠간의 잠복이었다. 마침내 수아를 태운 차가 바벨 교회의 회심상담소에 도착했다. 나는 수아 어머니의 차를 알아볼 수 있었다. 수아 어머니의 차는 이미, 우리 섭외부가 조사를 끝낸 상황이었기 때문이다. 회색 스타렉스 차량이었다. 수아 어머니는 수아가 우리나라에 입교한 사실을 알고부터 미술학원을 접었다. 수아를 찾기 위해서였다. '만왕은 사과하라! 우리 아이도 코로나 19 검사를 받았냐'고 묻는 팻말을 들고 다녔다. 학원 운영은 하지 않지만 수아 어머니가 운전하는 스타렉스 차량에는 여전히 '미술학원'이라는 스티커가 붙어 있었다.

수아 어머니의 집 역시 찾아가 수아를 여러 번 불렀다. 그 집 앞에서 사진도 찍었다. 우리나라의 믿음이 흔들릴 때, 흔히 우리끼리 침 맞았다고 표현하는데 지금 상황이 그랬다. 차에서 내리는 수아는 그의 어머니에게 거칠게 욕설을 퍼부었다. 수아야 독해져야지, 나는 속으로 수아를 응원했다. 흰무리에서 십사만 사천의 왕 같은 제사장이 되면, 환난에 빠진 가족도 구원할 수 있는 거야. 조금 서럽더라도, 더 모질게 해야 해. 더 패악질을 해야 해.

수아는 어머니의 손을 뿌리치려고 했다. 어머니의 손은 더 거셌다. 수아는 울었다. 그러다 나와 눈이 마주쳤다. 나는 이때다 싶었다. 신변 보호 요청서를 들고 나왔다.

"경찰 불러요. 수아는 우리나라 사람입니다!"

나는 소리를 높이며, 수아 어머니에게 다가갔다. 그러자 수아는 어머니를 더 거세게 밀며 내게 오려고 했다. 그러던 중 수아 어머니가 넘어졌다. 어머니는 바닥에 깨진 접시처럼 나뒹굴었다. 회심상담소의 전도사가 수아와 나 사이를 갈라 놓았다. 수아는 목소리를 키우며 경찰 부르라고 했다. 나는 전화로 경찰을 불렀다.

"내가 죽어. 내가 죽는다고."

수아 어머니는 수아를 보고 말했다.

"그럼 죽어. 죽으라고."

수아는 원망 어린 눈빛을 보내며 어머니를 향해 쏘아붙였다. 그런 결심이면 된다고, 나는 승리자 표시를 수아에게 보냈다. 주먹 쥔 손에서 엄지와 검지를 펴 브이자 표시를 하는 것이 승리자 표시였다. 이긴 자라고 하는 우리만의 표시였다. 수아가 승리자 표시를 하려고 할 때 수아 어머니는 수아의 손을 감쌌다. 경찰차 사이렌 소리가 들렸다. 전도사와 경찰의 실랑이가 이어졌다. 나는 신변 보호 요청서를 내밀었다. 수아 어머니가 요청서를 확 낚아챘다. 경찰이 미처 요청서를 볼 겨를도 주지 않았다. 얼마나 민첩했던지 나는 엉덩방아를 찧었다. 수아 어머니는 신변 보호 요청서를 갈가리 찢었다.

"야이, 씨발년아!"

나는 손바닥을 펴 수아 어머니의 뺨을 때렸다. 경찰이 그 장면을 봤다. 패악질을 하던 수아도 멈칫거렸다. 나는 아랑곳하지 않고, 발을 들어 수아 어머니 복부를 걷어찼다. 수아가 말렸다. 경찰이 호루라기를 불었다.

"그만해!"

수아가 나를 밀쳤고, 경찰이 내 몸을 거세게 잡았다. 나는 우리나라 사람, 수아는 바벨의 세계에 있는 어머니를 부축했다. 전도사가 모녀를 상담소로 인도했다. 나는 경찰에 붙잡혀 경찰차에 탔다. 경찰에게 신고자가 나고, 신변 보호 요청서를 가지고 왔다. 수아를 데려가야 한다고 말은 했지만, 그들이 보는 앞에서 폭력을 행사했기에 이유를 불문하고 나는 조사를 받아야 했다.

파출소에 도착하고 한두 시간이 흘렀다. 눈에 익은 스타렉스 차량이 도착했다.

"밥은 먹었니?"

수아 어머니가 나를 보자 말했다. 수아 어머니의 손이 내 머리에 닿았다. 살살 쓸어내리는 어머니의 손길이 부드러웠다. 십사만 사천이 들어갈 성전을 세운다며 내자리마련헌금을 우리나라는 거두었다. 이백만 원을 마련하기 위해 뛰었던 지난날, 김밥 한 줄을 사서 사인펜으로 그으며 세 끼를 먹었던 순간, 부원들끼리 돌아가며 고시원 주인 눈을 피해 숙소로 들어갔던 날이 주마등처럼 스쳤다. 심령 유약자가 된 것일까.

"저… 없었던 일로 하면 안 될까요?"

수아 어머니는 눈물을 글썽이며 순경에게 말했다. 이름을 물어도 대답하지 않고, 때린 정황에 대해 말하지 않으면 형사부로 넘긴다며 강하게 말한 순경이었다. 파출소장이 순경 뒤에 있다가 일어났다.

"그건 안 돼요. 저희 눈으로 다 본 것이어서."

"대한민국에 안 되는 것이 어디 있어요. 맞은 사실이 없는데 가해자가 있을 수 있을까요?"

파출소장은 황당하다는 듯, 수아 어머니를 쳐다봤다. 내가 왕 같은 제사장이 되면, 다 내 발밑으로 들어올 사람들의 행동이기 때문에, 이 정도 박해는 참을 수 있다고 생각했다. 어쩔 수 없다면, 전과 하나 정도는 달 수 있다고 생각했다. 그런데 수아 어머니의 뜻하지 않는 행동이 내 가슴을 두근두근하게 했다.

"제 딸이 잘못된 길을 가서, 하던 일은 접었지만, 그래도 저는 교육자입니다. 이 아이들이 이렇게 된 데에는, 우리 어른들 잘못도 있잖아요. 파출소장님! 자녀 있으시죠?"

"올해 대학에 들어갔습니다."

"기분이 어떠셨어요?"

"숙제를 거의 마무리하는 느낌이랄까요. 졸업 잘 시켜서……."

"이 아이 부모도 그런 심정이었고, 저도……."

수아 어머니의 설득은 계속됐다. 있을 수 없는 일이지만, 파출소장은 수아 어머니의 말에 수긍했다. 하지만 사건 처리가 파출소에서 직접 순찰하다 발생한 것이 아니고, 112 신고로 접수된 것이라, 소정의 보고는 해야 업무가 끝난다고 파출소장은 알려줬다. 말다툼이 있었던 걸로 하고 상황이 원만히 해결된 것 정도로 일을 마무리 하면 좋겠다고 파출소장은 말했다. 또한, 파출소장은 짐짓 엄한 표정으로 어떤 경우에도 폭력은 안 된다고 일렀다. 나는 수치스러웠지만, 그 상황만큼은 파출소장에게 고개를 숙여 인사했다.

파출소를 나갈 때, 수아 어머니가 내 팔을 잡았다. 나보고 회심상담을 받으라는 줄 알고 깜짝 놀랐다. 하지만 수아 어머니는 한 손으로 내 팔을 잡고, 주섬주섬 돈 오만 원을 내 주머니에 쑥 넣었다.

"아마, 네 엄마도 아줌마랑 같은 생각일 거다. 굶지 마!"

수아 어머니가 '제발'이라는 말을 하기 위해 입술을 달그락거리는 것 같을 때에, 나는 수아 어머니를 강하게 뿌리치고 뛰었다. 뒤돌아보지 않았다. 눈물이 나올 것 같았다. 아직 바벨론의 세계에 사는 사람이니까 충분히 그럴수 있어. 왕 같은 제사장만 되면. 그때 고마움을 표시하자. 내가 잘되면, 우리 가족도 함께 구원받는 것이라고 만왕이 그랬으니까.

교육 강사의 전화를 받았다. 아마도 한참 동안 보고가 이뤄지지 않아서 교육 강사가 직접 전화를 한 듯했다. 나는 역사 벤치에 앉아 있었다. 열차가 멈췄다. 열차는 승객을 태웠다. 궤도를 따라가는 열차의 수를 셌다. 그 모든 궤도를 돌아 다시 같은 궤도를 도는 열차의 수가 의미 있을까.

"너 별나다. 흰무리들은 믿음을 의심해서는 안 돼. 믿는 것은 그냥 믿는 거야. 내가 동생 같아서 하는 말인데. 나도 너처럼 교리적인 부분에서 고민했어. 그런데 생각해 봐라. 내 나이가 이제 마흔이 넘었다. 어디 가서 밥벌이하겠냐. 믿음으로 우리나라에서 살자. 신경 쓸 게 뭐 있냐?"

교육 강사의 말은 차분했다. 예수님께서 펼치신 책을 받아 먹은 목자가 정말 만왕이 맞냐고 묻는 질문에 대한 답이었다.

"의심이 들면, 믿음 생활 못 해. 너 자꾸 그딴 소리, 만왕이 들으면 노한다. 흰무리에 뱀 혀 같은 소리로 침 놓을 생각 하지 마. 그럴 거면, 너도 생명책에서 이름 지울 거야. 아니, 심령유약자가 된 너는 이제 더 이상 필요 없겠다. 들어오지 마. 남자 배수아, 너도 여자 배수아랑 똑같이 사망이야. 똑같은 이름끼리 잘하는 짓이다."

교육 강사와의 전화통화가 종료됐다. 세상에 해와 달도 다 저 나름의 순서를 정해 어느 지점을 도는데, 나는 갈 곳을 잃었다. 어디로 가야 할까. 교육 강사가 나보고 우리나라에 들어오지 마라고 했다. 그는 마지막에, 나는 신학대학도 나왔으니, 비록 재적 상황이더라도, 나름 성경에 대한 교리를 충분히 알고 있으니, 만왕 사후의 일을 같이 작업해 보지 않겠냐는 권유였다. 나는 거절했다. 어떻게 성경 말씀에 손을 댄단 말인가. 교육 강사는 보혜사 만왕은 죽지 않는 것이 기존의 말씀이었는데, 그가 너무 전도에 애쓰다 보니 하나님께서 그를 부를 수도 있다. 따라서 다른 보혜사를 내세워 왕 같은 제사장이 되기 위한 구원자 역할을 해야 한다고 주장했다. 나는 그 말을 선뜻 받아들일 수 없었다.

내가 앉은 벤치에 누군가 버려둔 가판대 신문이 있었다. 어느 대기업 경영자와의 인터뷰 기사였다. 청년들이 취업전선에 뛰어든다는 말에 유감이라고 표현했다. 마치 전쟁을 암시하는 그 용어들을 보고 있으면 가슴이 아프다고 했다. 하지만 우리는 버텨내야 한다고 했다. 우리 국민 모두가 버텨내야만 한다고 했다. 목적어가 빠졌다. 무엇을 버틴단 말인가. 해외 선교의 꿈이 거품처럼 사그라졌다. 나는 어떤 꿈을 꿨고, 어디에 소속이 되었던 걸까. 이렇게 쉽게 내쳐질 줄은, 그것도 질문 때문에, 믿음을 의심받아서일 거라고는 생각조차 못했다. 사람들은 별똥별이 떨어지면 소원을 빈다. 광활한 우주 공간에서 빛을 발원하며 한평생을 떠돌다 마침내 지구라는 별에 추락하는 광물질이 바로 별똥별이다. 차갑게 식어버린 주검은 사실 누군가의 소원을 들어줄 만한 능력 따윈 없다. 오히려, 방황하는 삶에, 어딘가에 소속되고 싶은 꿈을 담은 마지막 몸부림은 아니었을는지. 지구에 떨어진 별똥별은 더 이상 외계의 물질이 아니다. 그렇다고 지구가 본래부터 품고 있었던 자연물도 아니다. 그냥 이상한 것이다. 기를 쓰며 지구에 떨어진 별똥별, 꼭 나와 같다.

주머니에 손을 넣었다. 수아 어머니가 준 오만 원짜리 지폐가 만져졌다. 섭외부 활동으로 받은 돈은 한 달에 십만 원 가량이었다. 그마저도 이런저런 명분의 헌금을 내놓고 보면 밥 먹을 돈도 부족했다. 전도를 하려면, 카페라도 한 번 가려면, 돈은 아끼고 쪼개야 했다. 언젠가 수아랑 농담처럼 말했다.

"나는 제사장이 되면, 박보검같이 잘생긴 배우를 섭외해서 우리나라 백성으로 삼을 거야."

나는 수아의 말에 껄껄 웃었다. 누구는 홍콩을 갖고, 누구는 중국을 갖고, 왕 같은 제사장이 돼 영생을 누릴 것이라고 했다. 그때면 돈 많은 사람이 내 발 밑에 제발 성경 말씀을 가르쳐 달라고, 구원의 길을 가르쳐 달라고 내게 빌 것이다. 그때면 지금쯤 박해에 대한

앙갚음으로 살짝 무섭게 굴 것이라는 우스갯 소리를 우리는 곧장 했다.

둘러보니, 이 역사에도 우리나라 전도 팀이 다녀갔을 것이다. 어디에도 없는 듯하지만 어디에도 있다는 만왕의 주장이 허튼 것이 아니었다. 우리나라는 쉽게 장의 자리를 허락했다. 교육 부장, 전도 부장, 섭외 부장, 청년 부장 등등. 세상 어디에도 허락하지 않는 부장의 직함을 보며, 만왕이 연설하는 CD를 샀고, 만왕이 썼다는 교리 책을 샀다. 모나미 룩이라 부르는 하얀색 와이셔츠에 검은 정장 바지를 입고, 앞사람의 발 냄새를 맡으며 시험을 봤다. 제사장이 되기 위한 시험이었다. 어느덧 신도 수는 십사만 사천을 훌쩍 넘겼다. 만왕은 진성 신앙인이 필요하다고 했다. 팔천까지는 이미 생명 명부에 올랐다고 했다. 누가 거기에 포함되어 있는지 우리나라 사람들은 모른다. 그렇기 때문에 나는 여전히 흰무리일 수밖에 없다. 교육 강사가 나를 사망록에 올린다고 했다.

삶이 쉽지 않은데, 죽음은 참 쉽다. 이제 무엇을 해야 할까를 생각해야 했다. 그런데 이상하게 다리에 힘이 풀렸다. 가족과도 등을 돌린 지 한참이다. 생수 배달을 하는 내 아버지는 나를 찾을까. 피아노 전공을 하고 있던 내 여동생은 졸업을 했을까. 학교에서는 나를 다시 받아줄까. 졸업 후에는 무엇을 해야 할까. 토익을 준비하고, 인턴 경력을 쌓고, 주일 예배를 매주 하고…… 할 수 있을까.

나는 다시 수아를 만나기 위해 상담소로 갔다. 비록 신변 보호 요청서는 찢었지만, 그곳으로 가 보고 싶었다. 침 맞은 수아는 어떤 표정을 짓고 있을까. 내게 무슨 말을 할까. 내가 믿었던 모든 것이 거짓이라고 한다면, 나는 무엇을 진리라 믿을 수 있단 말인가. 선교는 언감생심이었다. 나조차도 믿음이 없는데, 무엇을 전도한단 말인가. 혹시나 십사만 사천 제사장의 세계가 진짜 있다면, 나는 흰무리, 그보다 더 낮은 계급으로 살아야 하는 것일까. 그들의 발에 입맞춤하면서, 굽신굽신거리며, 그렇게 살 수 있을까.

상담소까지 가는데 걸을 수 없었다. 다리에 힘이 풀렸기 때문이었다. 택시기사는 마스크를 쓰지 않은 나를 쳐다봤다. 목이 메어 간혹 기침을 했는데, 백미러로 나를 빤히 쳐다봤다. 창문을 열었다. 나는 춥다고 말했다. 어쩔 수 없단다. 어째서 세상은 배려라는 것을 하지 않을까. 나는 원망을 했다.

상담소 부근에 도착했다. 좀 전에 실랑이를 벌였던 교회 마당이 눈앞에 보였다. 미술학원이라는 스티커가 붙은 스타렉스 차량이 보였다. 스타렉스 앞 범퍼에 스크래치가 많이 났다. 수아가 여덟 살 때부터 수아 어머니는 미술학원을 운영했다고 수아는 내게 말했다. 작은 공부방에서 시작해, 딸을 가르치다 보니, 주변의 아이들이 눈에 보였고, 자연스럽게 미술학원을 어머니가 열었다고 했다. 수아는 친구들 사이에서 겉돌았다고 내게 말했다. 학원 원장 딸이라는 것, 쟤가 우리들의 비밀을 알릴지 몰라, 속닥속닥……. 지금의 수아는 그때의 우리 사이에는 포함되지 못했다. 나는 어땠을까.

친구들의 꿈은 선생님, 회사 직원 등 좀 더 세속적인 것이었다면, 나는 어릴 적부터 목회자라고 했기 때문에, 그들과 분명한 벽이 있었다. 학교의 선생님들도 목회자의 길을 걷겠다고 했을 때 나를 특이한 녀석으로 대했다. 특별히 그랬다기보다는 나 스스로 그것을 대단한 것으로 여겼다. 너희가 사는 세상과 내가 사는 세상은 다르다는 인식, 그것을 내가 성경을 읽었다는 교만으로 가지 않았을까. 신학을 제대로 배우지 않았으면서, 신학교를 비판한 내 오만이었을까. 그렇다면, 나는 우리나라에 입교하지 않을 수 있었을까.

이런저런 생각을 하며 스타렉스 주변을 서성였다. 상담소에서 수아가 우는 소리가 들렸다. 틀렸다고 말하며, 속았다고 말하며 우는 소리였다. 가슴이 방망이질 치듯 뛰었다. 선악과를 먹는 것이 저런 것인가. 이미 믿음을 저버린 나도 이 정도인데, 강성인 수아가 저 정도로 울 정도면……

내 등 뒤로 손 하나가 얹어졌다. 나는 깜짝 놀랐다. 수아 어머니였다. 수아 어머니는 목사님과 수아를 남겨두고 잠깐 나왔다고 했다. 차 주변을 배회하는 나를 보고 반가운 마음에 달려왔다고 했다.

"나처럼, 너희 가족도 너를 기다리고 있을 거야."

나는 주머니에서 택시비로 쓴 이만 원을 제외하고 삼만 원을 수아 어머니에게 주었다. 나머지는 갚겠다고 말했다. 돈을 주기 위해 다시 왔다고 해도 그만 안 해도 그만인 말을 했다. 수아 어머니는 돈을 받지 않으려 했다. 나는 수아 어머니가 했던 것처럼, 수아 어머니 점퍼 주머니에 삼만 원을 쑤셔 넣었다. 수아 어머니가 내 손을 잡았다. 상담을 받아 보자고 했다. 나는 싫다고 했다. 수아 어머니를 뒤로하고 하염없이 걸었다. 어디로 갈지도 모르고 걸었다.

한참을 농토, 도로, 천변의 가로수 길을 걷다 보니 문득 오기가 발동했다. 교육강사 따위가 오지 마랬다고, 나가라고 했다고 이렇게 바보처럼 풀죽어 있는 내 꼴이 너무나도 비참했다. 왜 그래야 하지.

내가 여기까지 밤잠 안 자며, 궁핍한 생활하며 보냈는데, 그깟 한마디 때문에 이렇게 흔들린단 말인가. 교육 강사는 썩었다. 악취가 나는 것 같았다. 비즈니스를 하고 있는 그였다. 밥벌이 때문에 우리나라에 나가지 못한다는 말을 한 사람 아닌가. 그런 사람의 말이 뭐가 무서운가. 그리고 그는 역적이었다. 만왕 사후를 생각한다는 것 자체도 어불성설이었다. 그 후를 준비한다고? 우리 흰무리들이 이 사실을 수용할 것이라고 생각할까. 그는 자신의 말에도 모순적인 사람이었다.

나는 교육 강사의 멱살이라도 붙잡을 마음으로 우리나라 본부에 가기로 했다. 가서 그와 결판을 내든, 만왕을 직접 뵙고 속말을 아뢰든 양자 간의 결판을 내야겠다고 결심했다. 그런데 왜 자꾸 수아 어머니의 표정이 떠오르지? 가무잡잡한 피부에 주름이 깊게 밴 얼굴이었다. 나를 보고 웃고 있는 표정이었는데, 왜 눈에는 슬픔이 가득했을까. 그 슬픔의 뜻은 뭘까. 제사장의 결실이 맺어지면 아무것도 아닌 것들이 내 머릿속에 꽉 찼다. 십 원 한 푼 없이 본부로 걸어가는 내 다리에 힘이 생겼다. 배에서 꼬로록 소리가 났지만 개의치 않았다. 바벨의 세계가 배고프고 힘든 것은 뻔하니까. 기도하면 돼. 그렇게 믿으면 돼. 만왕이 답을 줄 것이니까. 보혜사 만왕이 말이다.

환대의 모든 것

.

　내가 주로 생활하는 공간은 사무실이다. 사무실에 도착하기 위해서는 단계가 있다. 먼저 일 층에 있는 서점 창문에서 학생용 참고서와 문제집 포스터를 한번 눈으로 훑어야 한다. 문제집 포스터만 보더라도 이 나라 대학수학능력 시험 문제에서 무엇이 중요하게 떠오르고 있는지, 학습 기술은 어떻게 익혀야 하는지 알 수 있었다. 별로 나랑은 상관없지만 무의식적으로 활자가 쓰인 곳에 내 눈은 반응했다. 이어서 계단을 오르면 벽면에 멋지게 검은색 요리사 복장을 착용한 건장한 남자가 스테이크를 볶고 있는 초대형 브로마이드가 붙어 있고, 일본식 우동과 스테이크를 전문으로 하는 식당이 나온다. 맞은편에는 유흥주점이 있고, 간혹 밤늦은 시간에 술 취한 손님들이 내가 머무는 삼 층 사무실 출입문 바로 아래 있는 계단에 오줌을 누기도 했다. 아침에 출근한 이후 대걸레질이 일상 업무가 되지 않기 위해서라도 기필코 한번은 주점 문을 활짝 열고 업주에게 쌍욕을 퍼

부을 작정이다.

　나는 지역의 도서관과 연계한 독서프로그램 강사로 활동하며 지역의 초등학교와 중학교에서 수업을 진행하며 생계를 연명했다. 이 때를 제외하고 나는 외출을 극히 자제했다. 글쓰기에 매우 충실히 임하려고 노력한다. 성적표를 받아야 하는 고등학생처럼 내게 질문한다는 것은 극히 무례한 행동이므로 삼가시는 것이 좋겠다. 지금까지 한 권의 책도 출간하지 않았다.

　외부에 작가라는 명함을 내밀지 못한다. 그런 이유로 독서 강사가 사무실을 차린 것에 대해 속 모르는 사람들은 의아해했다. 소설을 쓰기 위해서라고 일일이 말하고 다니는 것도 우스워 보였다. 누가 물어보면 공부하는 공간이 필요했다고 말하며 그 끝말을 얼버무렸다. 실제로도 작업공간이 필요하기는 했다. 다섯 살과 네 살의 아들이 집의 모든 공간을 휘젓고 다니는 까닭에 별도의 수업 준비 공간이 있어야만 했다.

　사회적협동조합 컨설팅 업체가 터미널 근처의 초등학교 근방으로 이전하면서 사무실은 주인 없는 공간이 되었다. 나는 문화예술복합건물과도 가까운 부지에 자리한 사무실 건물이 매물로 부동산에 나왔음을 알았다. 비교적 보증금과 월세도 다른 상가 건물에 비해 싼 편이었다. 인구가 빠져나가고 공실인 상가가 늘어난 분위기도 한몫을 했다. 그동안 적금 들었던 돈을 탈탈 털어 사무실 임대차 계약서를 작성했다. 이후 일 년 정도의 월세와 운영 비용은 청년창업지원금의 도움을 받았다. 공간의 크기를 말하자면, 그전 컨설팅 업체 직원 10여 명 남짓한 사람들이 공동으로 사용했던 공간을 단독으로 이용할 수 있었다.

　건물주는 인상이 후덕한 70대 부부인 줄 알았는데 그의 삼십 대 후반의 아들이었다. 하지만 나는 이 년 가까이 사무실에서 소설 작업을 하면서 아들의 얼굴을 본 적은 없었다. 주로 남자 어르신만 간혹 얼굴을 보며 서로의 안부를 묻는 정도였다. 건물주의 간섭은 고사하고 오히려 사업은 잘되냐는 따뜻한 말을 전할 줄 아는 어르신이었다. 간혹 내 책상에 약과가 한 접시 놓여 있기도 했다.

　첫 번째로 내가 사무실에서 행한 일은 벽을 도배하고 책장을 들이는 일이었다. 사회적 경제 창업 스쿨 배너가 여전히 창가 쪽에 세워져 있었다. 창문은 컨설팅 업체가 사용하기 전의 흔적도 남겨 놓았다. 행정사 박○○ 사무소, 행정심판, 민원 서류 등의 스티커 글자가 그대로 유리창에 붙어 있었다. 그 스티커 너머로 농협 은행 주차장이 보였다. 전동차가 차량 사이에 드문드문 주차되어 있고, 은행 출입문 곁에는 어르신들이 지팡이 대신에 사용하는 낡은 유모차가 있었다. 유모차에는 비닐봉지 사이로 툭 튀어나온 대파와 생선 꼬리가 보였다.

　"민영아, 블라인드도 달아야 하지 않냐?"

　나보다 다섯 살 많은 도우 형은 출입문을 열고 말했다. 붉은색 대야를 손에 들고 있었다. 도배할 때 사용할 풀, 붓, 망치, 끌, 칼이 담겨 있다. 형은 삼 층 계단을 오르느라 숨이 가쁜지 대야를 바닥에 내려놓고 크게 숨을 들이마셨다. 형은 선물이라며 출입문에 종을 달아 주었다. 도금한 새가 활짝 날개를 펴고 그 아래 알 같이 생긴 종이 땡그랑거리는 소리를 냈다. 형은 종소리를 듣고 흐뭇한 표정을 지었다. 이마에는 벌써 땀이 송골송골 맺혔다.

"도배 먼저 하고, 책장은 벽면 치수 한번 재고, 공장에서 주문 제작해서 와야 하니까 일, 이 주 정도 걸린다고 생각해. 조립은 사무실에서 할 거야."

"알았어요. 저 수업 때문에 사무실에 없어도, 형 카톡으로 사무실 도어락 비밀번호 남겨 놓을 테니까 마음대로 열고 들어오셔도 돼요."

본래 가구점을 운영했기에 도우 형은 도배 일은 잘하는 편이 아니었다. 형의 주특기는 싱크대 설치였다. 손 맵시가 단단하여 형이 한번 만지면 잔고장이 없다는 것은 익히 지역에서 알려진 일이었다. 형이나 나나 한 동네에서 나고 자랐지만 유년 시절 어울릴 기회는 딱히 없었다. 아내의 친구 남편이라는 인연이 닿아 서로 형과 동생이라 각자 부를 수 있는 사이가 된 것이다. 그러나 인연은 사람만 맺는 것이 아니라 공간도 곁을 내주는 것 같았다. 지금 형이 아버지에게 물려받아 운영하는 가구점은 내가 중학생 시절 어머니가 식당으로 운영했던 곳이기도 했다.

형은 손을 흔들며 알았다고 말하고 다시 일 층으로 내려갔다. 나도 형을 거들기 위해 뒤따라 계단을 밟았다. 사무실 앞에 트럭이 비상등을 켜고 세워져 있었다. 형은 트럭에서 경제성이 뛰어난 친환경 벽지를 내렸다. 두 박스를 각각 나눠, 다시 삼 층으로 그것을 올렸다.

유월의 공기는 습하면서도 더웠다. 에어컨이 없는 사무실로 들어와 출입구에서 운동화를 벗었다. 붉은색 천으로 안감을 댄 운동화가 땀에 젖어 있었다. 우리는 사다리며 전동 도배 기계를 가져오느라 계단을 몇 번 더 오르내렸다.

형은 활동하기 편한 검은색 트레이닝복에 하늘색 스포츠 티셔츠를 입었지만 나는 청바지에 흰색 티셔츠를 입고 있었다.

"편하게 작업하겠냐?"

형은 내 복장을 보며 물었다. 그러더니 곧장 사무실 중앙에 사다리를 설치하더니, 성큼성큼 사다리를 타고 위로 올랐다. 천장의 전구를 떼는 작업부터 시작했다. 나는 그 아래서 형이 내려주는 전구등과 전구를 받았다. 작업을 진행하는 동안 우리는 별말을 하지 않았다. 내 딴에서는 처음 해 보는 일이었기 때문에 무엇을 어디에서부터 해야 할지 모르겠거니와, 일단 인테리어 인건비 비용을 아껴주려는 형의 마음을 잘 알기에 형이 시키는 일에 좀 더 집중했다. 둘 다 평소 말이 없는 축에 가까웠기에 자연스럽게 우리의 작업도 침묵 속에서 진행됐다. 가끔 벽과 한 몸이었던 못이 바닥으로 떨어질 때 들리는 전동 드라이버 소리가 사무실 공간을 메웠다.

아무런 무늬도 없는 흰 벽지가 사무실 공간을 때우고, 사람 몸통만 한 책장이 내 얼굴보다 위에 즐비하게 들어섰을 때까지 사무실을 왕래하는 것은 형과 나뿐이었다. 우리가 들고 나간 자리에 소파가 놓이고 테이블이 놓이고 그 아래 카펫이 깔리자 일인 사무실은 제법 그럴싸한 모양새를 갖추었다.

'인생 재활하기에 딱 좋지? 좋은 글 많이 써.'

집에서 가져온 책을 정리하면서 책장 벽면에 붙어 있는 붙임쪽지를 읽었다. 대학에서 물리치료학을 전공했지만, 줄자를 잡는 지금의 삶이 더없이 행복하다고 말하는 형이었다. 그가 지나온 길이 붙임쪽지에서 미끄러져 나오는 것 같았다.

나는 형의 인생 경로를 내 삶과 비교했다. 나와 비등비등할 거라 여겼다. 곱씹어 볼수록 한 사람을 이해하는 데에는 낯선 여행을 떠날 준비를 해야 한다는 것을 깨달았다. 형은 고교 졸업 후, 아버지가 운영하는 가구점에서 처음 줄자를 잡았다. 나는 형의 나이였을 때, 서울의 옥탑방에 이삿짐을 풀었다. 어떻게 살아야 할까는 우리의 공통 질문이었다. 형은 집 구조에 따라 치수를 재고, 그 길이에 맞춰 싱크대를 조립하는 것을 반복적으로 일했다. 나는 작가라는 꿈을 갖고 문예창작학과에 진학하기 위해 상경했지만, 낱말의 자음도 적지 못했다. 삶의 깊이가 없다 보니, 타인의 상처에 무감각했다. 대상을 깊이 맛보고 만져 보지 않은 탓에 문장이 고루한 것은 당연하였다. 형은 반복되는 일에 동기가 없었고, 나는 동기는 있되 작품을 쓸 역량이 부족했다. 우리가 닿은 길의 종착지는 염증역이었다.

나는 작가라는 타이틀을 꼭 한번 쥐고 싶다는 열망만 앞세워 단편 영화판을 전전했다. 급여를 받지 못해도 현장 경험을 열심히 쌓으면 상업 영화판에도 갈 수 있는 길이 열릴 것이라고 여겼다. 한여름에 소품으로 사용할 연탄이 필요했다. 고깃집에서 버린 연탄재를 푸른색 재활용 봉투에 넣고 버스에 올라탔을 때, 버스 기사는 그런 나를 대체 뭐/하는 인간인가 하는 표정으로 쳐다봤다. 기사는 버스에 연탄재 가루 흘리지 않게 조심하라고 내게 당부했다. 다행히 버스에서는 연탄재를 흘리지 않았지만 촬영장까지 가는 길에 비닐봉지가 쭉 찢어지는 바람에 연탄이 길가를 구르다 으스러졌다. 홍해가 갈라지듯 바삐 걷는 사람들은 나를 피해 걸었다. 그들이 힐끔거리며 나를 쳐다보는 눈초리가 따가웠다. 땀이 삐질삐질 흐르고 나는 대체 뭐하며 사는 것인가는 비루한 생각이 들어 고개를 떨구었다.

군 제대 후 대학을 휴학하면서까지 방송작가 교육원에 들어갔을 때도 작가라는 소망은 손에 잡히지 않는 그림자였다. 본래 그림자라는 것은 냄새가 나지 않으며, 그 길이만 뒤죽박죽 커졌다 줄어들었다 할 뿐이었다. 내 세계에서 작가는 만질 수 없는 것일지도 모른다는 두려움에 휩싸였다. 두려움은 사람을 움츠러들게 했다. 유튜브에서 어느 유명한 철학자가 꿈을 꾸는 것은 족쇄가 될 수 있다고 말했다. 꿈에 도달하면 성공이라 말하지만 평생을 그 꿈의 언저리에서 유령처럼 배회하는 삶일 수도 있다는 취지였다. 그 철학자의 말이 내 몸속에 흡수된 것일까. 어느새 나를 돌아보니 급기야 작가라는 꿈으로부터 도피해야 할 그럴싸한 이유를 찾는 데 급급해 있었다.

형이 대학 물리 치료학을 공부하겠다고 결심한 그 나이, 나는 작가가 될 수 없는 이유를 내 삶의 이력에 채워 넣었고, 옥탑방에서 지하 방, 고시촌 등으로 몸을 이리저리 굴리다가 고향길을 택할 수밖에 없었다. 취업은 되지 않았고, 편의점과 카페 아르바이트만으로는 월세를 감당하는 것도 벅찼기 때문이다. 김밥 한 줄 사 먹는 것에도 이리저리 머리를 굴려야 하는 내 삶이 비참하게 다가왔다. 난 분명 열심히 살았는데, 어디서부터 잘못된 것일까. 무기력이 온몸을 팽팽하게 퍼지고 물먹은 솜처럼 몸이 가라앉아 있다고 여겼다. 내 몸 어딘가에 빨간불이 켜진 것 같았다. 나는 아무것도 하지 않겠다는 생각을 좇았다. 아니 내 몸은 살기 위해 그 생각에 반응했다. 정신 차려 보니, 내 몸은 어느새 공룡 모양의 조형이 있는 고향 땅의 길목을 지나는 버스에 실려 있었다.

물기를 꽉 짠 걸레를 가져다 형이 드릴로 나사를 돌려 선반을 조립한 책장을 훔쳤다. 나사못을 박는 법, 이음새를 재단하는 법을 형이 익히는 나이 동안, 내 정신적 허영을 채웠던 책이 한 권씩 사무실 책장에 채워졌다. 철학, 역사, 민속 그리고 기독교 서적이 책장의 주인 자리를 차지하는 동안 내 삶 좌표를 가늠했다. 그것들을 얻기 위해 또는 그것들을 버리기 위해 발버둥 쳤을 내 어린 영가의 모습이 슬쩍 얼굴을 내밀다 사라졌다. 시야가 흐려지고 물기에 가뭇해졌다.

지역에서 마한시대 제사 터가 온전한 모양으로 발굴되었다고 대대적으로 뉴스가 발표되는 동안, 나는 일제 강점기 바다에서 수몰된 광부들을 추모하는 자리에 서 있었다. 스물세 살 때 지역 광산의 선반공으로 일하다가 제주도 모슬포로 끌려가 산속 부대에서 꺾쇠 만드는 일을 했던 아무개의 이야기를 들었다. 나는 유족에게 꺾쇠라는 것이 뭐냐 물었다. 돌아온 답이 갱도를 받치는 것이 있는데 그것을 갱목이라고 하고 그 갱목을 이어주는 이음쇠를 일컫는다고 했다.

일본 본토로 진격해오는 미군을 제주도에서 막기 위해 아무개는 굴을 팠다. 아무개는 굴을 파는 동안 그 이유를 알았을까. 그저 상부에서 굴을 파라고 했기 때문에 굴을 파는 것이었지 굴 파는 것 자체가 자신의 인생일 수 없다고 생각했는지도 모를 일이었다.

글쓰기는 내게 무슨 의미일까. 글쓰기가 내 인생이 될 수 있을까. 글쓰기를 끝내지 않아도 내 인생은 여전히 이어지고 있는데, 내게 글쓰기를 강요한 사람도 없는데, 나는 무엇을 바라는 것일까.

일제로부터 해방되고, 제주항에서 나흘 정도를 대기하여 삼십오 톤 화물선에 아무개는 몸을 실었다. 그때만 해도 알았을까. 고향으로 돌아오는 길이 아무개에는 엄청나게 버거운 일이었다는 것을 말이다. 화물선에는 이백이십 명의 광부들이 승선했다. 배가 추자도 앞을 지날 때 불이 났다. 항해 도중 늘 말썽이었던 배가 드디어 제 온몸을 태우려고 작정했는지, 불은 삽시간에 갑판을 비롯한 배 안에 혀를 날름날름 내두르며 퍼졌다. 선장이 가장 먼저 탈출했고, 아무개는 바다에 뛰어내렸지만 수영을 할 줄 몰라 그대로 수몰됐다. 그렇게 고향에 돌아오지 못한 사람이 무려 백십팔 명이었다. 지역의 언론과 유족회 그리고 지자체와 시민단체는 당시의 생존자와 수몰자의 이름을 적은 추모 조형물을 건립하기 위해 군민 일만 원 성금 운동을 전개했다. 아무개는 고향에서 뼈가 자란 다부진 몸을 보내지 않았다. 숨이 끊긴 이름이 추모 조형물 판에 새겨져 있었다. 나는 아무개의 이름을 읽었고 그의 시야를 가로막는 바닷물의 출렁임을 그릴 수 없었다. 목으로 넘어가는 소금물 때문에 정신이 아득해지는 그날이었다. 망망대해의 날씨는 알 수 없었다. 다만 잠결이듯 들리는 '엄마 보고 싶소'라는 소리가 내 가슴을 툭 치고 지나갔다.

자잘한 물결이 서로 엉켜 우짖는 곡성을 귀로 듣는 것이 아닌 눈으로 보고 싶었다. 그러려면 이따금 익수하는 꿈을 핑계로 나는 아무개와의 환혼을 시도해야 했다. 어깨가 짓눌리고 목이 돌아가지 않는 날, 백지장의 커서는 유독 커 보였다. 서가 한쪽에는 그때의 기사가 있는 지역신문 한 부가 꽂혀 있었다. 귀촌 후 삶의 껍데기만 붙잡고 연명할 때였다. 글 쓰는 직업에 미련이 남아서였을까. 헛웃음이라는 명함을 내밀며 하필 내가 서 있던 곳이 아무개가 간절히 바란 고향 땅이었다. 기사의 하단에 적힌 시민기자 우민영이 낯설게 느껴졌다. 지면의 분량대로 본래의 글보다 압축된 기사가 버젓이 내 이름으로 인쇄되었다. 나는 기사를 쓰며, 꺾쇠 같은 글을 쓰고 싶었다고 생각했을까. 꺾쇠 같은 사람이 되고 싶었던 것일까. 유족의 어두운 핏빛 표정을 종이에 옮겨 글자를 만들었을까?

육하원칙이 뚜렷해야 하는 기사에는 쓸 수 없는 호흡이 있었다. 아무개를 기다리며 바다 비린내를 들이마셨던 엄마의 폐부에 종기처럼 오른 그리움을 말이다. 아들의 맨얼굴을 늙은 손으로 쓰다듬기를 바라는 마음 말이다. 노동으로 키운 억센 아들의 근육이 자신을 꼭 안아주길 바라는 소망을 말이다. 바람을 꾸역꾸역 늙어가는 등허리에 집어넣으며 노을이 진 뒤 그림자를 길게 빼었을 엄마였다. 나는 그 길을 끝내 상상할 수 없었다.

흔히 인생을 산에 오른다는 쉬운 비유를 형이 굳이 내게 들려주지 않았더라도, 내가 떠났다고 여겼던 삶에 회귀하여 다시 노트북 자판을 두드렸을 때, 형은 바닥에 울퉁불퉁 돋아난 나무뿌리를 밟지 않고 돌아서 산행하는 법을 내게 가르쳤다. 그것은 그의 인생의 행로에서 보여준 사건이었다. 혼자서 가는 인생에 배우자를 만나 두 딸을 낳고 삶의 조립을 시작했다. 환자로 만났던 할머니 한 분과의 재회 장면은 형이 느끼는 즐거운 삶의 조각이었다. 싱크대 조립을 주문한 고객의 어머니가 바로 그 할머니였다. 허리가 아파 거동 자체가 어려웠던 양반이 마당에 널찍하게 고추를 말리고 있었고, 어야, 어야 하며 아들을 호탕하게 부르는 목청에 형은 절로 웃음이 나왔다. 어쩌면 꺾쇠의 고리에서 꿈 한 페이지를 더하기 하는 것이라고 내게 일러주기 위해 일부러 자신의 경험담을 에둘러 가며 내게 말 걸기를 한 것인지도 모를 일이었다. 형도 글을 쓰고 있다는 사실을 확인하는 순간이었다. 낱말의 조합만이 글은 아니었구나.

지금은 가구를 조립하는 삶이지만 언젠가는 이동식 주택을 만들 것이라는 포부가 형에게 싹튼 삶의 방향이었다. 나는 그 삶을 내 삶에 붙여 놓고 싶다는 바람을 새문서에 적었다. 글자 쓰기를 마친 커서가 다음의 문장을 찾지 못해 내 성마른 성미처럼 자꾸 깜박였다. 내 조립은 어디쯤에서 완성될까.

*

때 이른 장마가 찾아왔다. 고온 다습한 기온이 몇 주째 계속됐다. 지역 사람들의 에어컨 사용은 평소 대비 급증했고, 결국 사달이 났다. 사무실이 갑자기 정전됐다. 한국전력에 전화를 걸었다. 변전 발전소에 불이 났다는 사실을 확인했다. 점심시간이었는데, 소방대원들은 이제 막 밥그릇에 숟가락을 올리려다 말고, 사이렌 소리에 맞춰 매뉴얼대로 출동 지시를 따랐다는 후문도 중·고등학교 동창들의 단체 카톡방을 통해 알았다.

또르랑 울리며 사무실 냉장고가 켜지는 신호음 듣기를 기다리는 동안, 나는 불 꺼진 사무실에서 그나마 전원 없이도 한동안 꺼지지 않은 노트북의 불빛에 의지하며 오도카니 앉아 있었다. 출입문이 열리고 산새 딸랑이는 종소리가 울렸다. 노트북에 올려 둔 손을 떼었다. 한동안 움직임이 없었던 손가락에서 우두둑 소리가 났다. 종철이 우산의 빗물을 털었다. 엊그제 청년창업 지원센터에서 올해 신규 청년창업지원금을 받은 창업자들과 멘토-멘티 시간을 마치고 증정품으로 받은 감청색 계열의 장우산이었다.

출입문 옆에 플라스틱 휴지통을 우산꽂이 함으로 쓰고 있었는데 종철은 그곳에 우산을 넣었다. 휴지통은 종철이 선물로 준 것이었지만 용도를 변경해 사용했다. 비 온 뒤 우산을 마땅히 놓을 곳이 없어서 임시방편으로 휴지통을 우산꽂이 함으로 사용한 것이었다. 선물을 준 종철도 불만은 없어 보였다. 우산을 쓰고 사무실로 왔다가 집에 갈 때는 잊어버리기 일쑤였다. 그대로 놓인 여러 우산이 자리를 차지하고 있었다. 종철은 아랑곳하지 않고 우산을 구겨 넣다시피 하며 기어이 용도 변경된 그 좁은 우산꽂이 함에 제 우산을 넣었다. 집념의 사나이다운 모습을 굳이 보여줄 필요까지는 없었는데도 말이다.

"우 작가, 글 좀 썼나?"

종철은 고온다습한 장마철의 날씨 따위는 아랑곳하지 않는 싱글벙글한 표정으로 내게 물었다. 나는 시큰둥이 고개를 돌려 그를 쳐다봤다. 글 좀 썼냐는 말이 너 살아 있냐는 말로 아니꼽게 들렸기 때문이다. 사무실을 차리면 곧바로 단편소설 한 편쯤은 너끈히 쓸 줄 알았다. 일 년 가까이 별 소득이 없었던 까닭에 부아가 치밀어 올랐다. 나는 대답 대신 비가 오는 날 귀에 꽃 꽂고 돌멩이에 맞아 죽어도 좋다는 심정으로 머리를 두 손으로 헝크는 제스처를 취했다. 그런데도 우리 사이에는 위로나 덕담, 공감 같은 위대한 말 따위가 섞여들 틈이 없었다. 낯간지러운 것은 둘 다 질색했기 때문이다. 서로의 필요에 의한 거리두기 관계가 딱 적합했다.

종철은 지역신문논단의 청년 필진으로 활동하고 있었다. 필진 활동이 본래의 직업은 아니다. 그의 본 직업은 군립국악원 수석 단원이었다. 지역에 국악원이 없어 인근 지역에서 출퇴근하는 직장인이었다. 나와는 중학교 동창이었으며, 그와의 재회는 내가 서울에서 귀촌한 이듬해 겨울이었다. 중학교 졸업 이후 처음 만났다. 그 시절 중학교 한국사 선생님께서 이끌던 향토조사반 활동 때의 가무잡잡한 피부의 얼굴색과 장난기 많은 눈매는 여전했다. 공룡 발자국을 탐방했던 그 장소에는 현재 어린이 공룡박물관이 들어서 있었다.

각기 다른 궤도에 있다가 다시 만난 달과 지구가 된 것처럼, 우리는 세월의 벽을 쉽게 허물었다. 당시에 나는 이것저것 일자리를 찾던 중 지역 신문의 시민기자 일을 막 시작하고 있었고, 종철은 지역의 어르신들을 대상으로 고법 강사 활동을 하고 있었다. 이것 역시 본 직업이 있고, 종철이 뜻이 있어 가외 활동을 하는 것이다. 늘 겪는 것이지만 종철은 가외 활동을 많이 하는데, 그 근본적인 이유는 한시도 가만히 있지 못한 그놈의 성질머리 때문이다.

이를테면 국악학과를 졸업한 후에 교육대학원 국악 교육학을 전공한 것은 쉽게 이해가 됐다. 학부 전공을 대학원까지였기 때문이다.

"공무원들과 자주 만나며 행사를 치르다 보면서 행정을 모르면 안 되겠더라고."

　내가 종철의 행정대학원 석사 졸업의 이력에 관해 물은 적이 있었고, 종철은 별것 아니라는 투로 내게 말했다. 석사 과정을 마치자마자, 지역의 향토 문화유산과 관련된 일을 하려고 하는데 머릿속에 개념이 안 잡힌다며 문화재학협동 박사 과정으로 진학을 결정했을 때 나는 혀를 내둘렀다.

　종철은 학사와 직장 일정을 쪼개면서 수강생이 원하면 강사가 찾아가 강의하는 방식의 고법 수업을 진행했다. 평생학습 교육프로그램으로 지자체에서 강사비를 지원하는 강좌였다. 때마침 강좌가 종강되면서 고법 발표회를 하게 됐다. 나는 종철의 꼬임에 못 이겨 발표회 사회를 맡아 진행했다. 종철은 집에서도 삼사십 분 걸리는 마을로 들어갔다. 한국 전쟁 이후 중단되었다가 최근에 용줄다리기가 복원된 마을이었다. 나는 고법 발표회 때 여든을 훌쩍 넘은 어르신 십여 명을 봤다. 그들은 북장단을 치기 위해 종철을 쳐다봤다. 봄날에 어미 닭을 쫓는 병아리 같았다. 배우고자 하는 열망이 농사일과 바닷일로 굵어진 그들의 손가락을 여리게 떨게 했다.

　'저 손으로 땅속 기억으로 잊힐 뻔한 아드럼과 우드럼의 민속을 복원한 것이구나.'

　내 속말은 피가 되어 내 혈관을 타고 돌았다. 왼쪽 가슴 아래쯤에서 떨며 흐르는 피의 진동이 눈시울을 붉게 했다.

　종철의 청년 필진도 이러한 맥락에서 이어지는 가외 활동이었다. 종철의 어린 시절 고법 스승과 함께 취재를 담당했던 당시의 기자가 지금은 지역신문의 발행인이 되었다. 종철의 활동을 응원하던 발행인은 종철에게 필진 합류를 권했다. 지역 청년 문화예술인이라는 주제로 지역 실정에 맞는 글을 써 보면 좋겠다는 발행인의 의견이었다.

종철은 글쓰기에는 자신이 없다며 망설이다가 딱 한 가지 조건을 내걸었다. 바로 나보고 글 선생이 돼달라는 것이었다. 필진 순서는 대략 한 달에 한 번꼴이었는데, 그 시의적절하게 종철은 출입문을 열고 사무실로 왔다. 하루 만에 뚝딱 글 한 편이 완성될 일은 없었다.

글을 쓰면서 종철처럼 퇴고해 본 적이 있었을까. 성실한 제자는 나름의 초안을 써서 왔고, 늘 그것은 완성될 무렵 초고와는 완전히 다른 글이 되어 신문에 실렸다.

종철이 가져온 초고는 스승이 소천했던 그달의 원고처럼 사투리 대화체가 가득했다.

"소년 명창은 있어도 소년 고수는 없어야. 네 이마빡에는 딱 북이라고 써져 있응께, 정신 바짝 차려! 허리는 바르게 피고, 왼손은 이쁘게 모으고, 합이랑 각은 씨게 쳐. 열심히 살어, 사는 것이 중요해, 남한테 손가락질받을 행동하지 말고, 열심히 살어."

종철의 스승 유언은, 그 옛날 종철이 처음 스승에게 인사드리던 초등학교 일학년 때와 같았다. 열심히 살라는 것, 행동거지에 욕 받을 짓 하지 말라는 것, 당당하게 가슴을 펴고 살라는 것, 어그러진 마음으로 북채를 쥐면 소리북은 금방 눈치채고 엇박자를 친다고.

나는 종철이 가져온 스승의 문장을 지켜보며 의구심을 가졌다. 외롭게 지켜온 남도 국악의 맥을 이은 거장의 말답지 않다고 여겼기 때문이다. 망망대해에 놓인 어린아이처럼 막막했다. 종철과 스승의 인연은 이십 오 년의 세월이 있었다. 북 잘 치는 고수의 길보다 사람다움이 무엇인지, 세상을 살아가는 정신력은 어디에서 나오는지 아주 긴 호흡으로 스승은 죽음 직전까지 종철의 삶에 과제를 내주었다. 답하기 어려운 과제를 내준 사람의 마음은 무엇이고, 과제를 해 온 사람의 목마름은 또 무엇일까. 나는 그것을 인정이라 생각했다. 무엇으로부터의 인정이었을까. 나는 나를 인정했을까.

종철은 어린 시절 소리와 함께 북을 배웠다. 종철과 함께 소리를 배운 스승의 제자들은 서울 경기권으로 이사 갔다. 또는 무형문화유산으로 지정받은 후에 개인 교습을 차리고 그 이름값을 톡톡히 받는 일을 했다. 때론 제자의 일부 중에는 음악적 장르를 달리하여 오디션 경쟁 프로그램에 출전하기도 했다. 전통 무대 공연 자리가 갈수록 협소해진 시대에서 또래들이 궁여지책으로 선택한 삶의 방향을 종철은 응원한다고 내게 말했다.

지역으로 돌아온 종철의 캐릭터는 희귀종으로 분류되었고, 지역 사람들은 패가 갈리었다. 그의 삶을 응원하는 부류가 첫 번째요. 지역에서 문화예술인이라는 간판을 내건 일부 사람 중에는 종철이 혹시나 자신의 밥그릇을 뺏어가지 않을까 하는 염려로 종철을 두고 젊은 놈이 뭐 하러 고향 내려와서 빌어먹냐며 질투가 어린 시선을 보내기도 했다. 그것이 둘째 부류였다. 젊은 사람 중에는 전통이라는 것이 요즘 세상에 어울리기나 한 것이냐며, 노인네들이나 하는 것이라 치부하며 종철을 두고 시대착오적인 돈키호테라 비하하기도 했다. 그것이 셋째 축이었다. 종철은 날 것의 시선을 견뎠다. 실상 나는 잘못한 것이 없으므로, 스승의 유언을 이어간다는 식이었다.

나에게도 스승은 있었다. 고등학교 시절, 팔십년 오월의 영들을 위로하는 공원에서 백일장을 치르던 날, 나는 댐 공사로 수몰된 마을에 관한 심정을 누나라는 여성 화자를 내세워 시를 썼다. 그때 처음으로 장려상을 받았다. 단상에 올라 수상을 했을 때, 마을을 덮었던 물의 각질을 만진 것 같은 착각에 빠졌다. 글을 정말 제대로 써보고 싶다는 마음도 그때 뿌리를 내렸는지도 모르겠다. 헛헛한 마음을 담는 글, 그 글로 사람들에게 위로를 주고 싶다는 마음, 아무도 말하지 않고 외면하는 사람들에 관한 이야기에 감성을 담아 글로 변환하는 작업을 갖고 싶었다.

스승의 두 번째 시집이 출간되었다는 소식을 서울에서 문학잡지를 통해 확인했다. 이어, 스승은 지역에서 홀로 싸우며 "꽃이 되자", "새가 되자", "봄의 언덕에 한 그루 나무를 심을 줄" 알자고 시를 쓴 시인을 기념하는 일을 인생의 업으로 놓치지 않고 있었다.

대학 진학을 위해 지역을 떠나던 날, 한 인간에 대한 예의에 관한 일을 할 것이라고 넌지시 내게 말한 스승이었다. 스승이 시인의 생가를 준공하는 데 역할을 했다는 인터넷 신문 기사를 읽었다. 스승은 땅을 고르고 집을 세웠다. 나는 여태 책더미 속에서 글 밭만 고르고 있었다. 변방의 시인이라는 스승의 애호를 재고했다. 책의 한두 페이지 펄럭이는 그저 그런 의미로 압축할 수 없는 뜨거움이 있었다. 한동안 잊고 있었던 '나는 아직 살아 있다'는 치열이 내 가슴팍에서 기지개를 켰다.

겨울바람이 매섭게 쳐대는 새벽녘 옥탑방에 누워 있던 날, 갑자기 정전됐다. 보일러가 작동되지 않는 추운 날이었다. 다음 날 아침, 나는 그 소식을 집주인에게 알렸다. 여러 채의 건물을 보유한 집주인은 단번에, 사람이 어떻게 머리카락을 다 세겠냐며 내게 되물었다. 결론인즉 너 알아서 해결하라는 그 무던한 말 때문에 서울살이를 전전하는 동안 나는 눈치만 늘었다. 따지지 않기, 비판하지 않기, 가만히 있기, 그런데 알아서 하기. 나는 도무지 어떻게 살아야 하는지 몰랐다. 그저 구름처럼 떠도는 글쓰기 자체에 신물이 올라왔다. 좀체 삶이 앞으로 가지 않는 느낌이었다. 가지고 있던 책 백여 권을 길에 버렸다.

사람의 생의 이력에 탄탄하게 벽돌을 쌓고 궁극에 집을 짓는 것, 마침내 그 사람 일생이 통일성 있는 한 문장으로 정리되는 것은 아닐까. 나는 스승의 전기를 미리 읽은 것만 같았다. 내 전기에 관통하는 업이란 무엇일까. 어떤 글을 쓸지에 관한 진지한 고민이 있었던가. 의식적으로 내 영광을 위해 대상을 무례하게 빌려왔던 것은 아닐까. 기어이 깜냥도 안 되면서 잔칫상의 맨 앞자리에 앉고 싶어 안달 난 것은 아닐까.

사무실에서 글이 써지지 않아, 자정이 가까운 무렵에 스승에게 전화를 건 적이 있었다. 무기력하다고, 나사 하나가 빠진 것처럼 삶이 허망하다고. 전교조 해직 교사에서 복권되어 퇴직하기까지 스승의 교직 생활이 편한 것만은 아니었다. 사찰이 있는 공간에 작업실을 차린 스승이 한밤중에 울먹이는 제자 목소리를 가만히 들어주었다. 네 삶에 달랑 있는 글쓰기를 빼면 뭐가 남겠냐며, 지금 느낀 그 감각을 기억하며 네 자존감을 지키라는 스승의 말이 핸드폰 너머에서 들려왔다.

다음 날 정오를 벗어날 무렵. 사무실에는 난 화분 하나가 배달되었다. 물 잘 주고 실내에서 볕 잘 쬐면 매년 그 자리 그대로 꽃 피운다는 난이었다. 스승의 종교는 불교였지만, 제자의 종교에서 사용하는 문장을 엽서에 적어 보내셨다. '선을 행하라, 땅에 머무는 동안 그의 성실을 먹을거리로 삼을지어다'는 시편 37장 3절 말씀이었다. 해가 뜨고 지는 일상의 순리 속에 '성실'의 모형을 본받아 살아가라는 스승의 가르침이었다. 스승은 오늘이 바로 볕 좋은 날이라 여겼고 내게 물을 주신 것이었다. 굳은 종아리가 풀리고 생기가 살아났다.

이마빡에 북이라 써진 종철, 뒤통수가 떠난 자리에 '글'이라 남기고 싶은 나였다. 논단을 쓰기 위해 나는 종철이 가져온 사진 한 장을 물끄러미 바라봤다. 통제구역이라 써진 글자를 배경으로 붉은 줄이 죽죽 그어진 신생아실에서 종철은 셋째 아이를 안고 있었다. 그런 종철을 보며 간호사는 여유롭게 사진 찍는 아빠는 처음 본다고 혀를 내둘렀다. 배냇저고리에 싸여 길게 하품하는 아이가 종철의 품에 안겨 있었다. 종철은 그때의 장면을 회상하며, 축복이라 말했다. 내게도 축복은 있었다. 첫 아이를 낳으러 지역을 벗어나야만 했던 경우가 그러했다. 생생하게 살아남아 내 머리가 뜨거워졌다. 나는 종철의 문장을 하늘이 주신 최고 축복이라며 미사여구를 추가했다. 문장에서는 그때, 그 시장의 길목에서 피어오르던 건어물 말린 냄새가 병원의 회전문을 돌며 쿰쿰하게 났다.

　나는 회전문을 통과해 기독교 병원 정문을 빠져나왔다. 마음이 급해 유리문에 손을 갖다 댔는데, 그것 때문에 자동으로 돌아가는 회전문이 잠깐 멈췄다. 한 발짝 뒤로 엉거주춤 물러섰다. 회전문은 다시 제 역할을 했다. 나는 정수리를 긁적이며 병원 건물 좌측으로 있는 이 주차장을 지나갔다.

　"유머가 필요해."

　분만실에 들어가며 아내가 내게 건넨 말이었다. 횡단보도 앞에서 신호를 기다리는 동안 계속해서 아내의 말이 떠올랐다. 차라리 야 죽일 놈아, 무서워라고 말했더라면, 나는 덜 미안했을지도 모를 일이었다. 횡단 보도를 건너자 삼계탕집에서 한방약초 속에 달인 대추 냄새가 풍겼다. 상황과 맞지 않은 아내의 말이 뚝배기 안에 다리 꼬고 누워 있을 육계의 적나라한 자세와 맞물려 머릿속에 둥둥 떠다녔다.

　이날은 주일이었다. 24시간 편의점과 프랜차이즈 커피숍을 제외하고 문을 연 점포는 거의 없었다. 더욱이 기독교 병원 근처 모든 상점이 영업 개시를 한다고 해도 내가 찾는 육아용품 매장은 찾을 수 없었다. 뜨끈한 육개장, 원조 할머니 뼈해장국, 미란이네 건어물 간판이 보이는 시장길을 헤맸다. 이제 막 태어난 팔삭둥이 아들의 손에 끼워 줄 장갑을 파는 매장이 없었다. 내 머리는 하얀 백지로 건조

되고 있었다.

아내는 결석 때문에 등의 통증을 내게 자주 호소했다. 지역의 종합병원 응급실을 찾았지만, 임산부에게 해줄 수 있는 조치는 아무것도 없었다. 통증을 참으라고 말 이상의 것은 없었다. 의사가 그렇게 말했다고 해서 나 역시 손을 놓고 마냥 있을 수는 없었다. 새벽에 자동차 비상등을 켜고 시속 백 오십 킬로미터 육박한 속도로 지역과 약 두 시간 남짓 거리에 있는 기독병원을 찾았다. 아내는 통증이 절정에 달하면 거대한 태풍이 등에서 휘몰아치는 것처럼 아프다고 말했다. 우리 내외의 첫 아이라는 사실, 아빠라 불러줄 한 존재의 받아들임의 낭만이 위급함으로 바뀌는 데는 병원에서 임신 진단을 받고 채 몇 개월이 걸리지 않았다.

늦여름 더위가 더 무서웠다. 시장 방향으로 굴러가는 자동차 바퀴 소리에는 아스팔트에 올라오는 한더위의 열기가 섞여 있었다. 인중과 귀밑머리에 맺힌 땀이 땅에 낙하했다. 허기가 차지 않는지 땅은 내 몸의 짭조름한 수분을 자꾸만 달라고 입을 벌렸다. 걸음은 시장에서 빠져나와 사회복지관 쪽으로 옮겨졌고, 주민센터가 한눈에 보이는 곳에 옛 기독교 회관 건물이 있었다. 나는 그곳에서 로드킬 당한 고양이 새끼의 주검과 만났다. 혓바닥을 길게 빼고, 자동차 바퀴 자국은 고양이의 하반신을 납작 누르고도 남아 있었다. 사금파리 반짝이는 유리병을 밟은 것처럼 발바닥이 아팠다.

팔삭둥이 아들이 신생아 집중치료실에 들어간 것을 알고 나서 나는 미소 지을 수 있었다. 신생아 집중치료실은 중환자실 옆에 있었다. 주검은 이동형 베드에 천보에 몸을 가린 채 눕혀 치료실을 지나갔다. 덜그럭거리는 침상의 바퀴 굴러가는 소리가 심장에 닿았다가 눅눅하게 마르기를 몇 차례 반복했다. 주검을 누르고 지나간 인생 자국은 어떤 감촉을 지닌 무늬였을까.

생애 첫 아이를 품에 안았다. 가벼웠다. 생이란 덜그럭거리는 주파수를 죽음의 수신기에 지루하게 튜닝하면서도 입꼬리를 살짝 올리고 맑게 웃는 아기 같은 것일까. 아들의 손에는 노란 털실 장갑이 끼워져 있었다. 산부인과 병실 수간호사가 발품을 팔아 입원한 산모에게서 여분의 장갑을 빌려 온 것이었다. 나중에 고맙다고 인사라도 하려고 입원 병실을 수간호사에게 물어 찾아갔지만, 산모는 벌써 퇴원한 이후였다.

아내가 장모님의 도움으로 집에서 산후조리를 하는 동안, 나는 매일, 첫 아이가 머무는 신생아 집중치료실을 찾았다. 집에서 차로 출발하여 오고 가는 두 시간의 소요 시간에 비해 아들과의 면회 시간은 채 십 분도 안 됐다. 그런데도 나는 눈에 안대를 하고 호흡하는 아이를 보고 나면 마음이 차분해졌다.

아이를 데리고 집에 돌아온 지 백 일이 지났을 무렵, 아내는 간단한 부인과 질환을 검진받기 위해 지역의 병원을 찾았다. 나이가 제법 있는 중년의 의사에게 진료받게 됐다. 아내는 진료받고 나서 얼굴이 붉으락푸르락 해서 집에 왔다. 내가 이유를 묻자,

"애 어디서 낳았냐고 물어보더라고, 그래서 기독병원에서 낳았어요, 라고 말했는데, 글쎄 의사가 갑자기 언성을 높이면서, 그러면 거기에서 진료 봐야지 왜 여기에 왔냐고 막 다그치는 거 있지?"

"의사가 왜?"

"난들 그 이유를 알겠어."

산부인과 의사는 타지역 병원에서 아이를 낳고 여기서 진료 보냐는 말을 아내에게만 했던 것은 아니었다. 한동안 지역 맘카페를 달구는 말의 수원도 여기에 있었다. 육아맘들의 관계 커뮤니티에서 말의 농사는 그 물을 양분 삼았다. 그때 유행했던 문장이 '우리는 애낳는 자판기가 아니다. 순풍 나을 수 있는 환경부터 갖춰라. 시골 의사가 친절했으면 좋겠다'였다. 또 나름 의사의 말을 분석하는 글도 게시판에 올라 있었다.

'인구절벽 시대라고 하잖아요. 지자체에서 출산율을 엄청 신경 쓰는데 특히 지역병원에서 태어난 아이 비율도 중요하게 여기는 것 같아요. 그런 것에 대해 의사도 스트레스받아서 애먼 산모에게 분풀이하는 것 아니겠어요. 어차피 여기 있는 의사들 지역에서 거주하는 사람도 아니고, 다른 지역에서 살면서 본인들도 주말이나 되면 본가로 가던데. 급여는 우리 지역에서 받고, 돈은 딴 데서 쓰고. 여하튼 의사들 말 좀 가려 하면 좋겠어요.'

게시판 조회수는 꽤 높았다. 하지만 댓글은 달리지 않았다. 지역에서 치료받을 수 없어 다른 지역에서 아이를 출산할 수밖에 없었는데도 지역의 산부인과 의사에게서 느꼈던 불친절뿐만 아니라 열악한 검진과 출산 장비들 때문에 아내는 둘째가 생겼을 때 지역의 병원은 검진과 출산을 하기 위한 장소로 리스트에 올려 두지 않았다.

아내와 함께 첫째를 낳은 기독병원을 오가며 나는 그날의 털실 장갑을 떠올렸다. 잊을 수 없었다. 세상에 먼저 나온 아이를 맞이한 따뜻한 털실 장갑 하나가 내 손을 감싸고 있는 것 같았다. 악수를 하는 것처럼 말이다. 목에 탯줄을 감고 태어난 둘째 아이를 처음 마주할 때, 나는 생의 감사함에 다시 한번 노란색 털실 장갑을 상상했다.

종철은 초고를 고쳐 쓴 내 문장을 한동안 물끄러미 바라보더니,

"우리는 그래도 집이라도 있어 몸 둘 곳이 있으니 축복이니 뭐니 하는 말을 하는데, 사실, 참 눈치 보이고 미안한 말처럼 느껴지네. 둥지 없는 새가 알을 어떻게 낳겠어. 겨우 만든 둥지도 바람 불면 다 까뒤집혀서 가지 끝에 대롱대롱 매달리다 떨어질 판인데. 그나마 나나 너는 부모님이 살던 집이 있어서 다행인데, 빈 몸으로 귀촌한 젊은 층 일부는 이곳에서 못 버티고 다시 다른 곳으로 간다더라."

종철이 논단에서 하고 싶은 주제와도 맥락이 닿아 있었다. '아이를 낳았어요. 축하해 주세요'라는 말을 전하기 위해서가 아니라 아이를 낳는 것에서부터 육아까지 지자체와 함께 고민하고 싶다는 말을 글로 쓰고 싶다고 내게 설명했다. 한 아이가 자라기 위해 둘러본 마을에 대해 종철은 구구절절 읊었다.

"아이 키 높이에서 보도블록 본 적 있어? 유모차를 끌고 다닐 수 있는 길이 없어. 세발자전거가 지나갈 놀이터 상황은 어때? 너무 못생겼어. 여기저기 깨지고, 낡고. 호적 등록도 못 하는 그림자 아이들은? 작은 학교를 살리자고? 그런데 학교 방과 후 시간까지 다 끝나면 그 남은 돌봄 시간은 어떻게 해결할 건데. 면에 살던 학부모들도 굳이 읍내로 학교 보내는 데는 이유가 있지 않을까. 애들은 풀어 놓으면 절로 자란다는 말은 사람 약 올릴 때 사용하는 말이라니까. 사람 사는 것이 결국 문화이니까, 이런 것도 청년문화예술인 자격으로

말할 수 있는 거겠지?"

나는 종철을 타일렀다. 너무 많은 말은 아무 말도 하지 않은 것과 같다고 말이다. 하나를 정하고 한 가지만 이야기하라고 말했다.

"야! 물이 냉동실에서 얼음으로 변하는 데에도 냉기랑 살이 섞여야 하는데, 어떻게 냉기는 내버려 두고 물만 말하냐? 넌 진술하지 말고 보여주라고 하는데, 어느 때는 직접 말하는 것도 필요하지 않아? 둘러서 말하니까 이상한 소리만 하는 사람 많잖아. 힘 있는 사람은 문해력이 꽝인 거야 아님 모르쇠 하는 거야?"

종철이 되물었다.

"판소리 사설을 왜 고수가 읊냐? 추임새만 넣어!"

나는 장난스럽게 종철의 말에 대꾸했다. 그러면서 나는 종철이 나열한 물음의 문장과 그 외에 상상이 허락하는 문장들 사이에서 내가 쓸 수 있는 글이 있는지를 속으로 자문했다. 답할 수 없었다.

종철은 첫째와 둘째 아이를 자식처럼 돌봐주셨던 어린이집 원장님을 예로 들어 온 마을이 함께 아이를 키우자는 내용으로 원고를 채웠다. 종철과 나의 오랜 설전 끝에 맺은 원고였다. 종철이 신문사 메일로 원고를 보내자 나 역시 홀가분한 마음이 들었다.

"내 숙제는 끝났는데. 네 것은?"

종철이 냉장고에서 이온 음료를 꺼내 목을 축인 뒤 내게 물었다. 깃털처럼 가벼웠던 숨이 무겁게 가라앉았다. 나를 위해 쓸 수 있는 글이 뭘까. 그것은 종철에게 내가 전한 질문이기도 했다. 네가 사는 데 고쳐 쓰면 좋을 것들에 대해 브레인스토밍을 해 보라고.

"다 치우고, 네가 글 선생 됐으니까, 이번에는 내가 네 소리 스승

돼 줄게. 나도 소리부터 배우고 북채 잡았어."

무슨 소리를 하는 거냐는 표정을 지으며 나는 종철이 하는 모양새를 지켜봤다. 종철은 책장으로 가더니 두리번거렸다. 그리고는 제 어깨높이에 있는 하드보드 커버 역사책 다섯 권을 꺼냈다. 독서를 할 것도 아니고, 평소 책을 좋아하는 성격도 물론 아니었다. 전공 분야 외에는 책을 잘 찾지 않는 것을 알고 있었던지라, 나는 종철이 테이블 위에 책을 세우고 취하는 모양새를 지켜봤다.

"얼씨구, 좋다!"

종철은 양손으로 번갈아 책을 치며 박자를 맞추더니 추임새를 넣었다.

"이 산 저 산 꽃이 피니 분명코 봄이로구나! 자, 우 작가 따라 해 봐."

"뭐? 뭐어?"

"지린내 나는 계단 닦을 때마다 흥얼흥얼 부르기에 딱 좋아, 얼른 해 봐, 이 산 저 산!"

"이 산 저 산!"

"어헛, 맹꽁이처럼 움츠리지 말고, 어깨는 털고, 가볍게!"

종철의 박자에 맞춰 한 구절을 불렀다.

"이 노래의 끝은 '거드렁 거리고 놀아 보세'여, 삶은 계속되는데, 한바탕 노는 법 생각할 때 좋은 노래니까 부지런히 연습해!"

비록 내 노래 진도는 이 산 저 산에 멈춰 있었지만 개의치 않았다. 나는 유머가 필요했다. 고저 없이 마구 노래를 부르며 털털하게 웃었다. 어쩌면 주점 문을 열고 쌍욕 대신 사철가 한 대목을 들려주는 것도 글쟁이의 에피소드가 될 수 있겠다고 여겼다. 글 쓰는 것, 그게 뭐라고 뜻을 두었을까. 쓰고 싶은 사람들의 체온을 부둥켜안으며 그저 글을 쓰면 그만인데. 나는 무엇을 생각했을까. 사무실에 오가는 사람들의 이야기가 바로 글 한 편이었다. 내 인생의 여객에 환대할 손들의 이야기를 쭉 이어가고 싶었다. 손은 빠르게 자판을 두들겼다. 소설 한 편의 완성이 멀지 않았다.

버려진 아이들과 연대의 출구

김영삼_ 문학평론가

1. 실패한 분리 과정

신화학자 조지 캠벨은 오랜 시간 반복된 인간 삶의 어떤 유사성이 집단 무의식의 형태를 경유하여 신화의 보편적 서사구조로 승화되었을 가능성을 진단한 바 있다. 그가 '원질 신화'라는 용어로 정의한 신화서사의 보편 구조는 인간의 성장과 발전을 상징하는 통과의례의 구조로 다시 한 번 승화되는데, 조지 캠벨은 이 통과의례의 과정을 "분리-입문-회귀"의 구조로 읽어낸다. 신화서사에서 영웅들이 겪는 모험의 표준 궤도는 대개 이 구조에서 크게 이탈하지 않는다.

영웅적 존재들은 자신에게 주어진 소명을 수용하고 각성하면서 바깥 세계로 이행한다. 이때 대개 주인공들은 의붓아버지에게서 자란 '사생아'이거나, 부모가 모두 의부모인 '업둥이'인 경우가 많다. 이는 분리 과정의 핵심에 자신이 처한 환경의 극복과 자신의 정체성

찾기의 수행이 놓여 있다는 점을 의미한다(분리 과정). 낯선 세계로 모험을 떠난 주인공은 갖가지 시련을 관통하면서 낡은 자아를 벗고 새로운 자아로 변신하며, 이윽고 초현실적 존재와 조력자의 도움(그가 지향하는 세계를 상징하는 인물들)으로 비합리적인 야만성과 원시자연의 폭력성을 상징하는 '괴물'들과의 싸움에서 승리를 거둔다. 입문 과정의 서사는 모험과 승리로 장식되면서 자신의 능력을 증명한 주인공의 성숙과 성장을 견인한다(입문 과정). 이후 세계의 악을 구성하는 존재들을 제압한 주인공의 대서사는 다시 그가 떠나왔던 세계로 귀환하는 의례로 완성되어야 한다. 이는 신화서사의 본질이 기존 세계와 낯선 세계를 통합할 수 있는 힘을 가지게 된 영웅적 주인공이 출발 단계의 세계를 새로운 질서의 세계로 변화시키면서 변증법적으로 통합된 세계의 완성으로 나아가는 과정이기 때문이다(회귀 과정).

그러나 근대의 소설양식은 이러한 원질신화의 보편구조를 변형하고 파괴한다. 이를 통해 현대 소설의 주인공이 더 이상 영웅이 아니며 오히려 평범하거나 그보다 못한 환경에 처한 존재라는 사실과, 우리가 살고 있는 근대의 세계가 더 이상 변증법적으로 통합되거나 완성으로 나아가는 과정에 있지 않다는 사실을 자각하게 한다. 따라서 어쩌면 근대 이후의 소설을 읽는 과정은 이 세계의 비극을 추체험하는 과정일 수도 있다. 승리와 자아의 완성으로 마무리되지 않는 이야기, 패배와 좌절로 점철된 파괴의 서사에서 세계의 폭력성과 인간 존재의 취약함을 발견하면서 말이다.

김성훈의 소설을 이야기하기 전에 이런 말을 하는 이유는 무엇보다 이 소설집의 주인공들이 신화서사의 영웅과는 거리가 멀 뿐만 아니라, 대개 첫 단계인 분리 과정에 실패했거나 낯선 세계를 경험하는 입문 과정에서 좌절과 쓰라린 패배를 겪으며 세계의 폭력성에 억눌린 인물들이기 때문이다. 특히 빈번하게 등장하는 업둥이와 사생아 유형의 인물들의 우울과 그들이 위치한 유폐된 장소성은 김성훈의 소설들을 분리 과정에 실패한 미성숙한 자아의 패배적인 자전서사가 아니라 완료되지 못한 애도의 장소에서 여전히 상처를 보듬고 살아가는 사람들이 스스로를 구원하는 서사로 독해하게 한다. 상처를 날것 그대로 드러내는 소설의 언어들은 세계의 폭력성에 노출된 인물들의 연약함과 타자들의 환대와 연대를 요청하는 목소리로 읽히는 바, 이 글은 김성훈 소설들이 빈번하게 소환하는 '버려진 아이들'의 이야기를 경유하여 그들의 우울한 언어에서 감지되는 구조 신호를 탐색하려 한다. 미리 말하자면 출구는 환대와 연대에 있다.

2. 버려진 아이들

「소설을 쓰기 시작한 사람」의 화자 박주화는 운명의 아픔을 극복한 김종수의 소설 위에 자신의 삶에 겹쳐놓는 방식으로 유예된 '분리 과정'을 이행한다. 두 인물의 운명이 교차하는 지점에는 불행했던 과거와의 화해 (불)가능성이 놓여 있다. 김종수는 어느 가정교회 골목에 "버려진 아기"(21쪽)였다. 그의 삶은 친부모로부터 존재를 부정당하고 유기된 채로 시작됐지만, 그는 '소설 쓰기'를 통해 저주의 운명에서 스스로를 구원하는 데 성공했다. 그에게 글쓰기는 저주스런 운명이 기입한 "울음"을 "회개의 통로이자 자기 구원의 태도"(14쪽)로 승화시키는 방정식으로 기능했다. 소설을 쓰는 일을 "작가 자신을 분쇄하여 고운 가루로 만들어 어느 세계에서나 용해될 수 있는 삶의 지층을 쌓는 것"(19쪽)이라고 정의한 김종수의 당선 소감은 자기연민과 자조에 매몰되지 않으면서 자신의 상처를 세계-내-존재들의 보편적 아픔을 응시하는 매개로 치환시키는 풀이 과정에 다름 아니다. 그리고 이는 기실 문학의 본질-자아의 감정을 세계로 확장함으로써 특수한 개인의 서사를 보편의 서사로 통합하는 것-이기도 하다. 즉 버려진 아이였던 김종수는 스스로를 유폐된 골목에서 분리시켜 바깥 세계에 존재하는 다양한 삶의 지층과의 통합에 성공한 것이다. 무엇보다 이 성공서사의 저변에는 버려진 아이를 보호하는 일을 자기 삶의 "사역의 완성"(27쪽)으로 여겼던 의부모의 '희생'과 '환대'가 자리 잡고 있다는 사실을 빼놓으면 안 되겠다.

김종수와 달리 화자 박주화가 '소설 쓰기'에 실패한 이유는 과거와의 화해가 불가능했기 때문이며, 이 실패서사의 저변에는 7년간 자행된 의붓아버지의 성폭행과 딸에게 묵인과 희생을 요구한 친모의 비정함과 비겁함이 자리 잡고 있다. "의붓아버지의 씨앗"이면서 "내 새끼이자, 내 동생"(20쪽)이었을 아이의 유산은 되풀이될 폭력의 차단이면서 동시에 어떤 생명의 잉태도 거부하는 자기혐오의 시작이었다. 따라서 "광증에 악을 지르며 만들어진 내 몸의 혐오에서 시작"(21쪽)되었다는 박주화의 서사는 애초부터 김종수와 경로가 다를 수밖에 없었던 셈이다. 다음의 인용은 박주화가 글쓰기에 실패할 수밖에 없었던 이유에 대한 자기진단이다.

> 나를 분쇄하기 위해, 나를 허구의 인물에 투영하기 전에, 밑
> 작업으로 해야 할 악몽의 분해 작업, 내 것이지만 내 것이라 믿
> 을 수 없는 그 시절의 고통, 해방을 바라지만 기어코 감금하고
> 구속되어 있는 내 본질, 세상이 고통을 덜어준답시고 상담사가
> 상투어로 사용하는 네 잘못이 아니라고 서술하는 문장 속에서 나
> 는 한 번도 내 과거와 화해한 적이 없었다. 생명의 분탕질이 내
> 몸에서 이뤄졌으며 내 몸에서 소멸했다는 끔찍한 사실을 확인하
> 는 것이 소설 쓰기라면 나는 절대로 소설가가 될 수 없었다. (『소
> 설을 쓰기 시작한 사람』, 20~21쪽)

집에서 뛰쳐나온 그녀의 삶은 몸과 마음의 에너지가 소진될 때까
지 아르바이트와 대학 수업을 병행하는 생존 투쟁이었다. 때문에 그
녀의 글쓰기는 "방음 되지 않는 고시원"에서 쓴 "분노 일기"(21쪽)에
서 더 이상 나아가지 못한다. 부모에게 받은 신체적 정신적 폭력의
상처는 자기비하와 자기혐오를 거쳐 자조와 냉소로 악화될 뿐, 억압
된 욕망과 정신적 외상이 예술로 승화되는 기적 따위는 일어나지 않
았다. 즉 박주화는 유사한 탄생서사를 경험한 선배 김종수와 달리
"악몽의 분해 작업"에 실패한 인물로 유년기와의 분리 과정에 실패
한다. 김종수의 의부모와 달리 박주화의 의부와 친모에게서는 눈곱
만큼의 사랑과 환대도 찾을 수 없다는 점도 중요한 원인이겠다.
정리하자면 우울과 좌절의 정서가 지배하는 이 작품은 등단이라

는 통과의례를 거치는 인물의 자전적 성장소설이며, 환대와 폭력이 엇갈리는 인물들의 태도를 통해 성찰적 자기진단이 부재하는 이 시대의 부모상에 대한 비판적 소설이며, 패배주의에 무릎 꿇은 화자의 관념이 내러티브를 압도하는 감상적 언어로 가득 채워진 소설이라는 말이 된다.

그런데 이러한 진단을 내린 후 다른 작품들을 읽으면서 나는 자꾸 고개를 갸우뚱거리게 된다. 그리고 어떤 질문들 앞에 앞선 진단을 마주 세우게 된다. 가령 다음과 같은 의문들. 스스로를 "폐기되어야 하는 존재, 딱 그 정도의 위치에서 부패되다가 사라질 존재"(23쪽)로 자기비하하면서 자신에게 마음을 열어주는 손님들의 작은 환대조차 받아들이지 못하는 박주화의 모습에서, 제대로 된 사과를 받지 못한 채 자신이 유폐된 장소에서 한 발짝도 벗어나지 못한 어떤 존재들이 겹쳐 읽히는 이유는 무엇일까? 상처의 가해자가 어떤 사과도 없고 어떤 용서도 바라지 않으며 당당하게 큰소리치는 상태라면 그 누구라도 소설 쓰기와 같은 자기승화가 불가능하지 않을까? 그렇다면 혹여 이러한 서글픈 자기 고백이 자전적인 관념이 아니라 이 시대의 거대한 장벽 앞에서 주먹을 내리치며 구조를 요청하는 작가의 전략적 플롯인 것은 아닐까? 그래서 "웃음이라는 가면 속에서 울음을 증폭"(7쪽)시킬 수밖에 없었던 인물의 우울이 어쩌면 성찰과 자기반성이 누락된 시대를 통과하는 한 방법으로서의 비판적인 애도 작업인 것은 아닐까? 만약 이러한 질문들이 틀리지 않았다면, 나는 김성훈의 소설을 오독한 것이 분명하다.

3. 버려진 장소

나의 오독은 표제작인 「길목의 무늬」를 거치면서 분명해졌다. 이 소설의 배경인 목포의 '다순구미'는 "볕이 잘 들고 따뜻하다."는 의미를 지녔지만, 실상 이곳은 "가난을 머리에 이고 지고 사는 동네"(34쪽)로서 현재 재개발 지역으로 규정된 폐허의 공간이다. 김성훈의 소설들이 주목하는 장소들은 대부분 이처럼 경제발전의 뒤안길로 사라져가거나 역사의 그늘이 짙게 드리워진 외진 곳들이다. 세계의 그늘을 바라보는 작가의 일관된 시선은 제 몫을 부여받지 못하고, 제 이름을 얻지 못하고, 경제와 사회의 셈법에서 뺄셈의 대상이 된 채 쓰이고 버려지는 삶들을 향해 있다. 이들을 철학은 '호모−사케르'(아감벤)나 '비체'(크리스테바) 또는 '하위주체'(스피박)로 명명하면서 자본과 권력의 통치술을 비판하겠지만, 김성훈의 서사는 이들을 유폐되고 버려진 아이들로 형상화하면서 묵묵히 글쓰기를 수행한다. '다순구미'에서 태어난 화자 '나' 역시 '버려진 아이'였다.

> 바다에서 서는 장을 파시라고 한다. 나는 파시에서 태어났다. 그리고 서산동 유곽에서 버림받았다. 나를 낳은 어머니를 일컬어 누구는 임자도 여자라고 했고, 또 누구는 흑산도 각시라 했고, 더러는 산다이 색시라고도 했다. 동네 사람들의 절구질하는 입방아가 싫었다. 아버지가 없는 밤은 우레 치는 태풍이 오는 날처럼 무서웠다. 불 꺼진 방, 사람의 체온이 느껴지지 않는 찬 이불이 싫었다. (「길목의 무늬」, 37쪽)

'파시'에서 몸을 팔던 어머니는 손님으로 만난 아버지에게 '나'를 맡기고 떠났다. 화자의 "어머니는 어선이 입항하는 날, 나를 낳고, 기침하고, 다시 유곽으로 돌아오지 않았다."(49쪽) 아이를 낳고 급격하게 쇠약해진 어머니는 어린 아이의 곁을 떠남으로써 그 아이가 짊어져야 할 차별과 혐오의 그늘을 벗기고 싶었을지도 모르겠다. 그러나 화자의 삶은 "태생의 천박함에 응시한 타인들의 시선"(37쪽)에 노출되어 있었고, 기존의 세계에서 벗어나 바깥 세계로 '입문'하려는 과정에도 실패했다. '달순'의 존재는 이러한 화자의 실패서사를 대리 보충하는 역할을 수행하고 있다. 목포를 벗어나고 싶었던 희망이 좌절된 뒤, 남성들의 성희롱과 차별을 겪던 '달순'의 자살은 어쩌면 분리 과정에 실패한 화자가 선택했을지도 모를 비극이었을 것이다(따라서 소설의 마지막에 '나'가 '달순'의 상징물을 가지고 비행기에 오르는 장면은 과거와 현재의 자신을 모두 함께 바깥 세계로 이행하는 '입문'의 의미를 띤다).

　이렇게 보면 「길목의 무늬」는 버려진 아이들의 서사를 통해 분리 과정에 실패한 인물들의 좌절과 아픔을 표출한다는 점에서 「소설을 쓰기 시작한 사람」의 복습처럼 보인다. 어머니의 직업과 실종은 '나'의 태생에 새겨진 주홍글씨이자 지울 수 없는 트라우마였을 것이다. 여기서 벗어나지 못한다면 김성훈의 인물들은 패배주의와 우울에서 빠져나갈 수 없을 것이다.

　하지만 「길목의 무늬」는 '아버지'와 '달순 엄마'의 희생과 환대의 서사를 통해 비워진 근원의 자리를 메우고 있다는 점에서 전작을 넘어선다. 양부인 '나'의 '아버지'는 어머니와의 약속을 이행하면서, "우짜든지 너랑 나는 잘 살아야 해."(49쪽)라고 다짐한다. 그것이 사랑의 다른 이름임을 '나'가 몰랐더라도 아버지는 "머리 검은 짐승 거둬 키워도 잘만 산다는 것"(49쪽)을 동네 사람들에게 증명해 보임으로써 '나'를 차별의 늪에서 건져냈다.

그리고 '달순 엄마'. 그녀는 업둥이 유형의 소설 주인공이 자기정체성을 확립해가는 과정에서 등장하는 조력자이자 비밀리에 부쳐진 과거를 현재로 송신하는 정보전달자의 역할을 동시에 수행한다. 무엇보다 그녀는 친모의 빈자리를 친모 이상으로 보충해준 '엄마'였다.

> 형광등에 비친 달순 엄마의 방에서 졸음이 몰려오는 듯했다. 운동회고 소풍이면 내 도시락까지 싸줬던 달순 엄마였다. 그 품에 엄마의 젖 냄새가 나는 것 같았다. 나는 이따금 아버지가 먼 바다로 나가 돌아오지 않는 밤이면 달순네 집에 들어가 그 좁은 방에 꾸역꾸역 발을 들이밀고, 유달산 자락에서 얻어온 도깨비 바늘을 그 집 이불에 달라붙게 했다. (「길목의 무늬」, 39쪽)

'달순 엄마'는 "휴학, 복학, 취업, 명예퇴직, 재입학 등의 단어가 빚어낸 내 세월을 흉금 없이"(39쪽) 털어놓을 수 있는 유일한 사람이기도 했다. 그리고 '달순네'라는 장소는 '나'가 기억하지 못하는 "엄마의 젖 냄새"가 배어 있는 곳이며, 외로움과 자기비하에서 화자를 건져내준 곳이기도 하다. 소설은 정체를 알 수 없는 친부와 사라진 친모의 자리에 '아버지'와 '달순 엄마'의 무조건적 환대를 배치함으로써 서사의 주인공을 차별과 혐오의 늪에서 구원했다. 그리고 이 환대의 힘은 화자가 '견습 선교사'가 되어 케냐로 떠나려는 이유가 되기도 한다. 그곳은 여전히 국가폭력과 전쟁의 희생자들, 즉 버려진 아이들이 있는 장소이기 때문이다. 따라서 화자의 '입문 과정'은 목포와 케냐를 동일궤도에 안착시키는 도전적 모험이다.

소설은 여기에서 '달순 엄마'에게 새로운 임무를 더 부여한다. 과거 '달순 엄마'가 "일제 강점기 유곽촌이 있던 동네, 서산동, 그곳에서 산다이 색시들의 밥을 만들고, 빨래하며 품삯"(38쪽)을 벌었었다는 사실과 '달순 엄마'와 어머니가 "식모 일을 하면서 만난 동갑내기 친구"(41쪽)였다는 사실이 드러난다. 이는 과거 두 사람의 관계성을 암시하면서 동시에 '나'의 어머니가 사라진 공백의 자리가 사회와 역사성의 장소로 나아가는 통로로 변화되는 지점이기도 하다. 그러니까 「길목의 무늬」는 어머니의 실종으로 상징되는 비워진 근원의 자리 또는 사라진 공백의 장소에 과거 가난한 집안의 (맏)딸로 태어난 소녀들이 짊어졌던 희생의 무게와 그녀들이 거쳐 온 사회적 장소들을 기입한 것이다. 남성성 중심의 거친 산업화 시대 속에서 도시로 이주한 여성 하위주체들의 일반적인 직업 경로가 '식모-여공-여차장-직업여성'이었다는 점을 상기할 때, '나'의 어머니에 대한 서사적 누락과 죽음을 앞둔 '달순 엄마'의 쇠락한 신체는 산업화시대 하위주체 여성들의 삶과 존재가 사회에 기입되지 않았다는 것을 시사하고 있다. 어머니의 실종과 재개발 지역에 거주하는 '달순 엄마'의 현재성은 그녀들이 거친 사회적 장소들이 역사서술의 과정에서 누락되어 있다는 것을 암시한다.

김성훈은 이들의 이야기를 소설 장르의 양식을 빌려 간접적으로 복원함으로써 자신의 글쓰기를 새로운 차원으로 이행시킴과 동시에 '다순구미'와 같은 버려진 장소에 얽힌 이야기들을 산업화 시대의 잊힌 존재들에 대한 서사로 확장하고 있다. 소설은 목포의 다순구미라는 장소성의 의미를 경유하여 서사에 역사성과 사회성을 덧입히고 있다는 점에서 전작의 복습을 넘어 새로운 지층으로 나아간다. 어쩌면 이는 「소설을 쓰기 시작한 사람」의 김종수가 말한 바 있는 소설의 본질, 그러니까 새로운 "삶의 지층을 쌓는 것"의 사례일지도 모르겠다. 따라서 「길목의 무늬」는 버려진 아이의 서사를 세밀하게 확장하고 강화하는 작가의 전진으로 보인다.

4. 지독한 우연의 겹침

여수를 배경으로 쓰인 「정오의 끝자리, 빛」과 마산을 배경으로 쓰인 「홍콩빠 이모」는 버려진 아이들의 서사가 한국 사회의 국가 폭력 그리고 혐오의 대상을 생산하고 이들을 사회의 바깥으로 배제했던 차별적 폭력에 대한 비판적 서사로 확장되는 대표 사례들이다.

「정오의 끝자리, 빛」의 화자 한덕수의 삶은 '빨갱이의 자식'이라는 낙인으로부터 자유롭지 못했다. 그 시작은 현재로부터 두 세대의 시간을 거슬러야 도착할 수 있는 지점에 존재했다. 바로 여순사건이다. 한덕수의 외할아버지는 1948년 10월 27일 여수읍의 종산국민학교에서 음악교사로 부임 중, 빨갱이의 부역자로 내몰려 억울한 죽음을 당했고 그의 가계는 아주 오랜 시간 동안 이데올로기의 가면을 쓴 국가폭력의 구성적 외부로 배제되었다. 다음의 인용은 오래전 찍힌 이데올로기의 낙인이 사건과 무관한 후손들의 삶을 어떤 비극으로 색칠했는지를 단적으로 보여준다.

> '빨갱이'라는 단어의 생김새를 알았다. 피 묻은 돌멩이라는 것을 말이다. 번갯불이 내 몸을 지지는 듯했다. 나는 엄마에게 그 사건을 말하지 못했다. 말하면 안 될 것 같았다. '빨갱이'라는 뜻은 몰라도 그 단어는 무서웠다. '빨갱이'는 이후의 내 삶을 내 의지랑 상관없이 끌고 갔다. 땅의 중력처럼, 파도의 출렁거림처럼. 살아 있는 동안 내게 떠나지 않은 그림자처럼 나는 '빨갱이'랑 살았다. (『정오의 끝자리, 빛』, 61쪽)

차이 나는 대상에게 혐오와 배제의 스티그마(stigma)를 라벨링하는 일이 너무나 익숙한 시절이었다. 행여 오염물이 주체의 내부로 침투할까 두려워 한때 주체의 일부였거나 아주 가까운 대상들까지 외부로 뱉어내는 일이 일상인 시절이었다. 그래서 이웃을 타자화하고 차이를 악으로 규정짓고 그들을 죽음으로 내모는 일이 오히려 국가의 동질성 유지를 위한 선으로 위장되던 시절이었다. 빨갱이의 자식이라는 낙인의 시작점을 1948년의 여순사건으로 삼으면서 작가는 버려진 아이들의 차별 서사로 상징되는 자기 소설의 세계를 대한민국의 발생지점까지 확장한다.

그리고 소설은 외할아버지의 죽음에 기입된 국가폭력이 또 다른 폭력으로 너무나 쉽게 번질 수 있다는 사실을 한덕수의 어머니 양순임의 탄생 과정으로 극화한다.

> 외증조할머니의 원망은 그날 1학년 1반 교실에 모인 마흔 명 가까운 사람들이 들었다. 하지만 마흔 명의 사람 중에 엄마를 제외하고, 외할머니의 넋두리를 제대로 들은 사람은 없었다. 생살여탈권을 보장받지 못한 사람들이었다. 외할머니가 갓 태어난 엄마에게 모진 년, 제 아비를 잡아먹고 태어난 년이라는 소리는 엄마가 세상에 태어나 처음 듣는 말이었다. 그것이 무슨 뜻인지 엄마는 알지 못했다. 다만 엄마는 감각적으로 교실의 냉랭한 기운을 느꼈고, 당시의 운동장 흙처럼 울퉁불퉁하게 생긴 모진 말의 생김새를 봤다. (「정오의 끝자리, 빛」, 67~68쪽)

양순임은 사건이 있던 그날 그밤 그곳에서 태어났다는 이유만으로 저주와 원망의 대상으로 낙인찍혔다. 아이에게 남긴 외증조할머니의 저주의 언어는 죽음과 탄생의 엇갈리는 비극적 아이러니와 봉건적인 가부장의 외피를 입고 국가폭력이라는 근본 원인을 삭제하게 만들었다. 그래서 양순임은 태어난 순간 죽음의 냄새를 맡았고, 그녀가 "처음 느낀 감각은 고립"(68쪽)이었다. 생명의 탄생 자체가 부정당한 양순임은 생의 처음부터 이데올로기와 봉건주의가 생산한 두 개의 주홍글씨를 안고 살아야 했던 셈이다.

오염물로 분류된 차별과 혐오의 대상은 그 주변까지 오염의 대상으로 물들이는 존재로 분류된다. 그래서 마산의 자유무역지구를 배경으로 삼은 「홍콩빠 이모」의 김명자는 행여라도 자신의 가족과 이웃이 그러한 낙인의 대상이 될까 두려워하며 조바심을 내지만, 그녀의 조심성을 비웃기라도 하듯 소설의 인물들은 대한민국의 현대사에 기록된 온갖 국가폭력의 피해자로 등장한다. 홍콩빠의 단골이자 1980년대 산업역군으로 호명되었던 '공순이들'은 YH사건을 겪으면서 언어와 생명력을 잃어버렸고, 직업학교를 다니며 구두닦이 생활을 하던 김명자의 막냇동생은 4·19 시절 목숨을 잃었고("마산 앞바다에 떠오른 김주열 군의 시신이 도립병원으로 옮겨졌을 때 동생은 시위대를 이끌다 산화했다.", 87쪽), 김명자의 남편은 국가경제의 밑거름 마련을 위해 베트남전의 용병으로 참전한 후 고장난 신체와 정신으로 괴로워하다 자살했으며, 대학생이 된 김명자의 아들은 유신정권의 불합리성을 알리기 위해 학생운동에 가담하고 있는 중이다. 소설이 생략한 김명자 아들의 미래는 부마항쟁과 5·18로 기록된 한국현대사의 비극으로 귀결될 가능성이 농후하다.

　김성훈의 소설들은 군부독재와 국가주도의 경제개발 시기를 관통해 온 대한민국의 화려한 모습 이면을 지속적으로 조명하면서, 사회의 외부로 재배치되어 망각과 배제의 대상으로 전락한 존재들이 잠든 차갑고 어두운 세계에 그 뿌리를 내리며 확장하고 있다. 특히 「홍콩빠 이모」에서 보여준 작가의 전략은 김명자라는 한 인물이 겪은 지독한 우연의 겹침을 대한민국의 현대사가 생산한 수많은 국가폭력이 한 번 외부로 배치된 힘없는 자들을 지속적으로 오염시키면서 권력의 재생산에 악용되는 가혹한 통치술의 결과로 읽게 한다. 이러한 연쇄적 겹침과 우연이 비록 소설의 개연성을 의심하게 할지라도, 이 말도 안 되는 우연성이 어쩌면 우리 사회가 경험한 현실이기도 하다는 사실을 자각하게 하면서 말이다(이는 「거룩한 고사」의 인물 조윤자의 서사에서도 유사한 방식으로 반복 강화되고 있다). 때문에 마산으로 표상되는 장소에는 광주, 여수, 목포, 순천 등 다른 장소가 배치되어도 무관하다. 김성훈의 소설은 한 가계의 역사를 파괴한 지독한 우연이 사실은 우연이 아닐 수도 있다는 가능성을 경유하여, '버려진 아이'들의 패배서사가 특정 개인들의 우연한 비극이 아니라 국가권력과 자본관계를 생산하는 과정에서의 필연적 산물일 수도 있음을 역설하는 지점으로 나아간다.

5. 반복과 강화

김성훈의 소설이 지향하는 역사적 확장이 가장 강력한 힘을 발휘하는 지점은 예컨대 '홍콩빠'로 상징되는 해방 공간의 시끌벅적한 자유와 연대에 있다. 아들 또래의 노동자 '육손이'가 정화위원으로 대표되는 통제 권력의 희생제물로 전락하려는 순간, '홍콩빠'의 사람들이 보여준 "스크럼"은 김성훈의 소설을 지속적으로 전진시키는 원초적 동력이다.

저 멀리 호각 소리가 들리는 것 같았다. 김명자의 가슴팍에는 비가 흠뻑 젖었고 바짓단에서는 물이 뚝뚝 떨어졌다. 그런데도 김명자는 육손이가 길거리에서 몰매는 맞지 않게 해야 한다는 생각이 먼저 들었다.

"옴마야. 점마 일 내것다 아입니꺼."

김명자는 육손이에게 허둥지둥 다가가 포대기 감싸듯 그를 끌어 안았다. 옷을 적신 비 때문에 서늘한 기운이 김명자의 품에 달려들었다. 그런데도 육손이의 입에서 흘리는 몸 냄새는 김명자의 얼굴에 닿아 체온을 데웠다.

"불 끄입시더. 우리! 아, 저…우리 아, 얼굴 별빛에도 비추면 안 되입니더. 불 끄입시더. 이모들이요. 이 야, 어린 것 맨상부터 가리입시더. 퍼뜩 안 하고 뭐하십니꺼. 불 꺼!"

김명자는 기운을 뻗쳐 소리쳤다. 홍콩빠의 불빛이 하나, 둘 소등됐다. 이윽고 마산 시내 야경이 아름답기로 소문난 홍콩빠 거리가 칠흑처럼 깜깜해졌다. 비에 젖은 사람들의 수선스러운 움직임이 육손이를 향해 동심원을 그리며 모여들었다. 하늘에서 구름에 가린 조약돌 같은 별이 바다에 떨어져 파문을 일으키는 것처럼 사람들은 스크럼을 짰다. (「홍콩빠 이모」, 100~101쪽)

마산자유무역지구의 화려한 야경이 깜깜해지는 장면은 경제개발이라는 국가적 과제가 은폐한 폭력을 일시 정지 시키고, 그 자리에 자본에 착취당한 민중의 신체(육손이)를 재기입하는 효과를 거두고 있다. 무엇보다 홍콩빠 사람들의 스크럼이라는 연대는 「소설을 쓰기 시작한 사람」에서 김종수의 의부모가 보여준 자기희생과 「길목의 무늬」의 달순 엄마가 보여준 무조건적 환대와 함께 묶이면서, 김성훈의 소설이 어두운 시대의 좌절감을 관통하는 강력한 동력으로 작동하고 있다.

　모든 작품을 자세히 언급할 수는 없지만 이러한 연대의 힘은 다른 작품들에서 공감과 애도 그리고 치유의 방향으로 확장되고 있다. 세월호 사건의 생존 학생이 겪는 트라우마와 이들의 상처를 치유하기 위해 노력한 심리상담사의 이야기를 그린 「곁」은 타인의 상처와 주체의 상처가 마주하는 것이 치유의 시작점일 수 있음을 보여준다. 1980년 5월 광주에서 아들을 잃은 한 어머니의 기억과 애도의 투쟁 서사를 다루고 있는 「내 자녀들은 어디에 있는가」에서는 실종된 유해 찾기에 머물지 않고 유사한 국가폭력의 희생자들과 연대하는 공감의 힘을 보여준다. 자녀를 잃은 한 어머니의 기억 투쟁이 특정 장소와 시간을 넘어 새로운 연대의 지층으로 확장될 가능성의 출구를 보여준 것이다. 또 죽음과 생명의 엇갈림으로 인해 생일 자체가 "금기어"(69쪽)가 되었던 딸이 어머니의 삶을 이해하는 과정은 공감과 지속적인 애도의 가능성을 타진하는 작가의 의도를 서사화하고 있다.

　그래서 "죽은 사람은 무덤을 만든다. 주어와 서술어가 호응하지 않는다. 죽은 사람이 아니라 산 사람이 죽은 사람을 위해 무덤을 만든다는 것이 더 정확하지 않을까."(120쪽)라는 진술은 여러 작품을 통한 반복과 강화 작업을 거친 작가가 궁극적으로 도달하고자 하는 지점처럼 보인다. 죽은 자가 기꺼이 죽음으로써 제 소명에 충실했다면, 그 죽음의 의미를 되살리고 확장하는 일은 살아남은 자들의 몫일 것이다. 알랭 바디우가 역설한 '사건에의 충실성'이란 바로 이를 두고 하는 말이 아닐까. 그렇다면 김성훈의 소설은 버려진 아이들의 구조 요청에 기꺼이 응답하는 환대와 연대의 힘으로 국가폭력 이후

유예되고 미완된 애도작업의 산물인 셈이다. 그러니 부디 그의 작업이 멈추지 않고 전진하기를, 그리하여 새로운 삶의 지층을 형성하면서 더 넓은 세계로 기꺼이 모험하기를 바랄 뿐이다.

길 위에서 글을 쓴다는 것은 마치 땅에 얽힌 오래된 연애 편지를 써내려가는 일과 같았습니다. 이 땅의 역사는 발끝에 스며들고, 그곳에 서면 지나간 시간의 흔적이 제 숨결 속에 맴돌았습니다. 글을 쓰는 내내 저는 땅에서 올라오는 냄새, 부서지는 바람 소리, 그리고 손끝에 닿는 나무 껍질의 거친 감촉까지 느끼며 마치 일기를 적어 내려가듯 이 이야기를 완성해 나갔습니다.

저 자신과 대화를 나누며 쓰는 이 글들은 때로는 다정하게, 때로는 무겁게 말을 걸었습니다. 흙 속에 묻힌 이야기들이 살아나고, 그 이야기들은 또다시 제 감각을 일깨워주었습니다. 비 내린 뒤의 흙냄새, 녹슨 철문에서 느껴지는 차가움, 그리고 한낮의 땡볕 아래 피부에 닿는 따가운 햇살까지, 모든 감각들이 이 글 속에 스며들기를 바랐습니다.

이 땅과 그 속에 살았던 사람들에 대한 애틋함이 절절합니다. 저는 그 절절함이 바로 삶의 무늬가 아닐까 싶습니다. 길목마다 새겨진 무늬들은 우리가 지나온 시간의 흔적이라 여깁니다. 끝까지 읽어 주셔서 감사합니다.

2024년 겨울

김성훈